HEYNE
BÜCHER

Von der gleichen Autorin erschienen
außerdem als Heyne-Taschenbücher

Des Lebens ganze Fülle · Band 861
Tod im Schloß · Band 5063
Peony · Band 5082
Die Töchter der Madame Liang · Band 5139
Die beiden Schwestern · Band 5175
Söhne · Band 5239
Das geteilte Haus · Band 5269
Mandala · Band 5303
Stolzes Herz · Band 5327
Der Regenbogen · Band 5462
Ostwind – Westwind · Band 5917

PEARL S. BUCK

GEBIETE DEM MORGEN

Roman

WILHELM HEYNE VERLAG
MÜNCHEN

HEYNE-BUCH Nr. 5112
im Wilhelm Heyne Verlag, München

Titel der amerikanischen Originalausgabe
COMMAND THE MORNING
Deutsche Übersetzung von Maria Meinert

9. Auflage

Genehmigte, ungekürzte Taschenbuchausgabe
des Scherz-Verlages, Bern, München, Wien

Printed in Germany 1981
Umschlagfoto: Colour Library, London
Umschlaggestaltung: Atelier Heinrichs, München
Gesamtherstellung: Presse-Druck Augsburg

ISBN 3-453-00429-9

Und der Herr antwortete Hiob aus dem Wetter
und sprach:

Gürte deine Lenden wie ein Mann;
ich will dich fragen, lehre mich!
Wo warst du, da ich die Erde gründete?
Sage an, bist du so klug?
Weißt du, wer ihr das Maß gesetzt hat?
Oder wer über sie eine Richtschnur gezogen hat?
Worauf stehen ihre Füße versenkt?
Oder wer hat ihr einen Eckstein gelegt?
Da mich die Morgensterne miteinander lobten,
und jauchzten alle Kinder Gottes.
Wer hat das Meer mit Türen verschlossen,
da es herausbrach wie aus Mutterleibe?
Da ich's mit Wolken kleidete und
in Dunkel einwickelte wie in Windeln.
Da ich ihm den Lauf brach mit meinem
Damm und setzte ihm Riegel und Türen,
Und sprach:
Bis hierher sollst du kommen und nicht weiter;
hier sollen sich legen deine stolzen Wellen!

Hast du bei deiner Zeit
dem Morgen geboten? ...

s. Buch Hiob 38, 1, 3-12

ERSTER TEIL

Man schrieb das Jahr 1940. Im September 1939 hatte England den Krieg an Deutschland erklärt. Aber nun war bereits der Frühling da, und die Amerikaner befanden sich noch in Sicherheit.

Ja, dachte Burton Hall, noch sind wir sicher. Sogar in Kalifornien spürte er, daß es Frühling war, obwohl das junge Grün und die erste Blüte hier stets weniger in Erscheinung traten als in seinem eigenen kleinen Garten in einer Vorstadt von Chicago, das er erst vor zwei Tagen verlassen hatte, um mit dem Flugzeug hierherzufliegen. Diese Flugreise hatte einen kleinen Streit mit seiner Frau Mollie heraufbeschworen.

»Wenn du unbedingt sterben willst«, hatte sie gemurrt, »so könntest du eigentlich eine Todesart wählen, die dich nicht in tausend

Stücke zerreißt. Ich möchte etwas haben, das ich begraben kann, und einen richtigen Gedenkstein auf das Grab setzen.«

Er hatte gelacht. »Gedenkstein! Du hast ja keine Ahnung, liebes Kind, was du bei mir noch alles erleben wirst, wenn wir in diesen Krieg hineingeraten.«

Dann hatte er ihr einen lauten Kuß auf die Wange gedrückt und war in seinem alten Wagen zum Flughafen gesaust.

Jetzt, achtundvierzig Stunden später, aß er mit William Thompson, einem Kollegen, im Fakultätenklub in Berkeley zu Mittag.

»Vor drei Monaten habe ich Mollie gesagt, daß wir bis zum April in den Krieg verwickelt wären. Gott sei Dank habe ich unrecht. Hoffentlich werde ich stets so dankbar sein, wenn ich unrecht habe.«

Die Mittagssonne schien durch Thompsons große, dünne Ohren, so daß sie wie zwei rosafarbene Schmetterlinge zu beiden Seiten seines blassen, schmalen Gesichts wirkten. — »Haben Sie jemals rosafarbene Schmetterlinge gesehen?« fragte Burton Hall unvermittelt.

Thompson blickte betroffen auf. »Schmetterlinge?«

»Rosafarbene.«

Thompson dachte ernsthaft nach, wobei er ganz vergaß, weiterzuessen. »Rosafarbene habe ich nie gesehen.«

»Ich auch nicht«, erklärte Burton Hall kurz. »Um auf unser Thema zurückzukommen —«

Sie sprachen davon, wie der Krieg überall in Europa und Asien aufflammte, und von ihren Kollegen, all den Wissenschaftlern, die aus Deutschland, Polen, Österreich und Ungarn flüchteten, zuerst in Frankreich, dann in England Unterschlupf fanden und nun mit ihren besorgniserregenden Berichten in die Vereinigten Staaten strömten.

»Glauben Sie, daß wir uns werden heraushalten können?« erkundigte sich Thompson, während er die letzten Bissen aß und dann Gabel und Messer sorgfältig nebeneinander auf den Teller legte.

»Wir können dem Krieg nicht entrinnen«, erwiderte Burton Hall. Er war ein stattlicher Mann, groß, hager und von knochigem Körperbau, mit rotem Haar und einem kühnen Profil. Seine grünen Augen lagen tief unter buschigen Augenbrauen.

»Wahrscheinlich nicht.« Thompsons hohe, teilnahmslose Stimme verriet keine Besorgnis, sondern nur Abgespanntheit. In derselben milden Art fuhr er fort: »Die Deutschen befassen sich bereits mit Atomenergie. Sie haben die Idee, Uran 235 zu isolieren. Das könnte bedeuten, daß sie beabsichtigen, eine Atombombe herzustellen, obgleich Fermi nicht glaubt, daß sie dazu in der Lage sind . . .« — Burton Hall warf einen zerstreuten Blick auf die Speisekarte. »Fermi und seine Ahnungen!«

»Seine Ahnungen haben sich ungefähr hundertprozentig bewahrheitet«, warf Thompson ein.

»›Ungefähr‹ ist schon ein zu großes Risiko«, erklärte Burton Hall und wandte sich dem Kellner zu. »Apfelpastete, bitte, und zwar *à la mode*. Mit Käse —«

»Ich verstehe nicht, wie Sie solchen Kram vertragen können«, bemerkte Thompson.

»Weil ich ein Pferd bin«, entgegnete Burton Hall. Diese hohe, dünne Stimme von Thompson klang ja wie das wimmernde Surren eines Moskitos. Zum Teufel mit dem Kerl! Er war nicht hierhergekommen, um über mutmaßliche Waffen zu reden. Aber sofort wußte er, daß er sich selbst belog. In Furcht und Entschlossenheit war er gerade zu diesem Zweck hergekommen, denn Thompson war eine wissenschaftliche Größe und hatte ein Zyklotron entwickelt. Burton Hall verspürte auf einmal kein Verlangen mehr nach der Apfelpastete, die der Kellner vor ihn hinsetzte. Er lehnte sich vor, so daß sein Gesicht beinahe dasjenige Thompsons berührte, der ihn hinter seiner Brille erstaunt anblickte.

»Sind Sie bereit, im kommenden Jahr mit mir zu arbeiten, um das verfluchte Ding herzustellen?«

»Wenn es sein muß«, erwiderte Thompson. »Obschon ich gern erst meine Experimente mit dem Zyklotron durchführen und zu irgendeiner Schlußfolgerung gelangen möchte, bevor die große internationale Konferenz im Herbst beginnt.«

»Es gibt vieles, was wir gern tun möchten, aber nicht fertigbekommen werden — jedenfalls nicht jetzt. Ich sammle Wissenschaftler, nur die allerbesten; hole sie mir aus allen Winkeln zusammen, aus der Industrie und von den Universitäten. Der nächste Mann nach Ihnen ist Stephen Coast. Kennen Sie ihn?«

»Etwas jung, nicht wahr?« bemerkte Thompson vorsichtig.

»Für diese Aufgabe müssen sie jung sein«, sagte Burton Hall. »Jung und kühn.«

»Wollen Sie nicht Ihre Apfelpastete essen?« fragte Thompson.

»Nein, ich bin auf einmal nicht mehr hungrig — und außerdem soll ich Süßspeisen meiden.«

Thompson erwiderte nichts darauf. Er zählte sein Kleingeld, Münze für Münze, während Burton Hall wartete und seinen Blick teilnahmslos durch den vollbesetzten Raum schweifen ließ. Da saßen sie nun alle und aßen und tranken mit Behagen, jeder sicher und geschützt an seinem kleinen Platz an der Universität, ohne einen Gedanken an die Zukunft! Heute noch wollte er Stephen Coast anrufen, auch wenn es Samstag und in Chicago schon später Nachmittag war. Dann würde er einer persönlichen Leidenschaft frönen. Er hatte nämlich noch einen heimlichen, privaten Grund für diese Reise nach Kalifornien: er wollte zu einem gewissen abgelegenen Berg fahren, auf dessen flachem Gipfel ein Riesenteleskop stand. Dort würde er mit millionenfach verstärkten Augen ehrfürchtig auf das Spiegelbild von bisher unsichtbaren Sternen und fünfzigtausend Lichtjahre entfernten Milchstraßen starren. So wie manche Menschen sich an Gott wandten, um in Zeiten des Schreckens bei ihm Kraft und Stütze zu suchen, und andere sich dem Trunk ergaben oder Frauen nachjagten, um ihren eigenen finsteren Gedanken zu entrinnen, so suchte er Zuflucht bei den Sternen und dem unendlichen Universum.

»Nun gut«, sagte er plötzlich, »wenn nichts mehr zu besprechen ist, kann ich wohl auf Sie zählen, Tommy?«

»Falls es zum Äußersten kommt, ja, Burt.«

»Das befürchte ich sehr.«

»Hoffentlich nicht.«

Sie verabschiedeten sich mit einem Handschlag, und Burton Hall kletterte in sein gemietetes Auto, um der fernen Gebirgskette zuzustreben.

Die Nacht war klar. Der Wagen nahm die Steigungen der holperigen Straße mit erstaunlicher Leichtigkeit, bog dann um die letzte hohe Schulter des Berges und fuhr knirschend die kiesige Waldstraße entlang, die schließlich auf die Gipfelplatte mündete. Hier schimmerte im schwachen Licht des jungen Mondes die ungeheure silbrige Kuppel der größten Sternwarte der Welt, deren Bau Jahre gedauert hatte.

Burton Hall parkte seinen Wagen außerhalb des hohen Drahtzauns, zeigte seinen Ausweis am Tor und betrat den Haupteingang. Die Einfachheit des Baus war ganz nach seinem Geschmack. Patterson wartete auf ihn, Reuben Patterson, der Astrophysiker und verantwortliche Leiter, ein dünner, trockener und wortkarger Mann aus Vermont.

»Guten Tag, Rube«, rief Hall und blieb stehen, um sich umzusehen. »Hören Sie mal, mit jedem Jahr gefällt es mir hier besser — alles so groß und einfach! Und diese versteckten Lichter, rot und grün. Und dann die geschweifte Treppe. Alles ist so ruhig — Gummibelag auf den Böden, wie ich sehe.«

»Einführung in den Weltenraum«, entgegnete Reuben.

Er ging voran, und Burton Hall folgte ihm durch das breite Foyer zu einer kleinen Seitentür. Wieder blieb er stehen, um den Mechanismus des Riesenteleskops zu betrachten. Ungeheure Stahlträger erstreckten sich hoch über seinem Kopf, und auf vier kolossalen Betonsockeln war das Teleskop selbst verankert. Auf einem befand sich das riesengroße stählerne Kugelgelenk und auf den anderen die drei hydraulischen Hebevorrichtungen, die der genauen Einstellung dienten. Jenseits der ausgedehnten Halle, die den Mechanismus enthielt, der für die Bedienung dieses ungeheuren, vom Menschen ersonnenen Auges erforderlich war, lagen die Räume, in denen die Astronomen schlafen, essen, arbeiten und sich ausruhen konnten; jeder dieser Räume war tadellos für seinen besonderen Zweck eingerichtet. Burton Halls ruheloser Blick nahm jede Einzelheit wahr und glitt wohlgefällig über all die elektrischen Anlagen und die Maschinen, die auf Gummi- und Federlagern montiert waren, um die leiseste Vibration abzufangen, die die Genauigkeit hätte beeinträchtigen können. Über allem stand das Teleskop selbst, das im Schutz der riesenhaften, zum Himmel strebenden silbernen Kuppel sein röhrenförmiges Auge auf die Sterne richtete.

In tiefster Stille verbrachte Burton Hall die nächsten drei Stunden unter der hohen Kuppel. Wie immer, war er nach dieser Zwiesprache mit den Sternen ein demütiger und von erhabenen Gedanken erfüllter Mann. Zu wissen, wie Sterne geboren werden, welchen Lauf sie nehmen, wie lange sie am Firmament existieren, das war seine Leidenschaft. Warum, fragte er sich, war er nicht dabei geblieben?

Er wandte sich an Reuben. »Warum habe ich mich jemals mit kosmischen Strahlen abgegeben? Von diesem« — sein langer Arm beschrieb mit einer Geste die Wölbung der Kuppel — »bis zum Kern eines Atoms, einem so winzigen Etwas, daß ich es wohl nie zu Gesicht bekommen werde, ist ein weiter, weiter Weg.«

Reuben lächelte nicht. »Vom Atom zum Stern führt ein direkter Weg. Sie können ihn nicht verfehlen, Burt.«

Die beiden Männer nahmen herzlich voneinander Abschied, und Burton Hall fuhr gemächlich die mondbeschienene Straße hinab. Im Osten, gegen den dunklen Himmel, konnte er das ferne Glitzern des Schnees auf der San-Bernardino-Kette sehen. Märchenhafte Schönheit der Erde! Warum genügte sie dem rastlosen Menschengeist nicht? Warum, so forschte er in seiner eigenen Seele, mußte auch er dem endlosen Wissen nachjagen? Dieser Hunger nach kosmischer Erkenntnis! Es gab kein Entrinnen von dieser Jagd. Wenn der Mensch aufhörte, wissensdurstig zu sein, verfiel er in den ursprünglichen, primitiven Zustand. Er wurde wieder zum Tier. Es gab keine andere Wahl. Entweder die Sterne oder der Dschungel . . . Und plötzlich fiel ihm ein, daß er vergessen hatte, Stephen Coast anzurufen.

Ein Strahl der scheidenden Sonne kroch über den Fußboden. Stephen Coast seufzte. Der Samstagnachmittag ging zu Ende und damit auch die Ruhe, die er ganz allein genoß. Helen, seine Frau, war nebenan bei einer Bridgegesellschaft. Das Haus war ruhig, und die Stunden hier in seinem Laboratorium im Kellergeschoß kamen ihm vor wie Minuten. Alles, was er zustande gebracht hatte, war ein Futternapf für seinen Jagdhund Scrap. Aber genau das hatte er sich für diesen Nachmittag vorgenommen, und so konnte er zufrieden sein. Es war eine Schüssel aus rostfreiem Stahl, die in einen abgedichteten Behälter eingelassen war, und in diesem Behälter befand sich eine mit einer Batterie verbundene elektrische Spule, die dafür sorgen sollte, daß Scraps Futter nachts nicht gefror.

An einem der nächsten Tage, vielleicht in der kommenden Woche, wollte er auch die Matte in der Hundehütte für den alten Hund elektrisch erwärmen. Helen duldete keine Hunde im Haus, und so groß war die Macht ihrer entschlossenen Natur, daß der sehr sensible Scrap nicht dazu bewogen werden konnte, auch nur die Küche zu betreten.

Sechs Uhr! Mein Gott — Helen hatte ihm aufgetragen, um fünf Uhr den Backofen anzudrehen, damit der Braten um sieben Uhr fertig wäre! Er wusch sich hastig die Hände und eilte die enge Treppe hinauf. Im selben Augenblick trat Helen zur Tür herein. Er blieb schuldbewußt wie angewurzelt stehen.

»Du hast vergessen, den Ofen anzustellen«, sagte sie lachend.

»Woher weißt du das?«

»Dein Gesicht verrät dich immer.«

Sie küßte ihn leichthin und drehte den Ofen an.

»Es tut mir leid, Helen.«

»Wir werden eben eine Stunde später essen müssen.« Sie nahm ihren Hut ab und schüttelte ihr dunkles, lockiges Haar. »Was hast du heute nachmittag gemacht — an deinem Buch gearbeitet?«

Während der letzten fünf Jahre hatte er kosmische Strahlen gemessen, jene Wärmestrahlen, die in die Atmosphäre der Erde eindringen. Er hatte dazu Berge im Himalaja erklettert und war in die heißen Tiefen der Bergwerke im Kohlengebiet von Wales hinabgestiegen; und nun war es seine Pflicht, die Ergebnisse zu einem Buch zusammenzuschweißen. Mit dem Geld aber, das er damit zu verdienen hoffte, hatten sie beschlossen, das Haus zu bauen, das Helen sich wünschte. Er hatte versprochen, sich zu bessern und kein Geld mehr für eine neue Forschungsreise auszugeben. Erst das Haus —

Er hob den Deckel von einer blauen Porzellandose, die Kekse enthielt. Helen nahm ihm den Deckel ab und legte ihn mit fester Hand wieder auf die Dose.

»Das ist Betrug — den Braten vergessen und sich dann so stärken wollen!«

Er gab nach, wie immer in kleinen Dingen.

»Du hast nicht einmal an den Gleichungen für die kosmischen Strahlen gearbeitet«, verkündete sie.

»Verrät mein Gesicht dir auch das?« stöhnte er.

»Was hast du also gemacht?«

»Ich habe den Wärmenapf für Scrap angefertigt«, bekannte er.

»Stephen! Du hattest mir doch versprochen, heute mit dem Buch anzufangen.«

»Ich bin völlig unzuverlässig«, gab er zu.

Sie warf ihm einen scharf abwägenden Blick zu, und ihre Augen wurden sehr blau. »Und du hast nicht die Absicht, dich zu ändern.«

Er überlegte. »Nein, ich glaube kaum. Habe gar keine Zeit dafür.«

Sie brach unerwartet in helles Gelächter aus, lief auf ihn zu und umarmte ihn stürmisch. »Du bist so wunderbar ehrlich – und so maßlos abscheulich!«

Er ließ sich die Umarmung geduldig gefallen. Dann beugte er sich mit einem Blick in ihre vorwurfsvollen Augen zu ihr hinab und küßte sie auf die Wange, aber so leicht, daß sie ihn bei den Schultern packte und so tüchtig schüttelte, wie sie nur konnte. Er war ein großer, wenn auch hagerer Mann und sie eine kleine, schlanke Frau, und er stand amüsiert und unbeweglich da.

»Weißt du, wie lange es her ist, seit du zum letztenmal zärtlich zu mir gewesen bist?« fragte sie ungestüm.

Sofort war er auf der Hut. »Vor einer Woche.«

Sie zog die schwarzen Augenbrauen hoch und spitzte den roten Mund. »Vor zwei Wochen! Und wenn ich nicht die geduldigste Frau der Welt wäre, die mit dem unaufmerksamsten, kaltherzigsten Wissenschaftler, der je geboren wurde, verheiratet ist, so würde ich – würde ich –«

Er merkte, daß sie innehielt, damit er fragen sollte: »Was tun?«

»Weglaufen«, sagte sie schnell. »Weit fortlaufen, wenn auch die Nacht bitter kalt ist.«

»Es würde eine große Zeitverschwendung sein, dir nachzulaufen«, meinte er nachdenklich, »aber ich müßte es wohl tun.«

Sie vergrub den Kopf an seiner Brust. »Ich würde zurückkommen, wenn du es nicht tätest.«

»Das glaube ich auch«, gab er zu. »Das glaube ich ganz bestimmt. Es wäre für dich unerträglich, nicht zu wissen, was ich ohne dich anfinge. Du würdest Angst haben, daß es mir zu gut ginge.«

Sie lachte wieder. »Oh, ich weiß, daß du mich nicht brauchst. Aber du könntest wenigstens so tun, als ob.«

Klugerweise gab er keine Antwort darauf, und sie blickte zu ihm auf.

»Küsse mich richtig«, befahl sie.

Vor Jahren, als sie noch Studenten an derselben Universität waren, hatte sie ihm gründlich beigebracht, was sie unter einem richtigen Kuß verstand, und er schickte sich nun an, seinen Pflichten nachzukommen. Er tat es gar nicht ungern, denn noch immer fühlte er dabei eine anregende Wärme in sich aufsteigen. Aber während er seine Lippen auf ihren Mund preßte, entwarf er im Geiste bereits einen Präzisionsapparat, der eine zunehmende Energie zu messen vermöchte.

Helen wich zurück. »Du bist mit deinen Gedanken nicht bei mir!«

Das Telefon läutete, und er wandte sich dem rettenden Instrument zu. Sie stieß ihn beiseite. »Es ist für mich. Ich erwarte einen Anruf. Die Porters wollen uns für heute abend einladen. Ich habe ihnen gesagt, ich müsse dich erst fragen.«

»Und das soll heißen?« fragte er.

»Das weißt du ganz genau«, erwiderte sie. Sie biß sich auf die Unterlippe und sah ihn herausfordernd an.

Er verstand ihren Blick.

»Sage ihnen, wir könnten nicht kommen. Sage ihnen, ich hätte bereits eine Verabredung —«

»Nein, Stephen —«

»Mit dir —«

»Oh, Liebster —« Sie nahm hastig den Hörer ab, lauschte einen Augenblick und reichte ihn dann Stephen.

»Es sind nicht die Porters. Es ist der ›Herrgott‹. Er möchte mit dir sprechen. Von Kalifornien.«

Er warf ihr einen vorwurfsvollen Blick zu und neigte dann sein Ohr, um seinen Vorgesetzten, den großen Physiker Burton Hall, anzuhören.

Eine laute Männerstimme brüllte in den Apparat. »Es tut mir leid, Sie um diese Zeit zu stören, Steve, aber es ist wichtig.«

»Natürlich.«

»Es könnte sein, daß die Regierung mich bittet, ein gewisses Projekt in Gang zu bringen, und ich möchte, daß Sie mich dann begleiten.«

»Wohin, Sir?«

»Das weiß ich noch nicht. Ich kann Ihnen nicht einmal verraten, was es ist. Aber Sie werden es nicht bereuen. Es ist eine ganz große Aufgabe.«

»Und mehr können Sie mir nicht sagen?«

»Nein. Die Sache ist streng geheim.«

»Wer ist sonst noch daran beteiligt?«

»Alle Koryphäen der Wissenschaft und außerdem die besten der jüngeren Leute, sorgfältig ausgewählt. Sie, Steve, möchte ich vor allen Dingen dabei haben.«

»Es ist schwer, Ihnen etwas abzuschlagen, Sir, aber —«

Ein kurzes, heiseres Gelächter schlug an sein Ohr.

»Suchen Sie sich einen wirklich stichhaltigen Grund aus, Steve, oder ich sehe mich gezwungen, Sie einzuziehen. Ich werde Sie nicht so einfach zurücklassen.«

Stephen Coast zauderte. Seit seinem Abgang von der Universität hatte er ständig unter Burton Hall gearbeitet.

»Ich muß es mit meiner Frau besprechen, Sir.«

Helen schnitt ihm eine Grimasse. »Sage nicht, du mußt mit mir reden«, zischte sie. »Er lebt in der krankhaften Einbildung, daß du mit keiner Frau redest außer seiner eigenen!«

Er lachte. »Helen erklärt, sie will nicht, daß man mit ihr redet.«

»Fein!« krächzte die Stimme in sein Ohr. »Sie wird sich schon damit abfinden. Das tun sie alle.«

Unter »allen« verstand er seine eigene Frau, Mollie, die Mutter seiner beiden Söhne, die ewige Mutter, gütig und vermittelnd, anbetend und immer gegenwärtig.

»Ich würde gerne mehr darüber hören, Sir«, sagte Steve, »wenn etwas daraus wird.«

»Gut. Auf Wiedersehen am Dienstagmorgen im Labor.«

Der Hörer klickte am anderen Ende. Stephen legte auch auf und blieb nachdenklich stehen. Helen verharrte in Schweigen. Sie öffnete den Backofen, zog den kleinen Braten heraus und stach mit einer langen Eisengabel hinein. Dann schob sie ihn wieder zurück und schlug die Klappe zu.

»Leb wohl, mein Haus«, murmelte sie. »Leb wohl, mein liebes neues Haus, das ich niemals haben werde, mein Heim, meine stille Klause! Dahin, meine weiße Rosenlaube, mein blauer Garten, all meine bunten Blumen. Dahin, dahin –«

Steve kehrte plötzlich in die Gegenwart zurück.

»Gar nichts ist dahin! Alles wirst du bekommen – mit ein wenig Verspätung vielleicht, das gebe ich zu, aber eines Tages wirst du alles haben.«

»Ich glaube erst daran, wenn ich es sehe«, entgegnete sie. Aber sie war immer noch unverbesserlich heiter und versöhnlich und tanzte im Kreis um ihn herum, daß ihr weiter Rock nur so flog. »Wir werden ein Baby haben«, jubelte sie. »Wir werden ein kleines Baby haben, das mir die Zeit vertreibt, wenn du mit Sternen und Atomen spielst.«

Sie hielt beim Ofen inne und drehte das Gas ab.

»Glaubst du, daß dies der richtige Zeitpunkt dafür ist?« Er sah sie ernüchtert an. Sie aber setzte ihren Tanz fort und ließ die Kreise immer enger werden, bis sie in seinen Armen landete und ihre Lippen auf seinen Mund preßte.

»Das Essen kann warten«, murmelte sie.

Zwei Stunden später wandte sie sich von ihm ab. »Es wird auch diesmal nichts daraus«, sagte sie. »Ich weiß, es wird wieder nichts daraus.«

Sie saß auf der Kante des großen Doppelbetts und zog sich die Pantoffeln an. Das Licht des aufgehenden Mondes sickerte durch die zugezogenen weißen Vorhänge.

»Wie kommst du darauf?« fragte er. »War es denn nicht wundervoll?«

Sie schüttelte den Kopf. »Du warst nicht mit dem Herzen dabei.«

Er dachte über die Anschuldigung nach. »Das stimmt nicht.«

Sie wandte sich ihm zu, eine schlanke, nackte Gestalt, und nahm seinen Kopf in ihre Hände. »Dann war dein Verstand nicht hier, und zum Kuckuck nochmal, ich glaube gar, dein Verstand ist dein

Herz und dein Herz dein Verstand, und du kennst selbst nicht den Unterschied.«

Er blickte auf in ihre anklagenden blauen Augen, und unfähig, die Wahrheit abzustreiten, zog er sie wieder an sich, bis ihr Mund auf seinem lag und ihr dunkles Haar über sein Gesicht flutete.

Burton Hall blickte über seinen Schreibtisch hinweg auf den ihm gegenübersitzenden Stephen Coast. Er legte den Brieföffner hin, mit dem er während der Unterhaltung gespielt hatte.

»Das ist alles, was ich Ihnen sagen kann, Steve. Das übrige werden Sie auf Treu und Glauben hinnehmen müssen. Es handelt sich um wichtige Arbeit in gefährlicher Stunde. Wir werden irgendwo den Prozeß prüfen — und dann zur Produktion übergehen müssen.«

»Sie wissen nicht, wo oder wann?«

»Noch nicht. Aber es wird an einem einsamen, gottverlassenen Fleck sein, wo keine Menschen hausen und wo wir die Zugänge — und die Ausgänge bewachen können.«

»Wie lange dauert's noch, bis wir umziehen?«

»Nicht einmal das weiß ich — es hängt davon ab, wie schnell es uns gelingt, Washington aufzuwecken. Ich kann Ihnen nur raten, setzen Sie sich im Augenblick nirgendwo fest. Kaufen Sie sich kein neues Haus.«

»Nein, Sir.«

Er blickte nachdenklich vor sich hin. Er würde es also Helen sagen müssen.

Burton Halls scharfe Stimme unterbrach seinen Gedankengang. »Ich brauche Ihre Hilfe. Das genügt doch, nicht wahr? Oder habe ich mir angewöhnt, mich zu sehr auf Sie zu verlassen?«

Stephen Coast antwortete nicht. Die blasse Aprilsonne schien in das große, altväterische Büro der Universität und fiel auf den abgetretenen Teppich. Er blickte Burton Hall in die Augen, die unter den buschigen Augenbrauen in grünem Feuer brannten.

»Diese ausländischen Wissenschaftler, Sir — neigen sie nicht ein wenig zu Panik? Man kann es ja verstehen nach allem, was sie da draußen durchgemacht haben.«

»In einigen Fällen mögen Sie recht haben, Steve, aber wir müssen uns davor hüten, die Gefahr zu unterschätzen. Nebenbei — ich esse heute abend mit Thompson. Er ist mit mir zurückgekommen. Sind Sie sich schon begegnet?«

»Das nicht, aber ich habe natürlich von ihm gehört«, erwiderte Stephen.

»Ein ungewöhnlich tüchtiger Kerl. Er hat vor zwölf oder dreizehn Jahren bei mir Examen gemacht. Wirklich ein außergewöhnlich gescheiter Kopf — hat immer neue Ideen und führt sie auch aus. Übrigens ist er mit seinem Zyklotron fast fertig und hofft, damit etwas Bedeutendes in der Krebsbehandlung zu erreichen ... Er wird heute wieder neue Ideen haben. Sie strömen nur so aus ihm heraus — eine richtige Kettenreaktion. Hotel ›Bellamy‹, halb acht. Ein kleiner Luxus, bevor wir uns in spartanische Einfachheit stürzen.«

»Ich werde da sein«, erklärte Stephen.

Er wandte sich zum Gehen, aber Burton Hall schwieg einen Augenblick gedankenverloren. Seine ernsten Züge nahmen plötzlich einen weichen Ausdruck an, und ein Leuchten trat in seine Augen.

»Thompson besuchte mich einmal auf einer seiner Reisen nach Kalifornien — er hielt dort bereits Vorlesungen — und zeigte mir seine Entwürfe für das Zyklotron, wie er es nannte. Er ist kein guter Zeichner — ich mußte meine Fantasie ziemlich anstrengen — das verflixte Ding sah wie ein Spielzeug aus. Es ist eine Erfindung, die auf der kreisförmigen Bewegung geladener Partikel im magnetischen Feld beruht, die sich steigert, bis man die erforderliche kinetische Energie erreicht hat, um das Ziel zu treffen.«

Stephen setzte sich wieder. »Was benutzt er als Zielscheibe?«

»Fast jedes Element«, antwortete Burton Hall. Er zündete sich eine Pfeife an. »Das ist gerade das Schöne am Zyklotron. Man kann die Energie der Partikel beliebig steigern. Es fragt sich jedoch, ob das Zyklotron uns bei unserem Projekt nützen wird. Auf alle Fälle wird es uns aber gestattet, die Bahn einzelner Kerne zu verfolgen. Wir werden dann wissen, was für eine Minimalenergie erforderlich ist, um die Kernspaltung herbeizuführen. Das ganze Studium der Sonnenenergie wird uns jetzt zugute kommen. Ich wette, Sie haben sich öfters gefragt, wozu Ihnen Ihre Untersuchungen der kosmischen Strahlen letzten Endes dienen würden.«

»Sie selbst haben mich gelehrt, Sir, keine Fragen zu stellen«, versetzte Stephen. »Das Wissen um seiner selbst willen verfolgen, etc. —«

»Das ist mein Motto«, gab Burton Hall zu. »Und es wird uns zum Geheimnis der Sonne und des Lebens selbst führen. Stellen Sie sich vor, Steve, ohne dieses Geheimnis wären wir alle tot; ohne die heilige Quelle der thermonuklearen Energie wäre die Sonne längst erkaltet. Explosion — weiter ist es nichts. Wir stehen dicht vor der Entdeckung der gewaltigsten aller Explosionen. Hans Bethe — was würden wir nur ohne die europäischen Wissenschaftler anfangen? Seit Generationen haben sie sich mit ihrer ganzen Geistesschärfe den schwierigsten Problemen widmen können, während wir keine Zeit hatten. Wir mußten zuerst eine Wildnis urbar machen, um eine Nation zu schaffen. Diese Ausländer dürfen wir nicht außer acht lassen, Steve ... Überhaupt sollte ich aufhören zu predigen. Ich wäre besser Pastor geworden. Man kann seinem Erbe nicht entrinnen. Habe ich Ihnen schon einmal erzählt, daß mein Vater ein methodistischer Wanderprediger war?«

»Ja, das haben Sie«, erklärte Stephen energisch. Er erhob sich wieder. Burton Hall wurde alt — jedenfalls für einen Wissenschaftler. Man merkte es an diesem häufigen Verweilen in der Vergangenheit. Er mußte mindestens fünfundvierzig sein. Die besten schöpferischen Wissenschaftler waren unter dreißig — jung genug, um waghalsig zu sein.

»Ja, mein Vater war ein von der Kanzel donnernder Prediger«, erklärte Burton Hall, und ein weicher Ton schlich sich in seine volle Stimme, »und meine Mutter eine Presbyterianerin, eine gute, demütige Seele. Wie kann ich also diesem Erbe entkommen?«

»Das dürfte Ihnen kaum möglich sein«, rief Stephen von der Tür her. »Auf Wiedersehn, Sir. Bis heute abend.«

Wie, fragte er sich, würde Helen sich mit diesem neuen Umzug abfinden? Umzug wohin, würde sie fragen, und er konnte die Frage nicht beantworten. Burton Hall hielt es sicher für ganz unwesentlich. Vielleicht wußte er selbst nicht, wohin es ging. Nun, er brauchte Helen jetzt noch nicht anzurufen. Vielleicht erfuhr er heute abend Näheres. Es war früh genug, darüber zu reden, wenn er nach Hause kam, wer weiß, zu welcher Stunde. Sie müßte sich eigentlich ans Warten gewöhnt haben. Er schob den Gedanken beiseite, daß sie sich nicht daran gewöhnt hatte und sich auch nie damit abfinden würde. »Ich habe eine entsetzliche Krankheit«, hatte sie einmal erklärt. »Sie heißt Ungeduld der Seele.«

Auch diesen Gedanken schob er beiseite und trat in die kühle Morgenluft hinaus. Regen heute nachmittag, hatte das Radio prophezeit, vielleicht sogar Aprilschnee. Er holte tief Atem und schritt schneller aus. Er genoß das Gefühl, jung zu sein, und freute sich auf seine Arbeit, die im Labor auf der anderen Seite des marmorgepflasterten Universitätshofes auf ihn wartete. Dann plötzlich fiel es ihm ein, daß er zum Essen nicht zu Hause sein würde, und im Labor griff er als erstes nach dem Telefon.

»Helen?«

»Dieselbe«, kam die Antwort, »gestern, heute und bis in alle Ewigkeit. Ich habe ein schönes Steak für heute abend.«

»Helen, ich muß dir sagen —«

Ihre Heiterkeit verschwand. »Wir können das Haus nicht kaufen.«

»Noch nicht, Liebling, aber —«

»Was will der ›Herrgott‹ nun von dir?«

»Etwas schrecklich Wichtiges — ich kann es nicht ablehnen —«

»Oh, natürlich«, rief sie, »für ihn ist alles immer schrecklich wichtig!«

Er ließ sie eine Weile jammern. Dann sprach er.

»Soll ich meinen Posten aufgeben?«

Er wartete auf die zaghafte Stimme, die er so gut kannte.

»Nein, Steve.«

»Liebe ich dich?«
»Ich — glaube.«
»Liebe ich dich?« beharrte er.
»Ja.«
»Denke bitte immer daran«, sagte er streng, und plötzlich fiel ihm wieder ein, weshalb er sie angerufen hatte. »Übrigens werde ich nicht zum Essen nach Hause kommen . . . Burton Hall will mich mit Thompson bekannt machen.« Er legte den Hörer auf, ohne ihre Antwort abzuwarten.

In der Hotelhalle wimmelte es gegen halb acht von Menschen, obwohl es eine ungeheuer große, auf der linken Seite von vier Meter hohen orientalischen Wandschirmen eingefaßte Halle war. In der Mitte strömten silberne Wasserstrahlen aus einem Springbrunnen, und darüber hing ein riesiger Käfig, in dem Vögel flatterten und sangen. Stephen blickte sich um, konnte aber keinen Bekannten entdecken. Er war unverbesserlich pünktlich und mußte jetzt warten. »Wieviel Zeit du doch mit deiner Pünktlichkeit verschwendest«, hatte sich Helen heute morgen noch beklagt, als sie wieder einmal ziemlich viel zu spät die Treppe heruntergeeilt kam. Er konnte sich nicht ändern; sein Vater hatte ihm die Pünktlichkeit zu gut anerzogen. »Wenn man Arbeit zu tun hat —« hatte er zu Helen gesagt, aber sie hatte ihn schnippisch unterbrochen. »Wie kannst du nur von Zeit reden? Glaubst du nicht an Einstein? Es ist doch alles relativ.«

Das war eine ihrer amüsanten und etwas irritierenden Angewohnheiten, dachte er bei sich, als er vor dem Springbrunnen stand und die flatternden Vögel beobachtete. Sie eignete sich den wissenschaftlichen Jargon an und benutzte ihn, um ihn zu necken und herauszufordern, was ihr um so besser gelang, als er zu seinem heimlichen Staunen bemerkte, daß sie die Prinzipien, die sie angeblich verachtete, überraschend gut erfaßte, und zwar nicht mit ihrem rastlosen, ungeduldigen Verstand, sondern intuitiv (ein Wort, das er haßte).

Burton Halls kräftige Stimme riß Steve aus seinen Gedanken.

»Da sind Sie ja, Steve — haben Sie schon lange gewartet? Hier ist Thompson, kommt gerade aus Kalifornien — Tommy, Sie kennen doch Steve Coast? Schreibt eine Arbeit über kosmische Strahlen. Mein bester junger Mann . . . Und dann habe ich meine erste Assistentin mitgebracht, Jane Earl. Ich habe einen Tisch reservieren lassen.«

Burton Hall hatte die Halle bereits zur Hälfte durchquert. Stephen und Thompson schüttelten sich die Hand. Ja, Stephen erinnerte sich an die kleine, dünne Gestalt, an das zarte, blasse Gesicht und das mausgraue, schüttere Haar. Und wer war Jane Earl? Dieses Mädchen hatte er noch nie gesehen. Sie war jung, etwa zweiundzwanzig, dunkel, vielleicht schön, dessen war er nicht sicher, aber auf jeden Fall sehr elegant in ihrem schwarzen Kleid und dem kleinen weißen Hut. Sie hatte eine angenehm ruhige Art, und ihre Stimme war klar. Stephen ging neben ihr her.

»Wir sind uns wohl noch nicht begegnet?« fragte er.

»Ich glaube kaum, denn ich bin erst vor knapp einem Monat aus New York hierhergekommen«, erwiderte sie. »Ich kenne eigentlich noch niemanden.«

Ein nettes Mädchen, entschied er, klug und nicht aufdringlich. Er vergaß sie, sobald sie sich zu Tisch setzten, obgleich sie ihm zwischen Burton Hall und Thompson gegenübersaß.

»Keine Unterhaltung, bis Sie sich entschlossen haben, was Sie essen wollen«, ordnete Burton Hall an. »Ich nehme immer Steak. Sie wählen am besten alle Steak. Einverstanden? Vier Steaks, grünen Salat, Kaffee . . . Nun, Thompson, was für Fortschritte haben Sie mit Ihrem Atomzünder gemacht? Das sind sehr schnelle Protonenstrahlen, Jane, plus ein Magnet, aber das brauche ich einem so klugen Mädchen wie Ihnen nicht zu erklären. Schade, daß Sie eine Frau sind. Also, dieses wunderbare Zyklotron —«

»Es sind auch Nachteile vorhanden«, unterbrach Thompson mit seiner hohen, dünnen Stimme. »Die Isotope können immer noch normales Gewebe zerstören, und das bedeutet, daß es uns bis jetzt nicht möglich ist, kleine Organismen oder Zellen zu studieren.«

»Ich denke lieber an die Vorteile«, entgegnete Burton Hall. »Die durchdringenden, ionisierten Strahlungen können bösartiges Gewebe zerstören —«

Das Gespräch floß im vertrauten Jargon dahin. Jane Earl hörte schweigend zu. Eine zuverlässige, bescheidene Frau, dachte Stephen, die keine Aufmerksamkeit verlangte, während die Männer zufrieden disputierten und sich in ihre eigene Welt zurückzogen, diese Männer der Wissenschaft, Kameraden und Brüder, die miteinander enger verbunden waren als mit ihren Frauen und Kindern, die ihre eigene Sprache hatten, deren Geist aufeinander abgestimmt war.

Ein blondes, herausforderndes Zigarettenmädchen bot ihre Ware an. Burton Hall erwiderte ihr Lächeln und kaufte ein Päckchen. Dann lehnten sie sich für eine Weile schweigend zurück und beobachteten, wie die Abendvorführung auf der kleinen Bühne am Ende des Speisesaales begann. Sechs Mädchen in silbernen Trikots und Büstenhaltern gaben mit einem müden Lächeln ihre Tanznummer zum besten. Thompson warf ihnen nur einen flüchtigen Blick zu. Stephen dachte darüber nach, wie töricht solche Vergnügungen waren, wo doch der aufregendste Zeitvertreib der Welt innerhalb der vier Wände seines eigenen Laboratoriums auf ihn wartete. Burton Hall starrte mit seinen zynisch grünen Augen die Mädchen an, ohne sie eigentlich zu sehen.

»Ach ja«, sagte er sinnend, »wie es erst sein wird, wenn wir wirklich die Atomenergie in großem Umfang ausnutzen und die Welt mit Licht und Wärme versorgen —«

»Oder sie zerstören«, warf Thompson ein.

»Sie ewiger Pessimist«, wehrte Burton Hall ab.

»Bringt die Kommission in Washington eigentlich etwas zustande?« erkundigte sich Stephen, der seine Stimme erheben mußte, um sich bei der schrillen Musik verständlich zu machen.

»Was sie auch tun mögen, wird natürlich geheimgehalten«, sagte Thompson, »aber wir hätten davon gehört, wenn etwas Besonderes vorgefallen wäre. Ich glaube nicht, daß sie die Sache ernst nehmen. Und wir sollten, ja wir müssen sie ernst nehmen, wenn ich Szigny glauben kann.«

Burton Hall lachte. »Hat er Ihnen auch in den Ohren gelegen? Wozu sollen wir die Energie verwenden? Hat er Ihnen das gesagt?«

»Wir könnten Schiffe damit antreiben«, meinte Stephen, »oder wir könnten Uran 235 isolieren.«

Sie wurden durch den Beifall unterbrochen. Der Tanz war zu Ende, und die Mädchen verschwanden von der Bühne. Drei Akrobaten traten an ihre Stelle.

»Wir wissen, daß die Deutschen eifrig an der Arbeit sind und tüchtige Leute haben«, erklärte Thompson. »Sie haben Fortschritte gemacht bei ihren Versuchen, die beiden Formen des Urans zu trennen. Und glauben Sie mir, sie denken nicht daran, ihre Ergebnisse für friedliche Zwecke zu verwenden.«

Jane fragte ruhig: »Sollen wir das hier besprechen?«

Die Männer brachen ihr Gespräch unvermittelt ab. »Danke für den Wink, Jane«, sagte Burton Hall. »Wir wollen uns morgen abend bei mir zu Hause treffen. Thompson fährt übermorgen wieder nach Kalifornien zurück.«

Man schwieg, da das bestellte Essen aufgetragen wurde. Die Männer aßen rasch und konzentrierten sich auf die Mahlzeit. Um sie herum füllten sich die Tische. Eine nervöse Stimmung drang in den lärmenden Speisesaal, als die wartenden Gäste sich um die Tür scharten. Der Geschäftsführer beobachtete mit verhaltener Ungeduld jeden Gast, der bei Kaffee und Zigaretten länger verweilte.

»Werden wir jemals wieder Zeit haben, höflich und gesittet oder zumindest liebenswürdig zu sein?« brummte Burton Hall.

»Man gebraucht den Krieg in Europa sogar hier als Entschuldigung«, bemerkte Thompson. »Meine Frau war gestern in einem Warenhaus, wo eine Gruppe von Verkäuferinnen sich unterhielt, ohne sich um die Kunden zu kümmern. Meine Frau tippte einer auf die Schulter und fragte mit ihrer sanften Stimme: ›Würden Sie mich wohl bedienen?‹ Meine Frau ist nämlich eine schüchterne Seele und tut keiner Fliege etwas zuleide. Das Mädchen fährt sie an: ›Madame, wissen Sie denn nicht, daß es Krieg geben wird?‹ Meine Frau wird

– bestimmt zum erstenmal in ihrem Leben – ebenfalls schnippisch und sagt: ›Das muß wohl so sein, sonst wären Sie nicht hier.‹«

Sie lachten und tranken ihren Kaffee aus. Ohne den Neger zu beachten, der jetzt auf der Bühne Blues sang, bahnten sie sich ihren Weg zwischen den Tischen hindurch und trennten sich in der Halle. Stephen mußte eine Weile an der Garderobe warten, um seinen Hut zu holen. Als er wieder durch die Halle schritt, konnte er es sich nicht versagen, einen Augenblick beim Vogelkäfig stehenzubleiben. Ein Kanarienpaar hatte zwischen zwei Zweigen eines künstlichen Baumes ein Nest gebaut. Das Weibchen schmollte und weigerte sich offenbar, auf den winzigen Eiern im Nest zu sitzen. Das Männchen, schlank und arrogant, keifte und schalt, aber ohne Erfolg. Das eigensinnige Weibchen hüpfte zum Futternapf und fegte die Samenkörner wütend nach rechts und links. Immer noch scheltend, setzte sich das verzweifelte Männchen selbst auf die Eier.

»Armer kleiner Mann«, ließ sich eine Stimme hinter Stephen vernehmen. Er drehte sich ein wenig bestürzt um und blickte in ein Paar dunkle Augen. Jane Earl stand neben ihm.

»Es ist vielleicht lächerlich, aber diese Kreaturen haben etwas Faszinierendes an sich«, sagte er.

»Ich könnte ihnen stundenlang zusehen«, entgegnete sie, »und eines Tages werde ich es auch tun.«

Sie hat eine liebliche Stimme, dachte er, gerade die Stimme, die eine Frau haben sollte – weich, mit fließenden Modulationen.

»Wie kommt es eigentlich, daß Sie Wissenschaftlerin sind?« fragte er plötzlich und vergaß die Vögel.

Sie lachte. »Ich habe mich von jeher dazu hingezogen gefühlt.«

»Zur Wissenschaft?«

»Ja, wenn Sie die ewige Neugierde, die uns treibt, so nennen wollen.«

Sie wandte sich lächelnd ab und winkte ihm mit ihrer behandschuhten Hand zum Abschied zu. Zögernd löste er seinen Blick von ihrer anmutigen Figur und ging nach einem letzten kurzen Blick auf das Vogelpärchen davon.

Am nächsten Abend stellte Mollie Hall heißen Kaffee, zwei Dutzend ihrer besten Tassen sowie belegte Brote, Gebäck und rosafarbene Papierservietten auf den Tisch. Wissenschaftler waren immer hungrig – hager und hungrig. Sie verzehrten sich von innen, wie sie zu Burt sagte. Heute abend wollten sie Tommy Thompsons Abschied feiern. Alle hatten zugesagt, alle Männer aus dem Labor und ihre Frauen – und Jane Earl. Der gute Burt! Er war der beste Ehemann in der Welt, aber immer noch so gut aussehend, daß sie ein wachsames Auge auf ihn haben mußte! Sie begleitete ihn überallhin, um ihn zu beschützen. O ja, sie kannte ihre Pflicht. Wissenschaftler waren so geistesabwesend. Sie merkten es nicht, wenn die Frauen sich an sie heranmachten, und wenn sie es tatsächlich merkten, machte es ihnen so viel Spaß. Burt war Schmeicheleien sehr zugänglich. Er glaubte alles, was eine Frau ihm erzählte, wenn sie erst einmal seine Aufmerksamkeit erregt hatte.

Sie ging zur Treppe. »Burt!«

Ein undeutliches Brummen war die Antwort.

»Ich komme hinauf«, rief sie geduldig. »Ich habe es ganz bestimmt zu den anderen Hemden in die Schublade gelegt.«

Er suchte sein blaugestreiftes Lieblingshemd. Was für ein Kind war er doch! Was würde er je ohne sie anfangen? Plötzlich klingelte die Türglocke, und sie wurde ganz aufgeregt. Was sollte sie zuerst tun? — »Einen Augenblick, Burt«, entfuhr es ihr schrill, während sie zur Tür eilte. Sicherlich einer der ausländischen Wissenschaftler; die waren immer pünktlich. Sie öffnete die Tür, und vor ihr stand die schmächtige graue Gestalt von Ernst Weiner.

»Kommen Sie herein«, forderte sie ihn freundlich auf. »Burt wird sofort unten sein.«

Sie nahm ihm entschlossen den Hut aus der Hand, ein mitgenommenes Wrack; aber sie hatten ja kein Geld, diese Ausländer. Dann schob sie ihn ins Wohnzimmer.

»Gießen Sie sich eine Tasse heißen Kaffee ein und machen Sie es sich gemütlich.«

Sie hastete nach oben, und auf halber Treppe dachte sie daran, daß sie langsam gehen sollte. Sie hatte zugenommen, und ihr Arzt hatte sie vor Anstrengungen gewarnt. Aber was wußten die Ärzte schon? Es war schließlich kein Kinderspiel, die Frau eines Mannes wie Burt zu sein. Jetzt stand er wieder mit nacktem Oberkörper oben an der Treppe. In all den Jahren ihrer Ehe hatte sie ihn nicht dazu bewegen können, ein Unterhemd zu tragen, wie sich das gehörte. Und gar die Pyjamafrage — nun, sie wollte lieber nicht daran denken.

»Wer ist das da unten?« fragte er.

»Weiner. Er kommt immer zu früh. — Nun laß mich mal sehen, wo das Hemd ist.«

Er trottete lebhaft wie ein großer Hund hinter ihr her ins Schlafzimmer, und sie griff mit erfahrener Hand in die zweite Schublade und zog das Hemd hervor. Er riß es ihr aus der Hand.

»Vor einer Minute war es nicht da, das kann ich beschwören.«

»Oh, Burt«, seufzte sie.

Er zog das Hemd über den Kopf, ohne hinzuhören. »Hör mal zu, Mollie. Ich möchte, daß du die Frauen aus dem Wege schaffst.«

»Ich weiß. Das tue ich doch immer.«

Sie ging im Zimmer umher und hob seine Unterwäsche, seine Socken und drei schmutzige Taschentücher auf.

»Du hast mal wieder Tinte oder eine Säure aufgewischt. Sieh dir bloß diese Taschentücher an!«

Er ignorierte sie. »Wir haben eine schrecklich wichtige Konferenz heute abend.«

»Das ist nichts Neues.«

»Hier handelt es sich um etwas Schwerwiegenderes.«

»Krieg?«

»Verschone mich mit Fragen.«

»Wieder etwas, worüber wir nicht miteinander reden können?«

»Nicht in den nächsten Monaten. Vielleicht nicht in Jahren.«

Den Arm voll Kleidungsstücke, sank sie auf den nächsten Stuhl. »Immer dasselbe seit unserer Hochzeitsreise – vor dreiundzwanzig Jahren.«

Er schnaufte. »Halte mir das nicht wieder vor. Es wird am besten sein, wenn ich dich endlich mal offiziell für vertrauenswürdig erklären lasse.«

Er kleidete sich fertig an und kämmte sein steifes rotes Haar zu einer Bürste. Wieder ertönte die Hausglocke. Er polterte die Treppe hinunter und riß die Tür auf. Da standen sie alle vor ihm, seine Kollegen und Brüder, mit denen er sich zutiefst verbunden fühlte.

»Kommt herein«, begrüßte er sie freudig und folgte ihnen, als sie sich mit ihren Frauen ins Wohnzimmer drängten. Ein wenig hinter den andern trat auch Jane Earl ruhig ein.

»Kinder!« rief Mollie von oben. »Ich bin sofort unten. Bedienen Sie sich mit Kaffee und Broten. Wir wollen uns in die Glasveranda setzen.

Helen Coast, die dicht auf Stephen folgte, murmelte ihm ins Ohr: »Es ist genau wie bei einer Kartengesellschaft. Kleinstädtisch und in gutbürgerlicher Sicherheit, möchte man sagen, und statt dessen ist diese Versammlung von Männergehirnen der größte Explosionsherd der Welt! – Wer ist das große dunkle Mädchen? Kennst du sie?«

»Jane Earl«, erwiderte Stephen. »Da ist Weiner. Ich möchte ihn etwas fragen.«

Er verließ seine Frau und zog sich ein Sitzkissen an Weiners Seite. Der graue, bleiche Ungar lächelte schwach und streckte eine schlaffe, blasse Hand aus, die Stephen ergriff.

»Haben Sie den Bericht von Halban, Joliot und Kwarski gelesen?« fragte er.

Weiner nickte. »Es ist der erste Schritt«, flüsterte er, »aber nicht sehr vielversprechend.«

Er wollte fortfahren, aber Mollie unterbrach.

»Also, Kinder! Burt schneidet uns Grimassen. Das bedeutet: hinaus mit euch Frauen. Dann wollen wir mal gehen –«

Während Mollie sie in die Veranda führte, drehten sie sich eine nach der anderen zu Jane Earl um, die in einem grünen Sessel saß, der einen schönen Kontrast zu ihrem rötlichbraunen Kostüm bildete. Sie lächelte ihnen schwach zu, fast, als wolle sie um Entschuldigung bitten.

»Kommen Sie zu uns, Jane«, forderte Burton Hall sie auf. Er erhob sich und schob ihren Stuhl in den Kreis der Männer. »Würden Sie Notizen machen, während wir reden?«

»Natürlich.« Sie verließ den Sessel und setzte sich auf einen Stuhl an den Tisch. Aus ihrer braunen kalbledernen Handtasche nahm sie Bleistift und Notizbuch und zog sich den kleinen Hut vom Kopf. Ihr Haar leuchtete im Schein der Lampe wie dunkle Bronze, und ihre Haut, bemerkte Stephen plötzlich, hatte eine cremefarbene Tönung. Beinahe ein Rotkopf, dachte er, aber glücklicherweise keiner. — »Also«, fragte Burton Hall, »was wissen wir eigentlich von den Deutschen? Wen haben sie vor allen Dingen?«

»Hahn«, entgegnete Szigny mit heiserer Stimme. »Sie haben Hahn, und der ist soviel wert wie zehn von uns.«

»Das akzeptiere ich nicht so ohne weiteres«, erklärte Burton. »Was macht Hahn übrigens? Weiß jemand etwas Genaueres darüber?«

Weiner räusperte sich. »Entschuldigen Sie, bitte. Ich glaube, es ist nicht so wichtig, was der eine oder der andere tut. Wir befinden uns alle in einem Wettrennen, also tut jeder etwas, um das Ziel zu erreichen. Und was ist dieses Ziel? Die Spaltung und die Auslösung von Kettenreaktionen. Wenn Uran 235 und Uran 238, die wie siamesische Zwillinge sind, voneinander getrennt werden können, haben wir es geschafft.«

»Stimmt«, erklärte Thompson. »Aber ich kann Ihnen versichern, daß die Sache komplizierter ist, als Fermi annimmt.«

»Für einen Verstand, wie Fermi ihn besitzt, sind alle Dinge einfach«, murmelte Szigny.

Die Unterhaltung hatte begonnen und entwickelte sich unvermeidlich zu einer wissenschaftlichen Debatte. Ihr Geist empfing die fruchtbarsten Anregungen durch solche Diskussionen, die sie mit äußerster Konzentration führten. Janes ruhiger Blick schweifte von einem Gesicht zum anderen und erkannte den vertrauten Ausdruck der Augen und Lippen, das intensive, horchende Starren, das diese Suche nach Erkenntnissen begleitete. Sie öffnete ihre Handtasche, zog einige gefaltete Blätter heraus und mischte sich in die Männerstimmen.

»Ich habe ein Vorausexemplar der letzten Nummer von ›Nature‹ aus London. Ein Freund von mir arbeitet dort auf der Redaktion und hat mir die Kopie eines Briefes von Lise Meitner und Frisch geschickt. Soll ich ihn vorlesen?«

»Unbedingt!« rief Burton Hall aus. »Ich frage mich nur, warum Sie ihn uns nicht schon längst vorgelesen haben.«

»Die Nummer ist gerade erst erschienen, und ich erhielt sie mit der letzten Post heute nachmittag. Ich habe kaum Zeit gehabt, einen flüchtigen Blick darauf zu werfen.«

Sie glättete die Seiten. »Sie sagen: ›Es besteht die Möglichkeit, daß der Urankern nur eine geringe Formfestigkeit besitzt und sich nach Aufnahme von Neutronen in zwei Kerne ungefähr gleicher Größe teilen mag.‹« Sie sah auf und begegnete Stephens Blick. »Das ist Spaltung, nicht wahr? Ferner heißt es in dem Brief, daß die sich ergebenden Elemente radioaktiv sind – und zwar sehr stark.«

Weiner hörte so intensiv zu, daß er zitterte. Seine kurzsichtigen, wassergrauen Augen blickten sie durch dicke Linsen an. Schweißtropfen perlten an seinen Schläfen. Er rang die knochigen Hände.

»Ich glaube, sie werden mit Bohr darüber sprechen.« Seine Stimme war ein Geflüster. »Und Bohr wird es bestimmt an Einstein und Fermi berichten, und dann werden wir es alle wissen. Aber der springende Punkt ist die Kettenreaktion. Es ist alles nicht so wichtig, wenn nicht eine Explosion die nächste verursacht.«

Stephen ließ seinen Blick durchs Fenster wandern. Draußen begann ein Frühlingsschnee in großen, weichen Flocken zu fallen. In der reglosen Luft glitten sie wie Blütenblätter leicht und schwerelos zur Erde. Das Gespräch floß weiter und flammte wieder auf zu einer Debatte. Plötzlich fluchte Burton Hall, wie immer, wenn Zorn oder Bewunderung in ihm angefacht wurden. »Tommy, Sie Teufelskerl, will es endlich mal in Ihren Dickschädel, daß wir nicht genug Uran und nicht genug schweres Wasser haben und daß Gott – oder Teufel – allein weiß, was die Deutschen mit dem schweren Wasser in Norwegen machen? Menschenskind, Rusinov in Rußland hat schon vor Jahren mit Kernreaktionen herumgespielt. Und denken Sie einmal an Hideki Yukawas Arbeit in Japan. Und Nishinas Zyklotron. Sie sind gar nicht so schrecklich weit voraus, wie Sie denken –«

»Burt!« Mollies Stimme drang durch die geschlossenen Glastüren. »Bist du bald so weit, daß ich eine Stärkung reichen kann? Hier in der Veranda wird es kalt, und wir könnten einen heißen Kaffee gebrauchen. Es ist beinahe zwölf Uhr.«

Unbemerkt waren die Stunden zerronnen, während sich draußen die schweren Schneeflocken immer dichter auf die Fensterscheiben legten. »Wir werden die Frauen wohl oder übel hereinlassen müssen«, stöhnte Burton Hall. Er war mit einem Satz auf der andern Seite des Zimmers und stellte sich mit dem Rücken gegen die Glastür.

»Meine Freunde, dies alles muß streng geheim bleiben, das verstehen Sie doch. Wir müssen überlegen, was zu machen ist.«

»Ich glaube, wir sollten die Regierung von unseren Befürchtungen in Kenntnis setzen«, erklärte Stephen.

»Zweifellos«, stimmte Thompson zu. »Aber sollen wir nicht bis nach der Konferenz warten? Wir haben dann mehr zu sagen, weil wir mehr wissen.«

»Sicher nicht durch die Vorträge, die gehalten werden«, protestierte Burton Hall.

»Aber es werden private Unterhaltungen stattfinden«, meinte Weiner. »Ich selbst werde mit gewissen ausländischen Wissenschaftlern reden und dabei sicher manches ausfindig machen. Sie werden mir Geheimnisse erzählen, die sie den Amerikanern übermitteln möchten.«

»Also nach der Konferenz«, willigte Burton Hall ein. Hinter seinem Rücken klopfte seine Frau an das Glas.

»Burt, laß uns herein!«

»Inzwischen«, wiederholte er streng, »kein Wort!« Damit öffnete er die Tür, und die Frauen kamen herein. Die Spannung löste sich. Der Raum war erfüllt von Stimmen, Bewegung und dem Duft von heißem Kaffee.

In ihren Pelzmantel gehüllt, murmelte Helen eine Stunde später auf der Heimfahrt halb im Schlaf in die Dunkelheit hinein:

»Was ist denn eigentlich so Besonderes an der Frau?«

Stephen blickte in die Nacht hinaus. Kleine Pfeile aus weißem Schnee flogen gegen die Windschutzscheibe. Wie fliegende Elektronen, dachte er.

»Welcher Frau?« fragte er zerstreut.

»Wenn du dich nicht entsinnen kannst, will ich dich nicht daran erinnern«, entgegnete sie und verfiel wieder in Schlaf.

Am nächsten Morgen erwachte Stephen früh. Sein Geist war frisch, und seine Gedanken folgten einander mit äußerster Schärfe und Klarheit. Hideki Yukawa, der japanische Wissenschaftler, der ihnen allen Achtung abgenötigt hatte, stellte Theorien über eine neue Komponente im Atomkern auf! Und Wolfgang Pauli, der Österreicher, hatte das Wort Neutrino geprägt für jene Teilchen, die, noch ungesehen und leichter als alle anderen, keine elektrische Ladung trugen. Mit Nishinas Zyklotron standen die Japaner kein bißchen hinter den Amerikanern zurück. Aber die Engländer waren dem letzten Geheimnis der Energie viel näher gekommen als alle anderen.

Abgelöst von seiner leiblichen Hülle, wanderte sein Geist auf einsamen Pfaden, während sein Körper gewohnheitsgemäß seine verschiedenen Aufgaben erledigte. Er putzte die Zähne, nahm eine Dusche, er rasierte sich, zog die frischen Kleidungsstücke an, die er, auf einem Stuhl ausgebreitet, vorfand, und band sorgfältig seinen Schlips. Darauf ging er hinunter ins Eßzimmer. Wie aus weiter Ferne roch er Kaffee, und da er seine Tasse voll fand, trank er sie aus. Ein Glas Orangensaft stürzte er ebenfalls in völliger Geistesabwesenheit hinunter, aß hastig einen Teller Eier und Speck mit Toast und trank noch eine Tasse Kaffee. Mit einem angenehmen Gefühl des Gesättigtseins erhob er sich und schob seinen Stuhl sorgfältig an seinen Platz. Dann ging er durch das Zimmer auf den Flur, wo er Hut und Mantel vom Haken nahm. In diesem Augenblick kam es ihm zum Bewußtsein, daß er irgendwo eine Mahlzeit eingenommen hatte, eine gute Mahlzeit. Zögernd kehrte er zurück. Sein Blick wanderte ausdruckslos durchs Zimmer. Gewohnheit war wieder am Werk, die nette Gewohnheit des wohlerzogenen Kindes, das die mütterliche Stimme gelehrt hatte: Bedanke dich stets bei deiner Gastgeberin ...

»Danke«, rief er klar und deutlich. »Vielen Dank für das schöne Essen!«

Ein schallendes Gelächter, hell und ironisch, in dem sich Heiterkeit und Vorwurf mischten, ließen ihn betroffen zusammenfahren.

»Stephen – Stephen Coast!«

Sein Geist kehrte gänzlich zur Erde zurück. Er stand seiner Frau Helen gegenüber, mit der er täglich frühstückte.

»Weißt du überhaupt, wo du bist?« fragte sie.

»Natürlich«, versetzte er.

»Dann sage es mir doch«, beharrte sie skeptisch.

Er blickte sich im Zimmer um und erkannte es. »Ich bin zu Hause«, erwiderte er, »wo sollte ich sonst wohl sein?«

»Warum«, forschte sie weiter, »bleibst du dann aber an deiner eigenen Tür stehen und dankst mir für eine Mahlzeit? Kannst du dich vielleicht erinnern, mich früher schon einmal gesehen zu haben?«

Er seufzte, wurde rot, und dann lachte er. »Wirst du mir das je verzeihen?«

»Oh, Stephen –«

»Ich verstehe nicht, warum du mich geheiratet hast«, murmelte er.

»Weil ich es wünschte – leidenschaftlich.«

»Bist du ganz sicher?«

»Und wie!«

Sie lag in seinen Armen, löste sich aber in derselben Sekunde wieder von ihm, zupfte seinen Schlips zurecht und fuhr ihm zärtlich mit dem Zeigefinger durch das Haar.

»Ich möchte am liebsten bei dir bleiben«, murmelte er.

»Aber du kannst es nicht. Das weiß ich sehr gut«, entgegnete sie und schenkte ihm zum Abschied ein strahlendes Lächeln.

Sechs Monate später saß Jane Earl in einem Konferenzsaal in der sechsten Reihe zwischen zwei transpirierenden Männern. Es waren Europäer, die nicht an die hohen Temperaturen amerikanischer Heizungen gewöhnt waren. Sie lauschten mit äußerster Konzentration den Ausführungen von Burton Hall. Er stand auf dem Podium, eine riesige, eindrucksvolle Gestalt, und sein rotes Haar flammte in dem Licht, das von der Decke strömte.

Jane vernahm plötzlich zu ihrer Rechten ein schnell unterdrücktes schmerzliches Stöhnen. Der kahlköpfige Mann neben ihr zog ein Taschentuch aus der Tasche und wischte sich über das schwitzende Gesicht. Er beugte sich über sie hinweg und redete in gutturalem Deutsch mit dem Mann zu ihrer Linken.

»Hans, was soll man nur mit diesen Amerikanern anfangen, die ihre Geheimnisse überall ausposaunen?«

Der Mann zu ihrer Linken lehnte sich hinüber, um zu antworten: »Vielleicht ist es schon zu spät.«

Sein schlechter Atem ließ Jane zurückweichen, und im selben Augenblick entschuldigten sich die beiden hastig.

»Verzeihung —«

Sie lächelte: »Bitte, es macht gar nichts. Aber was Sie da eben gesagt haben, meine Herren, interessiert mich. Glauben Sie wirklich, daß solche Konferenzen nicht stattfinden sollten?«

Sie hatten die richtige Zuhörerin gefunden. Zu beiden Seiten wurden lebhaft Gründe vorgebracht. Gutmeinende Leute, das konnte sie sehen. Ängstlich und furchtsam. Die Erinnerung war bei ihnen noch zu lebendig.

»Natürlich dürfen solche Konferenzen nicht mehr stattfinden. Es ist sehr gefährlich. Ich kann Ihnen versichern —«

»Ich versichere Ihnen, gnädiges Fräulein, die Deutschen sind schon sehr weit. Warum haben sie Schweden links liegengelassen und sich auf Norwegen konzentriert? Weil Norwegen das schwere Wasser hat, das sie brauchen —«

Sie hörte ihnen zu, während Burton Hall seinen Vortrag beendete und MacLeod seinen Platz einnahm. Sie mußte sofort mit Burton Hall sprechen. Sie beobachtete ihn und bemerkte seine innere Unruhe. Sie kannte ihn gut; früher oder später würde er unter irgendeinem Vorwand weggehen. Mitten im dritten Vortrag sah sie, wie er aufstand und sich heimlich davonschlich. Ebenso ruhig erhob sie sich und verließ den Saal. In der Vorhalle lief sie rasch eine kleine Treppe hinunter, eilte dann durchs Kellergeschoß und traf Burton Hall an der Hintertür.

»Hallo«, rief er, »was machen Sie denn im Keller?«

»Versuche, Sie zu fangen, ehe Sie entwischen. Ich habe Ihnen etwas zu sagen, das vielleicht von Wichtigkeit ist.«

»Lassen Sie uns irgendwohin gehen und ein Gläschen trinken.«

Sie folgte ihm nach draußen in die kühle Herbstluft, die durch den hellen Sonnenschein ein wenig erwärmt wurde. Burton Hall tat ein paar tiefe Atemzüge.

»Ich liebe meine Kollegen«, verkündete er. »Ich liebe sie sehr.

Jeden einzelnen wie einen Bruder. Aber wie langweilig können diese Brüder doch sein, wenn sie Reden halten.«
Jane lachte. »Sie sind allesamt Poseure, die sich voreinander brüsten müssen. Warum, weiß ich nicht. Sie täuschen niemanden, nicht einmal sich selbst.«

Er blickte von seiner Höhe zu ihr hinab, und seine grünen Augen funkelten plötzlich in einem etwas fahlen Licht. »Wann geben Sie endlich nach?« verlangte er zu wissen.

»Ich möchte Ihnen sagen —« begann sie.

Er unterbrach. »Und ich möchte Ihnen sagen, mein rankes, schlankes Mädchen, daß ich mit Ihnen schlafen möchte.«

Sie hörte sich das ungerührt an. Ob er es ernst meinte oder ob es eine Hänselei war, die er im Verkehr mit dem weiblichen Geschlecht für notwendig hielt, waren Fragen, die sie noch nicht zu beantworten versucht hatte. Sie spürte ein großes Verlangen danach, jemanden zu lieben, aber Burton Hall liebte sie nicht. Sie beachtete seinen brennenden Blick nicht.

»Neben mir saßen zwei ausländische Wissenschaftler, deren Mißfallen Sie erregten, weil Sie über Dinge sprachen, die nach ihrer Meinung jetzt nicht öffentlich diskutiert werden sollten. Ich hatte das Gefühl, Ihnen das noch einmal sagen zu müssen, obwohl Ihnen der Standpunkt dieser Leute bekannt ist.«

Er zündete sich im Gehen seine Pfeife an und paffte heftig. »Jagen Sie mit Ihrem Verstand nicht alle Männer in die Flucht?« fragte er.

»Ja«, erwiderte sie kühl, »aber nicht die, die mich interessieren.«

Er nahm seine Pfeife aus dem Mund und lachte dröhnend. »Bilden Sie sich nicht ein, daß ich mich vor Ihnen fürchte, mein schlankes Mädchen. Nun erzählen Sie mir einmal genau, was Ihre ausländischen Freunde gesagt haben.«

Jetzt hatte sie ihn. Sie war bei ihm bis ins Innerste vorgedrungen, und dort war er ganz Wissenschaftler. Keine Frau der Welt konnte mit der unersättlichen Leidenschaft des Forschers in ihm wetteifern, der der Wahrheit bis in die verborgensten Schlupfwinkel nachjagte. Jane kannte und verehrte die Reichweite seines Geistes, der durch die momentanen Gelüste des massigen Körpers, in dem er hauste, nicht verdorben war.

»Der springende Punkt ist —« begann sie ihren Bericht, und er hörte ihr kühl und aufmerksam zu, als ob sie ein Mann wäre.

»Sie haben recht, mein schlankes Mädchen«, gab er schließlich zu. »Ich habe die Tatsache, daß wir plötzlich in ein anderes Zeitalter geschleudert worden sind, nicht ernst genug genommen. Ich muß verschwiegen sein wie das Grab, obwohl ich ein Wissenschaftler bin, der gewohnt ist, seine ganzen Kenntnisse in das allgemeine Reservoir des Wissens zu schütten. Wir müssen tatsächlich alle den

Mund halten — selbst die Wissenschaftler werden in feindliche Lager gespalten — mein Gott, ein schrecklicher Gedanke!«

Würde er aber den Mund halten können? fragte sie sich. Er war, wie alle die anderen, geschult, sich als Glied einer Kette von Suchenden zu betrachen.

»So«, sagte sie, »hier trennen sich unsere Wege. Ich habe eine Verabredung zum Lunch.«

»Mit wem?« fragte er neugierig.

»Das ist meine Sache«, erwiderte sie mit sanfter Stimme und ließ ihn mitten auf dem Bürgersteig stehen.

Sie betrat das Restaurant mit einem unbestimmten Schuldgefühl — einem Überbleibsel aus einer in Indien verbrachten Kindheit, in der sie durch eine starre Disziplin vor der Neigung der Inder zum Lügen bewahrt wurde; ihre Eltern vertraten nämlich den Standpunkt, daß die Lüge eine der sieben Todsünden sei. Sie hatte gar keine Verabredung, nur eine leichte Hoffnung, die sie sich selbst kaum eingestehen wollte, daß Stephen Coast da sein würde. Einmal, ehe sie ihn kennengelernte, hatte sie ihn hier gesehen. Sie war an dem Tage mit Thomas Freitsch, dem deutschen Biochemiker, hierhergekommen.

»Kennen Sie den Mann dort drüben an dem kleinen Tisch?« hatte Thomas gefragt.

Sie hatte hingeblickt und den Kopf geschüttelt. »Es ist Stephen Coast«, hatte Thomas erklärt, »und sehen Sie ihn bitte nicht mit solchen Augen an. Sonst machen Sie mich eifersüchtig. Und ich weiß nicht, was ich tue, wenn ich eifersüchtig bin, da mir dieses Gefühl bisher unbekannt geblieben ist.«

Sie hatte gelächelt und gehorsam weggeschaut, wie immer auf der Hut, wenn ein Wissenschaftler so redete. Sie waren wie Kinder, gefesselt vom Spiel, das ihre Arbeit war. Aber einmal abgelenkt, konnten sie den Gegenstand dieser Ablenkung mit einer gefährlichen und intensiven Zähigkeit verfolgen. Sie hatte nie jemanden geliebt. Eine jugendliche Schwärmerei für einen hübschen angloindischen Physiklehrer konnte man nicht mitrechnen. Wenn sie jedoch Raman nicht gekannt hätte, wäre sie dann wohl Wissenschaftlerin geworden? Unbeantwortete Frage!

Sie setzte sich nun an denselbsen kleinen Tisch, von dem aus sie Stephen Coast zum erstenmal gesehen hatte. Es war kaum zwölf Uhr und das Lokal noch halb leer. Er war nicht hier. Sie zog ihre Handschuhe aus und warf einen Blick auf die Speisekarte. Eigentlich war sie froh, daß er nicht hier war. Sie hatte genug zu denken ohne die Komplikation einer neuen Gemütserregung! Sich nicht in Gefühle verstricken, das war das Gebot der Stunde!

Nachdem sie etwas zu essen und einen Kaffee bestellt hatte, saß sie eine Weile regungslos auf ihrem Stuhl und entspannte sich auf ihre besondere geheime Art, indem sie sich in ihr eigenes Universum zurückzog. Ihr Idol in diesem Reich war im Augenblick Lise Meitner. Gern hätte sie diese bewunderte Frau zur Freundin gehabt, aber bei der einen Gelegenheit, wo sie zusammengetroffen waren, hatte die große Wissenschaftlerin sie kühl und distanziert gemustert. Sie waren in dem Augenblick nur zwei Frauen gewesen, eine jung und scheu, die andere verbraucht, berühmt und unnahbar.

Ob auch Marie Curie diese Traurigkeit gekannt hatte, fragte sich Jane, indem sie aus ihrer Handtasche die Biographie Madame Curies zog und darin zu lesen begann. Sehr bald war sie in das Buch vertieft und vergaß ihre Umgebung völlig.

»Darf ich mich zu Ihnen setzen?«

Sie blickte auf und sah Stephen Coast an ihrem Tische stehen.

»Ja, bitte.«

Sie machte das Buch zu. »Meistens lese ich beim Essen. Jetzt bin ich froh, daß ich mit jemandem plaudern kann.«

»Da wir offensichtlich zusammenarbeiten werden«, meinte er, »ist es ganz gut, wenn wir uns etwas näher kennenlernen . . . Haben Sie schon bestellt?«

»Ja.«

Nachdem auch er dem Kellner seine Bestellung aufgegeben hatte, setzte sich Stephen zu Jane an den Tisch.

Sie spürte eine widersinnige Erleichterung. Nun, da er vor ihr saß, da sie ihn anschauen konnte, hatte sie überhaupt kein Gefühl für ihn. Er sah gut aus, sehr gut sogar, und sie mochte dunkle Augen, dunkles Haar und eine glatte braune Haut sehr gern. Das lag vielleicht in ihrer Kindheit in Indien begründet. Aber die gefährliche Verbundenheit, die sie in Gedanken für ihn empfunden hatte, war abgeschwächt. Sie war auf der Hut. Er war ein junger Wissenschaftler, sehr talentiert, das wußte sie — alle hatten es ihr gesagt, — und Burton Hall hatte darauf bestanden, daß er am Projekt mitarbeiten solle. Aber sie spürte kein Verlangen, seine Hände zu berühren, die gefaltet auf dem Tisch lagen, als er sich zu ihr neigte.

»Es freut mich, daß Sie mit uns kommen, wohin die Reise auch geht.« Er hatte ein frisches, offenes Lächeln und weiße Zähne, und sein Kinn war ein wenig gespalten. »Ich möchte, daß Sie Helen, meine Frau, recht gut kennenlernen, und ich hoffe, daß Sie sich anfreunden.«

Sie holte tief Atem. Nein, sie fühlte sich ganz sicher. »Ich möchte sie gerne näher kennenlernen«, sagte sie ganz ehrlich und schob die Vase mit der roten Rose, die auf dem Tisch stand, etwas zur Seite. »Ich habe wenig Freundinnen. Das ist einer der Nachteile, wenn man Wissenschaftlerin ist.«

»Sagen Sie mir — Verzeihung, daß ich so neugierig bin —, wie sind Sie eigentlich dazu gekommen, Wissenschaftlerin zu werden? Es ist doch recht ungewöhnlich für eine Frau —«

»Jedenfalls scheint es so.«

Ein Blütenblatt fiel aus der Rose. Sie zerdrückte es zwischen den Fingern. Kein Duft!

»Ich bin in Indien aufgewachsen«, sagte sie. »Mein Vater war dort Ingenieur für Kraftwerkbauten. Ich besuchte eine englische Schule, und mein Lieblingsprofessor war ein junger Angloinder — frisch von Oxford. Er lehrte Naturwissenschaften. Ich habe wohl für ihn geschwärmt — wie die meisten Mädchen —, aber es hat mich wenigstens veranlaßt, tüchtig für ihn zu arbeiten. Dann entdeckte ich plötzlich, daß ich, ganz abgesehen von ihm, die Naturwissenschaft um ihrer selbst willen liebte, und das führte mich letzten Endes zur Physik. Ich studierte in Radcliff und dann unter Fermi an der Universität Columbia. Er und Burton Hall sind Freunde, und deshalb bin ich hier. Es ist eine einfache Geschichte.«

»Ich könnte mir denken, daß Sie selbst nicht so einfach sind«, meinte er.

Sie lächelte ihn scheu an. »Das ist wohl keiner von uns, wenn ich mich zu der edlen Bruderschaft rechnen darf.«

»Wir haben allzusehr nur unsere Wissenschaft im Kopf«, gab er zu. Er errötete plötzlich, als er sich an die Szene vom Morgen erinnerte, und dann erzählte er ihr, wie er gedankenverloren sein Frühstück verzehrt und sich bei seiner Frau für das gute Essen bedankt hatte. »Ich stand unter dem Eindruck, daß ich irgendwo zum Abendessen eingeladen gewesen war. Glücklicherweise hat Helen Verständnis dafür!«

Sie lachte mit ihm, spürte aber einen leichten Schmerz. Die verstehende Gattin!

»Sie sind ein Glückspilz«, sagte sie ernst. »Nicht alle Frauen können das verstehen, und es ist vermutlich auch nicht leicht, wenn man nicht zur Zunft gehört.«

»Ja, aber wir wählen unsere Frauen meistens nicht aus unserem Kreise!«

»Nein«, pflichtete sie ihm etwas zu gemessen bei. »Auch sind nicht alle Frauen so glücklich wie Madame Curie. Also heiraten wir überhaupt nicht, und ich weiß nicht, wer glücklicher daran ist. Unsere Anforderungen sind zweifellos zu hoch. Wir bestehen auf Kameradschaft.«

»Halt«, rief er. »Nicht so schnell. Sie sind die erste Wissenschaftlerin, die ich kennengelernt habe, bedenken Sie das. Die Rasse ist mir noch unbekannt. Unterscheiden Sie sich von uns anderen, nur weil Sie eine Frau sind? Bedeutet das Geschlecht selbst in der Wissenschaft so viel?«

»Das ausfindig zu machen, überlasse ich Ihnen«, antwortete sie.

Sie erkannte eine vorsichtige Bewunderung in seinen Augen und lächelte ihn gegen ihren Willen an.

Der Kellner erschien mit seinem Tablett, und sie widmeten sich eine Zeitlang schweigend dem Essen. Dann blickte Stephen auf.

»Eins beunruhigt mich.«

»Ja?«

»Mein Gewissen spricht gegen die Anwendung dieser — dieser atomaren —«

»Ich weiß — Sie brauchen das Wort nicht zu erwähnen —«

»— für Kriegszwecke«, vollendete er.

»Sind Sie Pazifist?« fragte sie.

»Nein. Das ist das Seltsame dabei. Ich bin in Wirklichkeit ein Realist. In meiner Jugend habe ich zum Beispiel einmal heimlich Boxunterricht genommen. Ich wurde von meinen Mitschülern arg gehänselt und gequält, und ich mußte ihnen einfach einen Denkzettel geben. Mein Vater war aber Quäker, und ich habe es ihm nie erzählt. Nein, heute geht es mir um etwas ganz anderes, um eine Art Widerstand. Diese neue Macht — ich möchte nicht, daß sie für brutale Zerstörung gebraucht wird. Mein Anteil daran soll der Menschheit zum Guten, zu ihrer Aufklärung, ihrem Fortschritt dienen. Verzeihen Sie mir diese abgeschmackte Ausdrucksweise.«

»Warum fürchten Sie sich, auszusprechen, daß Sie Gutes und nicht Böses tun wollen?«

»Es klingt so hochtrabend«, murmelte er und begann weiterzuessen.

»Gar nicht hochtrabend«, verbesserte sie. »Einfach ehrlich.«

»Vermutlich haben Sie recht. Aber hier in Amerika schämen wir uns, wenn wir Gutes tun — wahrscheinlich gibt es zu viele Heuchler.«

»Sie sind kein Heuchler, das wissen Sie selbst sehr gut. Und ich weiß es auch.« Die gefährliche Wärme schlich sich wieder in ihr Herz. Er sah auf, und als ihre Blicke sich plötzlich begegneten, wurde sie leichtsinnig.

»Ich kann Ihnen nicht sagen, was es bedeutet, einen Menschen wie Sie zu finden. Ein Wissenschaftler — noch dazu ein guter —, der auszusprechen wagt, was er als Mensch fühlt.«

Sie war zu weit gegangen. Er wurde wieder scheu und zurückhaltend. »Oh«, meinte er, »das ist nicht so selten, wie Sie denken.«

Sie ließ ein stolzes Schweigen wie einen Vorhang zwischen sie fallen. Den nächsten Schritt mußte er tun.

»Haben Sie den Bericht von Macmillan und Abelson gelesen?« fragte er nach einer Weile.

»Ja. In den nächsten zehn Jahren werden wir ein Element nach dem anderen entwickeln, mit rasender Geschwindigkeit. Wir haben eine Zauberschachtel geöffnet.«

Sie waren wieder auf sicherem, vertrautem Boden und konnten

ungezwungen miteinander plaudern. Die Wärme ließ nach. Sie würde sich nicht in ihn verlieben. Gott sei Dank!

Abends zu Hause fühlte sich Stephen doch ein wenig schuldbewußt. Er ließ die Ereignisse des Tages im Geist an sich vorüberziehen.

»Übrigens habe ich heute mit dem neuen Mädchen zu Mittag gegessen.«

»Was für ein Mädchen?« fragte Helen.

Sie war damit beschäftigt, Salat zu putzen, eine Arbeit, die sie verabscheute.

»Die Wissenschaftlerin.«

»So?« Sie überlegte. »Und was hast du denn gegessen?« erkundigte sie sich freundlich und tat, als sei sie nicht besonders interessiert.

»Steak.«

Sie fuhr auf ihn los. »Stephen Coast, wie konntest du nur! Du weißt doch, daß ich Mittwoch abends immer Steak habe.«

Er blickte bestürzt drein. »Ist denn heute Mittwoch?«

Sie stampfte mit dem Fuß auf. »Natürlich.«

»Mein Gott! Da habe ich mich zweimal am selben Tage wie ein Idiot benommen.«

Sie öffnete die Tür des Bratofens und zog ein halbgebräuntes Steak heraus. »Hast du es nicht gerochen?« fragte sie.

Er schüttelte den Kopf.

»Wir werden es heute nicht essen«, erklärte sie energisch. »Weder Steak noch Salat. Es wird eine Omelette für dich geben, mein Bester, Omelette, schlicht und einfach, mit ein paar übriggebliebenen Bratkartoffeln. Und ich hoffe, du wirst so fett und häßlich, daß dich kein Mädchen mehr anguckt. Und ich tu's auch nicht. So!«

»Liebes —« begann er.

»Du brauchst kein Süßholz zu raspeln«, rief sie.

Er beobachtete sie, während sie genau das tat, was sie sich vorgenommen hatte. In demütigem Schweigen sah er, wie sie vier Eier in die Pfanne schlug und kalte Kartoffeln zerschnitt. Er fühlte sich schuldig. Was für einen unmöglichen Menschen hat dieses glänzende, rastlose, talentierte Mädchen doch in mir geheiratet, dachte er. Aber er hatte sich mit einer Heftigkeit in sie verliebt, von der er sich noch nicht erholt hatte. Und er hatte versucht, ehrlich zu sein. »Liebling«, hatte er an dem glorreichen Abend gesagt, als ihm der Gedanke gekommen war, sie zu küssen — »Liebling, ich muß dir beichten — ich bin ein schrecklicher Tölpel, wenn ich im Labor arbeite.«

»Was macht das schon!« hatte sie gerufen. »Oh, Stephen, ich dachte, du würdest mir nie einen Antrag machen! Weißt du, ich hatte dich fast aufgegeben.«

»Vielleicht hätten wir nicht heiraten sollen«, sagte er nun.

Sofort loderte ihr Zorn auf. »Wie kannst du nur so etwas Schändliches sagen!«

Sie ließ ihre Kochtöpfe im Stich und warf sich ihm an die Brust. »Wie kannst du —« schluchzte sie. »Wie kannst du, Stephen — überhaupt nur so etwas denken!«

Während er sie besänftigte und die Lippen auf das weiche, dunkle Haar ihres Nackens preßte, dachte er plötzlich, daß Frauen und Männer eigentlich ebenso auseinandergehalten werden müßten wie die Elemente in seinem Labor. Getrennt, bildeten sie eine sichere, nicht kritische und kontrollierbare Masse, vereint jedoch einen Explosivstoff. Wie stand es mit Jane Earl? War sie nur eine Frau? Vielleicht war es besser, wenn er sie als eine bekannte Größe betrachtete, als Wissenschaftlerin, schlicht, wenn auch nicht einfach. Der Geruch von angebrannten Eiern stieg ihm in die Nase; doch setzte er heroisch die Besänftigungsversuche fort.

In dem kleinen, an das Laboratorium grenzenden Büro stand Burton Hall den Eindringlingen, den ausländischen Wissenschaftlern, gegenüber. Sie saßen im Halbkreis um seinen Tisch herum, in ihrer unterwürfigen Art, die er so verabscheute. Wenn er auch verstand, warum sie ihnen zur Gewohnheit geworden war, so hätte er ihnen doch am liebsten zugerufen: »Mein Gott, sehen Sie denn nicht, daß ich kein Diktator bin? Ich bin — Gott sei Dank — nicht einmal ein Regierungsbeamter. Ich bin ein einfacher Amerikaner, ein Wissenschaftler, der nur in Ruhe gelassen werden will.«

Statt dessen sprach er in seiner verbindlichsten Art.

»Was kann ich für Sie tun, meine Herren?«

Sie blickten einander der Reihe nach an. Keiner wollte das Wort ergreifen. Schließlich war es Weiner, der genügend Mut aufbrachte.

»Ach, Herr Dr. Hall, wir wissen ja, wie sehr Sie beschäftigt sind. Wir sind daher nur ungern gekommen. Wir kennen aber auch Ihren großen Einfluß in Washington. Wenn Sie an den hohen Präsidenten herantreten würden —«

Er wußte, was sie wollten. Sie waren hartnäckig, verbissen, nicht unterzukriegen.

»Meine Herren, ich kann nicht einfach in das Arbeitszimmer des Präsidenten marschieren.«

Szigny unterbrach. »Nein, nein, das verlangen wir auch nicht. Vielleicht wenden Sie sich zunächst an das Pentagon?«

»Als Wissenschaftler habe ich nichts mit den Militärs zu tun. Das ist bei uns Ehrensache«, sagte Burton Hall mit einiger Schärfe.

Szigny fiel ihm ins Wort. »Vielleicht schreiben Sie einen Brief, und ich werde Fermi bitten, ihn persönlich zu überbringen.«

Sein Eifer wirkte auf den Amerikaner abstoßend. »Fermi braucht keinen Brief von mir. Jeder kennt ihn.«

»Trotzdem —« begann Szigny wieder.

»Nun ja«, sagte Burton Hall ein wenig müde. »Wir haben das schon einmal besprochen. Ich werde also den Brief schreiben und hoffe nur, er klinge nicht lächerlich. Die Marine hat nämlich ihre eigenen Wissenschaftler.«

»Sie haben aber ganz andere Aufgaben als wir«, erklärte Weiner.

»Sie halten nicht Schritt mit uns«, fügte Szigny hinzu.

»Das kann ich ihnen wohl kaum sagen«, meinte Burton Hall trocken. Er drückte auf einen Knopf, und eine grauhaarige Sekretärin in mittleren Jahren kam mit Bleistift und Stenogrammblock ins Zimmer. Er diktierte viel zu schnell, während sie alle angestrengt lauschten.

»›Die Möglichkeit einer Kettenreaktion in der Kernenergie steht nun fest. Wir brauchen nur noch Kontrollexperimente durchzuführen, bevor eine Atombombe‹ — nein, streichen Sie das aus. Fangen Sie nochmal an und schreiben Sie — ›Wenn man Uran als Explosivstoff benutzte, würde die Energie millionenmal so groß sein wie bei jedem anderen Explosivstoff. Ich habe das Gefühl, wenn die Wahrscheinlichkeit auch dagegen spricht —‹«

»Nein!« Szigny war aufgesprungen und gestikulierte mit beiden Armen. »Die Wahrscheinlichkeit spricht nicht dagegen. Seit zwei Monaten wissen wir, daß Joliot-Curie in Frankreich und auch deutsche Wissenschaftler sich mit der Spaltung beschäftigen.«

»Joliot-Curie ist Kommunist«, begann Weiner.

Burton Hall schlug mit der flachen Hand auf den Tisch. »Schreibe *ich* diesen Brief hier oder wer?«

Wieder diese Unterwürfigkeit! Was hatte man Weiner nur angetan? Dieses Genie, dessen Geist von Furcht umwölkt war!

Er wandte sich ab.

»Weiter«, forderte er seine Sekretärin auf. »Wo war ich doch noch?« Er fuhr in abgerissenen Sätzen fort, während er auf seinem Schreibtischstuhl herumwirbelte. Plötzlich hielt er inne und stand unvermittelt auf.

»Das ist genug. Tippen Sie es und bringen Sie mir den Brief sofort —«

Er wartete, bis die Frau die Tür hinter sich geschlossen hatte, und wandte sich dann an seine Gäste. »Haben Sie die Artikel von Meyer und Wang in der letzten ›Physical Revue‹ gelesen?«

Sie nickten mit dem Kopf. »Verlangsamte Neutronen«, sagte Szigny.

Burton Hall fiel ein: »Das bedeutet, daß wir vor der Explosion einen Spielraum für Kontrolle haben.«

Weiner klatschte leise in die Hände. »Ganz recht. Hoffen wir nur, daß die Deutschen das nicht auch entdeckt haben.«

»Töricht ist solche Hoffnung«, stöhnte Szigny.

Drei Wochen später stand Burton Hall auf ihrer Seite. Die Morgenpost hatte aus Washington eine auf schönem, schwerem Papier tadellos geschriebene Antwort gebracht. »Wir schätzen Ihr Interesse ... aber –«

Voller Wut sprang Burton Hall aus seinem Stuhl und eilte mit dem flatternden Brief in der Hand den Gang hinab, um Stephen Coast im Laboratorium aufzusuchen.

»Hören Sie sich das mal an!« schrie er. Brüllend las er den Brief vor, wobei er jede Silbe der törichten Höflichkeitsfloskeln betonte. Dann riß er ihn in Fetzen und warf diese zu Boden.

»Diese ausländischen Wissenschaftler haben tatsächlich recht«, stöhnte er und setzte sich schwer auf einen dreibeinigen Schemel. »Sie haben stets recht.« Er wandte sich zu dem hinter ihm befindlichen Fenster um und ließ mit einem raschen Griff das Rouleau in die Höhe schnellen. Ein blendender Sonnenstrahl fiel in den Raum. »Wissen Sie, was dieser Ignorant von Admiral in Washington gesagt hat?« fragte er.

»Wie kann ich das wissen, wenn Sie es mir noch nicht verraten haben?«

»Er hat zu Fermi gesagt – wohlgemerkt, zu Enrico Fermi –, einem der größten Wissenschaftler –« In seiner Empörung fand er nicht gleich die Worte. »Wissen Sie, Fermi ist nicht nur ein wissenschaftliches Genie, sondern auch ein erstklassiger Mechaniker. Er kann seine eigenen Werkzeuge machen, wenn es sein muß – weiß genau, was er braucht, bis auf den letzten Millimeter. Wie gesagt, Fermi erklärte diesen Dummköpfen, daß es durchaus möglich sei, eine Atombombe herzustellen. Na, und diese uniformierten Holzklötze antworten ihm, daß der Krieg auch ohne die Atombombe ganz gute Fortschritte mache und daß diese wissenschaftlichen Waffen sowieso nicht rechtzeitig fertig werden könnten. Ein siegreiches Ende sei in Kürze zu erwarten – und ähnlicher Unsinn, als ob die Nazis uns nicht lieber heute als morgen in die Luft sprengen würden, wenn sie nur könnten!«

Das Telefon läutete, und Burton Hall riß den Hörer an sich. Szignys kräftige Stimme schnarrte im Apparat. Burton zuckte zusammen und hielt den Hörer etwas von seinem Ohr entfernt.

»Ja, ich weiß ... Nun, was kann ich schon tun? ... Direkt zum Präsidenten gehen, aber wie? Er ist von zu vielen Leuten umgeben. Wie alle Potentaten. Sie wissen nur, was ihnen erzählt wird ... Ja, vielleicht Einstein – aber er soll dem Präsidenten klarmachen, daß die Kernspaltung nicht nur Betriebsstoff für seine kostbaren Schiffe liefern wird – wenn ihm das am wichtigsten scheint, da er ja so versessen auf Schiffe ist –, sondern auch Bomben hervorbringt – mächtige! Eine Bombe – soll man ihm sagen – könne den Hafen von New York in den Weltenraum befördern. Und sagen Sie ihm, daß die

Nazis dies wissen! Nein, geben Sie es ihm lieber schriftlich, schwarz auf weiß, damit er es wenigstens lesen kann, wenn er es schon nicht gerne hört.«

Er legte den Hörer auf und seufzte laut.

»Das war wieder einmal Szigny! Er will, daß Einstein direkt ins Weiße Haus geht. Einstein ist viel zu sanft, um persönlich dort zu erscheinen. Außerdem spricht er ein merkwürdiges Englisch. Man neigt dazu, mehr auf seinen Akzent zu achten als auf das, was er sagt. Es ist bestimmt viel besser, alles zu Papier zu bringen. Das hat Hand und Fuß. Mein Gott, was für Unsummen das Projekt verschlingen wird!«

»Woher soll das Geld kommen?« fragte Stephen sachlich.

»Von der Regierung natürlich, woher sonst?« entgegnete Burton Hall. »Aber man muß den hohen Herrschaften in Washington beweisen, daß es notwendig ist. Wir müssen ihnen erst Angst und Schrecken einjagen. Ich hoffe, daß diese Langhaarigen aus Europa wissen, wovon sie reden ... na, man sollte es annehmen, nach allem, was sie durchgemacht haben.«

»Wie hoch schätzen Sie den erforderlichen Betrag?« fragte Stephen vorsichtig. Er hatte Achtung vor dem Geld, wenn er auch versuchte, es zu ignorieren. Seine eigenen Untersuchungen waren mit geringen Mitteln bestritten worden, die er erbettelt, geborgt und aus seiner Privatschatulle zusammengekratzt hatte. »Geht es in die Millionen?«

»Billionen«, erwiderte Burton Hall grimmig. Er blickte auf seine Uhr. »Zeit zum Essen. Mollie erwartet mich. Ich werde meine Frau übrigens für unbedingt vertrauenswürdig erklären lassen. Das werden wir alle machen müssen, wir Männer, aber ich glaube, bei den Frauen ist das nicht nötig. Ich lasse es bei Mollie machen, weil sie alles aus mir herauslockt. Nein, das ist nicht fair. Ich rede einfach zuviel. Ich muß alles mit ihr besprechen. Das habe ich mir angewöhnt. — Und sie ist eine zuverlässige Seele, wenn sie weiß, daß sie es sein muß. Wenn sie weiß, worum es geht, wird sie viel zuviel Angst haben, auch nur einen Muckser zu tun.«

Burton Hall glitt vom Schemel herab und verließ das Laboratorium. Stephen versank volle fünfzehn Minuten lang in Nachdenken, aus dem er aufgeschreckt wurde, als sich die Tür zum nächsten Labor öffnete. Er hob den Kopf. Jane Earl stand da in ihrem weißen Mantel. Sie sah seinen leeren Blick, trat zurück und schloß leise die Tür. Sein Gedankengang war jedoch unterbrochen. Also stand er auf und suchte seine Aktentasche. Tief in seinem Innern regte sich plötzlich der Wunsch, die Tür wieder zu öffnen, doch widerstand er mit einem leicht mürrischen Kopfschütteln der Versuchung. Lieber nicht, sagte er sich. Warum arbeitete sie in dem Laboratorium, das neben seinem lag? Auf wessen Veranlassung?

Jenseits der geschlossenen Tür setzte Jane Earl ruhig ihr neues

Experiment fort. Sie arbeitete zwei Stunden hintereinander und schrieb dann in ihrer kleinen, ebenmäßigen Handschrift ihre Schlußfolgerung in ein Notizbuch. Darauf zog sie den langen, weißen Kittel aus und machte sich bereit, zum Essen zu gehen. Sie vermied das Restaurant, in dem sie Stephen getroffen hatte, und betrat eine kleine Imbißbar, wo sie sich auf den einzigen freien Platz am Tresen setzte.

»Schinkenbrot«, bestellte sie bei dem jungen Mann, der sie bediente, »und ein großes Glas Malzmilch.«

Einer gefährlichen Eingebung folgend, hatte sie sich in das Laboratorium B versetzen lassen, unter dem Vorwand, daß die elektrischen Leitungen dort eine größere Voltzahl hätten als in dem ihr zugewiesenen Labor. Der wirkliche Grund aber war, wie sie sich selbst eingestehen mußte, daß Stephen Coast im Laboratorium A arbeitete. Sie leistete sich wieder einmal eine Torheit, als habe sie nichts aus ihren bitteren Erfahrungen in Indien gelernt. Dunkle Augen in einem sensitiven Männergesicht, ein starker, schöner männlicher Körper, ein glänzender Geist, der eine Sprache redete, die sie verstand — allem diesem wollte sie ja widerstehen, sei es in Indien oder sonstwo auf der Welt; das hatte sie sich doch geschworen. Während sie sich zornig an diesen Schwur erinnerte, hatte sie die Tür geöffnet, Stephen Coast gesehen und ebenso schnell die Tür wieder geschlossen.

»Töricht von mir«, flüsterte sie mit zusammengepreßten Zähnen. Töricht, die Tür zu öffnen, oder töricht, sie wieder zu schließen? Zum Kuckuck mit Frage und Antwort! Sie durfte ihre Gedanken nicht auf solch gefährliche Wege abschweifen lassen, sondern mußte sie zurücklenken in die ihr vertraute Welt der Atome, zurück zu den ungesehenen und unsichtbaren Lebenseinheiten, die mit ihrer Masse und Energie das Universum schufen. Beseelt oder unbeseelt? In ihrer Fantasie waren es lebendige Geschöpfe geworden, von denen jedes sein eigenes vollständiges Universum in sich barg. Wenn sie sich zusammen auf einen Explosivpunkt kritischer Hitze zubewegten, würde — das schien nun gewiß — dem Menschen eine nie zuvor gekannte Macht in die Hand gegeben.

Wie aus weiter Ferne drang eine Stimme an ihr Ohr, die hohe, frische Stimme eines jungen Mädchens.

»Ich sagte zu ihm: ›Gut, wenn dein Verlangen *danach* steht, dann nimm es doch.‹«

»Oh, Marge, wie konntest du nur!«

Ein fröhliches Gelächter veranlaßte Jane, sich umzudrehen. Sie sah zwei hübsche, schlanke Mädchen in geblümten, kurzärmligen Sommerkleidern und mit blonden Pferdeschwänzen, die auf ihre kindlichen Nacken herabbaumelten. Ein unbestimmter, nur allzu vertrauter Neid regte sich in ihr. Sie kannte sie so gut, diese Art von fröhlichen, kleinen Mädchen, mit denen sie versucht hatte zu spielen, als sie selbst noch ein Kind war. Auch unter indischem Himmel waren es die ewig gleichen Kinderspiele. Dennoch waren es nicht die ihren gewesen. Aus Hunger nach Gesellschaft hatte sie mitgespielt, bis sie merkte, daß ihre Einsamkeit dadurch nicht geheilt wurde. Sie war unter einem anderen Stern geboren, ein anders geartetes Geschöpf, aber darum nicht weniger Frau. Das entdeckte sie allmählich. In den Jahren, nachdem sie Indien verlassen hatte und zum Studium in ihr eigenes Land zurückgekehrt war, hatte sie es fast vergessen; in jenen Jahren, als sie allmählich erkannte, was sie war, sich der Begabung bewußt wurde, die ihr Physikprofessor in Radcliff entdeckt hatte. In jenen bewegten Jahren des Forschens war die Frau in ihr zurückgetreten. Ihr Frauentum war eigentlich nur ein Hindernis gewesen; ja, es war immer noch ein Hindernis, wenn sie einsam unter Männern saß.

Der Kellner setzte den Teller mit dem Schinkenbrot und das Glas Milch mit lässigem Schwung vor sie hin. Die Flüssigkeit schwappte über, und während er sie aufwischte, mischte er sich in die Unterhaltung der beiden Mädchen zu ihrer Linken.

»He, ihr Kücken, wie wär's heute abend mit einem doppelten Rendezvous? Mit mir und Ernie.«

»Ernie!« kreischten sie. »Mit dem kann man sich wirklich nirgends zeigen!«

»Ach, stellt euch doch nicht an. Ernie ist nicht so schlimm. Etwas zu dick, vielleicht — aber —«

»Zu dick! Der gehört in einen Zirkus.«

Jane vernahm das fröhliche Geplänkel kaum noch. Sie hatte sich wieder hinter einen Vorhang des Schweigens zurückgezogen, durch den kein Laut drang, und ihre Gedanken den wissenschaftlichen Problemen zugewandt, die ihren Geist unaufhörlich beschäftigten.

»Eins müssen Sie im Auge behalten, Stephen«, sagte Burton Hall, »und das ist der Unterschied zwischen der deutschen Auffassung von Fortschritt und unserer eigenen.«

»Merkwürdige Idee von Fortschritt«, entgegnete Stephen. »Totale Zerstörung! Aber ich kann nicht behaupten, daß wir viel besser sind mit all unseren Plänen und Zielen, die sich auf eine Waffe richten, welche dazu bestimmt ist, der Menschheit den Garaus zu machen.«

Es ging bereits wieder dem Sommer entgegen, und der frühsommerliche Tag mit seiner linden Wärme neigte sich dem Ende zu. Sie hatten sich oben auf der Marmortreppe der Universität getroffen, wohin sie gegangen waren, jeder für sich, um Enrico Fermis Vortrag über kosmische Strahlen anzuhören. Bei dieser zufälligen Begegnung hatte Burton Hall etwas wehmütig zu Stephen gesagt: »Der kleine Mann weiß immer noch mehr als wir alle.«

»Es würde mich interessieren, ob er weiß, wie die atomische Kettenreaktion ausgelöst werden kann«, hatte Stephen erwidert.

»Warum fragen Sie ihn nicht?« schlug Burton Hall vor.

»Wenn er bereit wäre, darüber zu reden, würde er es wohl tun«, meinte Stephen.

Dieses planlose Gespräch hatte sie die Frage wieder aufwerfen lassen, ob den Deutschen das Geheimnis wohl schon bekannt sei.

»Wenn sie es besitzen«, erklärte Stephen, »werden sie es bald gebrauchen, sagen wir einmal, in vier Monaten, und dann mag die übrige Welt jede Hoffnung fahren lassen.«

»Keineswegs«, entgegnete Burton Hall scharf und versank dann in nachdenkliches Schweigen, während sie die Treppe hinab und über den Rasen schritten. »Wir Amerikaner«, fuhr er nach einer Weile fort, »bauen zwar auch Waffen, aber zur Verteidigung. Die Welt wird wissen, daß wir sie haben, und dann wird niemand es wagen, die nuklearen Waffen einzusetzen.«

»Sie glauben also, daß wir die Bombe niemals gebrauchen werden?« forschte Stephen.

»Es geht nicht darum, ob wir sie gebrauchen oder nicht«, entgegnete Burton Hall mit fester Stimme. »Jedenfalls können wir es uns nicht leisten, sie nicht herzustellen. Wir müssen sie machen, und zwar so schnell wie möglich.«

Schweigend gingen sie weiter, bis ihre Wege sich trennten und Stephen stehenblieb. — »Was verlangen Sie also von mir?« fragte er.

Burton Hall blickte ihm ruhig in die Augen. »Ich möchte, daß Sie untersuchen, ob gewöhnliches Uran eine Kettenreaktion hervorbringen kann, und mir darüber einen Bericht schreiben. Wollen Sie das tun?«

Stephen antwortete nicht. Ein graues Eichhörnchen lief auf ihn zu, und er blickte auf das kleine, erwartungsvolle Tier hinab. Die glänzenden schwarzen Augen, der zitternde buschige Schwanz, die beiden Pfoten, die es wie winzige Hände flehend auf der Brust gefaltet hatte, bewegten einen Teil seines nicht denkenden Geistes, und er tastete in der Rocktasche nach den Erdnüssen, die er gewöhnlich bei sich hatte. Zwei waren noch da. Er warf eine auf das Gras und beobachtete, wie das kleine Tier die Schale entfernte und den weißen Kern knabberte.

»Ich wollte, Sie bäten mich nicht, daran zu arbeiten.« Er hielt die bekümmerten Augen gesenkt.

»Ich brauche Sie«, erklärte Burton Hall mit großer Festigkeit. »Keiner verfügt wie Sie über eine so glückliche Kombination von Intuition und Präzision. Jemand, der in einem Bergwerk mehr als achthundert Meter unter der Erde kosmische Strahlen messen und bis auf eine Dezimalstelle genau berechnen kann, ist der Mann, von dem ich hören will, was mit Uran zu machen ist. Ich zähle auf Sie, Steve.«

Stephen warf dem Eichhörnchen seine letzte Erdnuß hin.

»Also gut«, sagte er. »Das will ich noch machen.«

Burton Hall bückte sich, hob einen Kieselstein auf und warf ihn auf das Tierchen. »Gut. Dann kann ich Ihnen die Sache vorläufig überlassen. Wenn es soweit ist, werden Sie berichten.«

Stephen nickte und wandte sich zum Gehen. Noch während er langsam heimwärts schlenderte, fuhr ein Blitzstrahl aus den schwarzen, silberumrandeten Wolken, die inzwischen am Horizont aufgezogen waren, und er hörte das Grollen des ersten Donners.

Das Gewitter machte Burton Hall rastlos. Er beschleunigte seinen Schritt und ließ seinen Blick über die Fläche des Sees schweifen. Als er sein Haus betrat, peitschte der heftige Wind das Wasser bereits zu schaumgekrönten Wogen. Der schwelende Rhythmus der Elemente erweckte in ihm Unruhe und Erregung. Im Unterbewußtsein waren ihm stets die unendlichen Räume des Weltalls gegenwärtig, wo in schwarzer Finsternis die explosiven Schöpfungskräfte weiterhin ihr grausames Spiel trieben. Gelenkt oder ungelenkt? Kontrolliert oder nicht kontrolliert? Das war die Frage seiner ewigen Seele. Ewig? Er hatte sich weit von den sicheren Pfaden der väterlichen Theologie entfernt, und je weiter er wanderte, desto weniger war er von einem Zweck überzeugt. War das, was sein Vater den göttlichen Willen genannt hat, vielleicht in dem Mikrokosmos des Atoms verborgen? In Bruchstücken oder als Ganzes? Oder, wie die Asiaten erklärten, die Materie mit Geist und Energie durchdringend? War Energie Geist und Geist Energie und diese Energie, wie Einstein gezeigt hatte, umwandelbar und sogar mit der Materie auszutauschen? . . .

Er schüttelte sich wie ein großer Hund. Besser war es schon, wenn er Wissenschaftler blieb. Deswegen hatte er sich mit seinem Vater überworfen. Oh, jene endlos langen, zornigen Auseinandersetzungen, die er mit diesem Streiter Gottes ausfocht! Sein Vater wollte um keinen Preis nachgeben. »Mein Sohn soll kein Atheist sein«, hatte er gebrüllt. Die letzte dieser Auseinandersetzungen fand an einem Sonntagnachmittag statt; er war damals zwanzig Jahre alt. Nach einem Gottesdienst, der wie immer zu lang gewesen war, nach einer stürmischen, zornigen Predigt waren er und sein Vater zum letztenmal aneinandergeraten.

»Ich bin kein Agnostiker, kein Atheist«, hatte er ausgerufen. Er war so groß wie sein Vater, ein Meter achtundachtzig, und sein roter Haarschopf ließ ihn noch größer erscheinen. Er erinnerte sich, daß sie sich direkt in die Augen sehen konnten. Sein Vater hatte strahlend blaue Augen; er selbst hatte die meergrünen seiner brünetten Mutter geerbt. Sie war gestorben, als er fünfzehn war, und sein Vater hatte nie wieder geheiratet.

Sie hatten sich starr in die Augen geblickt, Vater und Sohn, und in einem momentanen Schweigen hatte jeder den unbeugsamen Willen des anderen darin gelesen. Dann hob sein Vater den Arm, um ihn zu schlagen, und er stand bereit, den Schlag zu empfangen. Statt dessen aber ließ sein Vater den Arm sinken.

»Gott möge mir verzeihen«, murmelte er. »Aber geh mir aus den Augen.«

Er hatte sich umgedreht und das Zimmer verlassen – ja sogar das Haus. Er hatte seinen Koffer gepackt und war davongegangen. Zu seiner alten Universität war er zurückgekehrt und hatte sich seinen Unterhalt als Nachtwächter in einem Mietshaus verdient, wo er hin und wieder auch schlafen konnte. Das war die letzte Auseinandersetzung gewesen, die er mit seinem Vater gehabt hatte. Zwei Jahre später war dieser im unerschütterlichen Glauben gestorben. Wo in diesem stürmischen Universum konnte der Mensch zu einem Glauben kommen? fragte er sich oft. Vielleicht war Gott überall, wie sein Vater ihn gelehrt hatte, aber nur deshalb, weil Gott in allen Dingen war.

Er wandte sich von dem Gewitter ab und ging ins Wohnzimmer. Dort saß Mollie im Sessel und häkelte oder strickte. Das konnte er nie auseinanderhalten. Mollie, die in ihrer Jungmädchenzeit nur die ruhigen Kleinstadtstraßen von Westchester, New York, gekannt hatte, betrachtete Chicago als Mittelpunkt des wilden Westens, und die Unermeßlichkeit eines Sees, der so groß wie ein Ozean war, behagte ihr gar nicht. Sie hatte die Vorhänge zugezogen und die Lampen angezündet.

Er ließ sich nieder und beobachtete schweigend die sanfte Bewegung ihrer Finger. Sie hatte rundliche, geschickte Hände. Vor langer Zeit, als sie ein hübsches Mädchen war, hatte er diese Hände bezaubernd gefunden. Jetzt waren sie nur noch tröstlich. Sein Geist schlüpfte zurück in seine eigene Welt. Er begann zu reden, während sich sein Blick auf die regelmäßige Bewegung ihrer Hände heftete.

»Mollie, unser größtes Problem ist, daß wir sehen müssen, genug von diesem Uran zu bekommen, um experimentieren zu können. Aber nicht irgendein Uran, sondern Uran 235. Und jetzt frage mich, warum gerade Uran 235.«

Mollie blickte nicht auf. Sie stellte nie derartige Fragen. Er konnte fragen und antworten, während sie ihre Stiche zählte und auf das Muster achtete. Uran und seine verschiedenen Nummern interessierten sie nicht; er brauchte einfach jemanden, bei dem er sich aussprechen konnte. Sonst redete er mit sich selbst, und das sah so aus, als ob er verrückt sei. Sie zählte schweigend ihre Maschen, ohne die Lippen zu bewegen.

»Weil der Kern des Urans nicht stabil ist. Er gibt nach, wenn ein Neutron ihn angreift. Er teilt sich wie ein Tropfen Wasser. Gamow sagt —«

Sie unterbrach ihn. »Das hast du mir schon einmal erzählt, Burt. Es fällt mir jetzt ein.«

»Ungefähr tausendmal«, pflichtete er ihr bei.

»Ich kann nur nicht einsehen«, fuhr sie liebenswürdig fort, »warum du die Dinge nicht läßt, wie sie sind. Nenne Holz beim richtigen Namen. Es ist nun einmal Holz.«

»Das stimmt eben nicht«, entgegnete er. »Es verändert sich — alles verändert sich dauernd. Holz verwandelt sich in Feuer, Rauch und Gas.«

Schon auf ihrer Hochzeitsreise hatte sie sich übrigens fest vorgenommen, sich nicht von Burt und seinen seltsamen Kollegen in Verwirrung bringen zu lassen. Sie hatten alle ihre kleinen Eigenarten — Thompson, zum Beispiel, der jeden Telegrafenmast auf der Straße mit dem Zeigefinger berührte, den er zuvor mit der Zunge beleckt hatte. Weshalb tat er so etwas Verrücktes? Sie schämte sich, mit ihm gesehen zu werden. Alle waren sie etwas sonderbar. Sie taten ihr aber leid, und sie mochte sie gern.

»Weiter«, sagte sie zerstreut. »Ich höre immer noch zu.« Sie arbeitete an einem exquisiten Gebilde aus blaßrosa Wolle, einem Geschenk für ihre Nachbarin, die ein Baby erwartete.

»Wir laufen ein schreckliches Risiko«, sagte Burt. »Unter Umständen können wir uns selbst in die Luft sprengen.«

»Du liebe Güte«, murmelte Mollie und breitete den winzigen Sweater auf ihrem Schoße aus. Wenn Burt lange genug redete, konnte sie ihn noch fertigbekommen. Manchmal redete er ja stundenlang, und es hätte sie nervös gemacht, wenn sie ihm ohne Beschäftigung hätte zuhören müssen.

Burt sprach lauter. »Mollie, verstehst du eigentlich etwas von Kettenreaktion?«

»Was für eine Kette, Burt?«

»Mein Gott«, stöhnte er, »Energiekette natürlich! Dieses verdammte rosa Strickzeug!«

»Es ist kein Strickzeug, es ist —«

»Ich weiß — ich weiß, du machst es mit einem Haken; also ist es Häkelei. Ich wollte, du verständest soviel von meiner Arbeit wie ich von deiner! Unter Kettenreaktion, mein lieber Kindskopf, versteht man den Vorgang, wenn die Kernspaltung in einem Atom ein Neutron freimacht — oder zwei oder drei —, die ihrerseits andere Neutronen angreifen, die wiederum andere Kerne angreifen —«

»Hört sich eher an wie ein Kampf«, erklärte Mollie.

Burt lachte dröhnend. »Richtig! Mollie, warum stellst du dich eigentlich immer so dumm? Der Kampf ist die Explosion — verstehst du? Unser einziger Kummer ist nur, daß wir nicht viel Uran 235 haben, gerade genug, um zu zeigen, daß die Kettenreaktion möglich ist. Wir haben noch nicht einmal ein erbsengroßes Quantum.«

»Herrje«, sagte Mollie. »Hoffentlich verlieren sie es nicht noch irgendwo.«

»Bei General Electric arbeiten sie am Uran«, fuhr Burt fort, ohne hinzuhören. »Wenn die Großindustrie einer Sache nachgeht, schafft sie es gewöhnlich. Sie hat das nötige Geld.«

»Apropos General Electric«, schaltete sich Mollie ein, »ich wollte, du sähest dir mal den Kühlschrank an. Alles wird darin zu Eis. Heute morgen mußte ich einen Liter Milch fortwerfen.«

»Gut, ich komme.«

Sie standen auf und gingen in die Küche. Er legte einen Arm um ihre rundlichen Schultern. »Es ist eine Wohltat, mit dir zu reden, Mollie. Es klärt meinen Verstand. Laß uns heute abend früh essen. Ich muß etwas denken nach all diesem Gerede.«

»Hoffentlich ist der Nachtisch nicht gefroren«, meinte Mollie. »Es ist nämlich dein geliebter Vanillepudding.«

»Wenn er gefroren ist, haben wir eben Eiscreme«, erwiderte er gutgelaunt. Er gab sich wegen Mollie keinerlei falschen Vorstellungen hin. Sie verstand kein einziges Wort von allem, was er gesagt hatte. Anderseits heuchelte sie auch kein Verständnis. Und sein Kopf war trotzdem klar geworden.

Das Gewitter hatte sich verzogen. Ein Strahl der Abendsonne fiel in den Raum und leuchtete Burt, als er sich daran machte, den Eisschrank zu untersuchen.

Am nächsten Morgen um vier Uhr läutete das Telefon neben Jane Earls Bett dreimal. Sie war sofort hellwach. Das war Burts Signal.

»Ja, Burt«, sagte sie ruhig.

Seine Stimme klang rauh und schroff. »Ich mache mir Gedanken.«

»Was ist denn passiert?«

»Darüber mache ich mir ja gerade Gedanken. Nichts geschieht. Wir müssen das Startsignal von höchster Stelle bekommen. Es wird uns nichts übrig bleiben, als dem Großen Mann selbst einen Schrekken einzujagen. Diese alten Käuze aus Europa haben recht, mein liebes Mädchen.«

»Sie haben recht«, stimmte sie zu. »Wie immer. Wer könnte also da oben vorstellig werden? Mir fällt nur ein Mann ein.«

»Der alte Herr Langhaar selbst?«

»Richtig . . . Und Sie müssen ihn dazu bewegen.«

»Er hört nicht auf einen gewöhnlichen Amerikaner.«

»Wollen Sie etwa hören, daß Sie nicht gewöhnlich sind? Da können Sie lange warten. Sie sind sowieso schon so eitel wie ein Pfauhahn.«

»Wer soll denn nach Ihrer Ansicht mit ihm reden?«
»Italien und Ungarn.«
»Okay. – Übrigens, schlafen Sie allein?«
»Ich schlafe immer allein.«
»Sie brauchen nur einen Ton zu sagen, rankes Mädchen.«
Sie lachte. »Gute Nacht.« Dann legte sie den Hörer auf und lag bis Tagesanbruch wach, ohne auch nur an einen einzigen Mann in der ganzen Welt zu denken. Statt dessen wimmelte es in ihrem Gehirn von Gleichungen, die unvermeidlich zu dem Schlusse führten, den sie gerade mit Fermi besprochen hatte. Kettenreaktion war möglich. Aber konnte man sie unter Kontrolle behalten? hatte sie gefragt. Graphit, war seine Antwort gewesen, Graphitblöcke, die die noch nicht existierenden Uranstangen durchsetzten. Viel besser als das schwere Wasser, das die Deutschen benutzten.
»Sie haben doch nichts dagegen, sich die Hände schmutzig zu machen?« hatte er gefragt. »Graphit ist so schwarz wie Kohle.«
»Wie oft haben Sie mich mit schmutzigen Händen gesehen?« hatte sie erwidert.
Als Antwort hatte er nur gelacht. Viele, viele Male hätte er sagen können. Sie hatte ihre hübschen, schlanken Hände geopfert, wie sie sich selbst geopfert hatte. Und wozu? Um die ewige Neugierde zu befriedigen, die sie zur Wissenschaftlerin gemacht hatte, obwohl sie eine Frau war; und sie würde niemals erfahren, ob die Wissenschaft das Opfer wert war.

An einem Septembertage blickte der Große Mann im Weißen Haus über seinen Schreibtisch hinweg auf die kleine, zerknitterte Gestalt, die ihm gegenübersaß. Er zündete sich eine neue Zigarette an und steckte sie in den Halter. Währenddessen lauschte er auf die sanfte Stimme, die von ungeheurer Vernichtung und unermeßlichen Katastrophen sprach, eine Stimme so sanft wie die eines Kindes. Es war ein heißer Tag – der September konnte in Washington verheerend heiß sein –, und er saß in Hemdsärmeln da.
Leutselig unterbrach er den Redefluß: »Wollen Sie nicht auch Ihren Rock ablegen?«
Der kleine Mann schüttelte den Kopf mit der langen Mähne. Die sanfte Stimme verlor sich in Entschuldigungen. Er habe wohl zuviel Zeit in Anspruch genommen, es tue ihm leid, aber dies seien wichtige Tatsachen, und es sei wünschenswert, daß etwas geschehe, und zwar recht bald.
Der Mann hinter dem Tisch, groß, schwer, stattlich, starrte den kleinen, grauhaarigen Wissenschaftler an. »Alle Materie setzt sich also aus Atomen zusammen, wie?«
Der kleine Mann nickte.
»Und woraus bestehen Atome?«

»Aus elektrischen Partikelchen, Sir.«

Der Präsident blickte den kleinen Mann von der Seite an. So also sah er aus, der einstmalige Angestellte in einem Patentbüro. Wahrscheinlich hatte er dort nicht genug zu tun gehabt – denn wie viele Patente wurden wohl vor einem halben Jahrhundert in einem schweizerischen Patentamt ausgegeben? Aus schierer Langeweile mußte dieser hervorragende Geist begonnen haben, sich mit dem Universum zu beschäftigen. Und hier saß er nun, der einzige Lebende unter den großen Wissenschaftlern der Vergangenheit, der einzige, der sich einen Platz unter den unvergänglichen Rettern der Menschheit gesichert hatte – Hippokrates, Archimedes, Euklid, Kopernikus, Galilei, Newton – und Einstein.

»Ich wollte, ich könnte mich Ihnen zu Ehren erheben«, sagte der große Mann unvermittelt. »Aber Ihre Mission ist wenigstens erfüllt. Ich werde das Nötige veranlassen.«

»Ich danke Ihnen, Sir«, sagte er mit seiner sanften Stimme. »Ich danke Ihnen sehr.«

Er verbeugte sich nochmals, drehte sich um, öffnete die Tür und schloß sie so leise hinter sich, daß man kaum glauben konnte, er sei hier gewesen. Der große Mann sank ein wenig in seinem Sessel zusammen, und eine graue Blässe bedeckte sein Gesicht. Der berühmte Forscher hatte recht. Es war keine Zeit zu verlieren. Ein langer Weg lag vor ihnen. Es galt, die richtigen Leute für die Arbeit zu finden. Das war stets das gleiche Problem! Der Wissenschaftler, der ihm da gegenübergesessen hatte – ja, er war ein Prophet. Diese prophetische Warnung durfte er nicht außer acht lassen. Allem, was diese Wissenschaftler taten, mußte er seine Aufmerksamkeit schenken.

In seinem kleinen Arbeitszimmer, das neben dem Wohnzimmer lag, schrieb Stephen Coast die letzten Zeilen seines Berichtes für Burton Hall. Er hatte seine Berechnungen geprüft und abermals geprüft und war bereit, sie zu verteidigen, wenn sein Vorgesetzter ihn mit seinen wie aus der Pistole geschossenen Fragen bombardierte, an die er sich allmählich gewöhnt hatte. Doch waren seine Schlüsse durchaus nicht zuverlässig. Sein Verstand konnte sinnen und abstrahieren, aber die plötzlichen Eingebungen, die in den Zahlen der Gleichungen zum Ausdruck kamen, mußten noch durch physikalische Messungen der bislang noch nie gemessenen Atomkerne bestätigt werden. Er hatte aber kein Verlangen und tatsächlich auch nicht den Mut, diese Messungen vorzunehmen. Er zog es vor, nicht an die Kraft zu denken, die noch im unsichtbaren Atomkern eingeschlossen war. Noch viel weniger wollte er dafür verantwortlich sein, daß sie auf die Welt losgelassen würde. Stirnrunzelnd und bekümmert saß er vor den Blättern, auf denen er seine logischen Schlußfolgerungen in einer Gleichung nach der anderen mit seiner kleinen, schönen Handschrift aufgezeichnet hatte. Wenn er noch einmal wieder zu seiner in einer ruhigen Stadt Pennsylvaniens verbrachten Jugend zurückkehren könnte, würde er jeden anderen Beruf wählen, nur nicht den eines Wissenschaftlers. Aber sein Vater, dieser schweigsame Geschäftsmann, hatte ihn nicht gewarnt, und seine Mutter war nur zu stolz auf ihn gewesen, als er das Stipendium für die Universität Harvard gewonnen hatte, das er nicht einmal brauchte. Wer hätte ihn also vor künftiger Zerstörung warnen sollen?

Ein helles Frauenlachen riß ihn jäh aus seinen Grübeleien. Was hatte Helen nur bewogen, ausgerechnet heute eine Damengesellschaft zu veranstalten? Er konnte es einfach nicht verstehen. Nicht nur hatte sie es vermieden, ihn deshalb zu fragen — sie hatte ihm auch nichts davon erzählt. Um drei Uhr hatten Frauen plötzlich das Haus gefüllt, ungeachtet der zwischen Helen und ihm getroffenen Vereinbarung, daß Ruhe im Hause herrschen sollte, wenn er in höchster Eile an einer schwierigen Aufgabe arbeitete — und dies war wohl die schwierigste und gefährlichste von allen. Anstatt sich also ungestört seiner anstrengenden und höchste Konzentration erfordernden Arbeit widmen zu können, die nur in den präzisen Ausdrücken der Relativitätstheorie dargestellt werden konnte, mußte er das Geschwätz der Frauen im Nebenzimmer über sich ergehen lassen.

Er legte ärgerlich seinen Bleistift nieder. Beim Anblick der weichen roten Bleistifte, die er bei seiner Arbeit benutzte, kam es ihm auf einmal zum Bewußtsein, daß Helen schon mindestens eine Woche lang diese Bleistifte nicht mehr gespitzt hatte — ein kleiner Liebesdienst, den sie auf ihrer Hochzeitsreise begonnen hatte als Zeichen der Reue für einen Zornesausbruch, weil Burton Hall diese Reise unter irgendeinem Vorwand unterbrochen hatte.

In dieser zerstreuten, gereizten Stimmung wurde seine Aufmerksamkeit auf Helens lachende Stimme gelenkt, die scharf und deutlich zu ihm drang.

»Nun, Jane — ich darf Sie doch Jane nennen, nicht wahr?«

»Jeder nennt mich Jane.« Er erkannte die ruhige Stimme!

»Also, Jane, sagen Sie uns einmal ganz aufrichtig und ehrlich, verstehen Sie Einsteins Relativitätstheorie wirklich? Sie brauchen nicht zu flunkern. Wir sind ja unter uns Frauen, und wir plaudern nicht aus der Schule.«

Das war ja abscheulich von Helen! Es bewies ihm, was er schon seit einiger Zeit vermutet hatte, nämlich daß sie bei aller Leidenschaftlichkeit und Hingabe, die sie ihm entgegenbrachte, dennoch der größten Bosheit fähig war. Sie konnte andere und auch sich — das gab er unwillig zu — unbarmherzig quälen. Wen sie jetzt quälte, wußte er nicht: ob Jane oder sich selbst. Er mußte an sich halten, daß er nicht aufsprang und ihr im Kreise ihrer Freundinnen die Leviten las. Statt dessen wandte er den Kopf, um Janes Antwort zu hören.

Er war erstaunt, als sie lachte, und bei diesem angenehmen, weichen Laut wurde ihm plötzlich klar, daß er sie nie zuvor hatte lachen hören.

»Wie kann ich eine solche Frage beantworten?« fragte Jane. »Wenn ich sage, ich verstehe sie, werden Sie mich hassen. Und ich möchte doch so sehr, daß Sie mich gern haben. Also will ich nur sagen, daß Einstein uns tiefer in die Geheimnisse unseres Universums eingeführt und uns überdies vielleicht Aufschluß gegeben hat über ein anderes Universum, das jenseits des unsrigen liegt — ich denke dabei an die physikalische Mechanik. Ich könnte auch wohl sagen, daß Einstein immer versucht, die komplizierten Bande alles Bestehenden zu vereinfachen und zueinander in Beziehung zu bringen. Er spricht von einem einheitlichen Feld. Zeit, Entfernung und Masse — das sind die Komponenten, mit denen er arbeitet — sie schließen alles Physikalische ein —, und Masse bedeutet Gewicht oder vielmehr Widerstand gegen Bewegung. Einstein verstand irgendwie mit seinem rein ideellen Geist, daß die Relativität zwischen diesen dreien beweist, daß die Masse oder dieser Widerstand nicht gleichbleibend ist, wie wir annahmen, sondern daß ihr Gewicht mit der Geschwindigkeit zunimmt in bezug auf den Beobachter.«

Schweigend lauschten sie alle der schönen, klangvollen Stimme. Plötzlich jedoch fiel Helen der Rednerin mit schrillen Tönen ins Wort.

»Ich verstehe fast, was Sie sagen — aber nur fast. Es ist, als schleiche man sich mit einer Handvoll Salz an einen Vogel heran, der gerade davonfliegen will. Sagen Sie mir, bitte — verstehen Sie etwas von dem, was mein Mann tut?«

Warum wohl, fragte er sich, gebrauchte sie den Ausdruck »mein Mann«? Er war immer nur Steve. Sie hätte ebensogut »mein Steve« sagen können.

Jane zauderte. »Ich weiß nicht genau, woran er im Augenblick arbeitet. Wir haben nicht darüber gesprochen —«

Aha, sie gab Helen taktvoll zu verstehen, daß sie ihren Gatten in der letzten Zeit nicht gesehen hatte. Das war es also, was Helen wissen wollte. Es stimmte, daß er Jane seit zwei Monaten nicht begegnet war und auch nicht an sie gedacht hatte, da sein Geist mit anderen Dingen beschäftigt war.

»Wirklich nicht?«

»Schon seit längerer Zeit nicht, Mrs. Coast.«

»Wollen Sie mich nicht Helen nennen?«

»Wenn Sie es wünschen —«

»Nun erzählen Sie uns doch bitte noch etwas von diesem Uran. Ich bin ja so dumm —«

»Das glaube ich ganz und gar nicht . . . Was möchten Sie wissen?«

»Alles, was ich nach Ihrer Ansicht verstehen kann.«

Wieder erklang die liebliche Stimme. »Man könnte so vieles sagen, und doch wissen wir so wenig. Ich vermute, daß Herr Dr. Coast an diesem Problem arbeitet.«

»Nennen Sie ihn nicht Steve?«

»Nein ... sehen Sie, das natürliche Uranerz, wie es aus den Bergwerken kommt, ist für die Kernspaltung noch nicht verwendbar. Nur eines der Uranisotope — eben das Uran 235 — kann uns Atomenergie liefern. Es ist wie ein Wunder, daß von den Isotopen der zweiundneunzig in der Natur vorkommenden Elemente nur dieses eine sich spaltet, wenn es von langsamen Neutronen getroffen wird — bei dem jetzigen Stand der Wissenschaft natürlich. Wenn es uns nicht gelingt, Uran 235 in reiner Form zu gewinnen, können wir nicht die Energie erlangen, die wir für die in Frage kommenden Zwecke brauchen.«

»Militärische Zwecke?«

Aha, Helen wandte List an. Er stand auf, um Jane zu Hilfe zu kommen. Noch war niemand davon überzeugt, daß Atomwaffen gemacht werden konnten oder sollten. Dies war kein Gespräch für Frauen. Er ging ins Wohnzimmer und sah sich sechs Frauen gegenüber, unter ihnen auch Mollie Hall, die etwas Rosafarbenes strickte. Würde sie Burton Hall berichten, was Jane gesagt hatte, oder war sie zu dumm dazu? Man wußte nicht recht, ob Mollie einfältig oder schlau war.

»Kann ich wohl eine Tasse Tee haben?« fragte er.

Er begegnete Helens trotzigem Blick und wurde hart. In solchen Zeiten durfte man keinen Unsinn dulden. Mit ausgesuchter Höflichkeit machte er die Runde und schüttelte jedem Gast die Hand. Dann setzte er sich neben Jane.

»Ich habe meinen Bericht beendet«, sagte er zu ihr, »und wenn Sie ein Stündchen übrig haben, möchte ich einige Punkte mit Ihnen besprechen, bevor ich ihn einreiche.«

»Selbstverständlich«, erwiderte sie.

Er trotzte Helens Blick, der auf sie beide gerichtet war. Sie wandte sich ab.

Um Mitternacht unterhielt er sich noch immer mit Jane. Zwei Stunden zuvor hatte Helen, die außer Hörweite ruhelos im Hause umherging, an die halboffene Tür seines Arbeitszimmers geklopft.

»Ich gehe zu Bett, Steve.«

»Ich komme auch bald.«

Sie war dann hereingekommen und hatte Jane unerwartet auf die Wange geküßt.

»Gute Nacht, Jane.«

»Ich danke Ihnen, Helen —«

»Wofür?«

»Den Kuß —«

»Ach so —«

Sie verließ das Zimmer mit undurchdringlicher Miene, und die beiden verfielen wieder in ihr Gespräch, als seien sie gar nicht darin unterbrochen worden.

»Sie hegen also keinen Zweifel«, meinte Jane, »daß eine Bombe gemacht werden kann.«

»Nein.«

Sie biß sich auf die Lippen. »Das bedeutet, daß jede Nation imstande ist, die andere zu vernichten, und zwar mit verhältnismäßig geringen Kosten.«

»Leider.«

»Können wir eventuell eine Kontrolle über die Rohstoffe ausüben?«

»Uran gibt's wahrscheinlich überall — ebenso Thorium —, also haben wir da keinen Einfluß.«

»Außerdem läßt sich die Wissenschaft nicht beeinflussen. Ein Geheimnis kann man ein paar Monate bewahren oder ein paar Jahre — nicht länger.«

»Man kann dem menschlichen Geist nicht Einhalt gebieten«, pflichtete er ihr bei.

Sie stieß einen tiefen Seufzer aus. »Ist dies das Ende der Menschheit?«

»Ich kann und will an solch eine Möglichkeit nicht glauben.«

»Aber Sie machen sich schwere Gedanken darüber.«

»Wie jeder vernünftige Mensch.«

»Ja —«

Schweigen senkte sich herab. Jane brach es schließlich. »Ich fühle eine schreckliche Verantwortung — als Frau. Ich wollte, ich wäre nicht so allein.«

»In diesem Augenblick sind Sie nur Wissenschaftler — ebensowenig Frau, wie ich Mann bin.«

»Nur gehören Sie zur einen Hälfte der menschlichen Rasse und ich zur anderen. Ihre Hälfte ist wach und tätig. Meine — schläft. Wie soll ich sie nur wachrütteln?«

Tränen schossen ihr in die Augen und rollten langsam über ihre Wangen. Er konnte es nicht ertragen, sie in solcher intensiven Qual weinen zu sehen, wagte es jedoch nicht, seine Hand auszustrecken, um sie zu trösten. Statt dessen versuchte er, einen leichten Ton anzuschlagen. — »Sind diese Tränen nicht etwas verfrüht? Was wir uns hier ausmalen, mag vielleicht niemals eintreffen.«

»Wir müssen es verhindern.«

Sie erhob sich und hielt ihm die Hand hin. Er ergriff sie, und sie lag warm und zitternd in der seinen. Aber nur einen kurzen Augenblick; denn jeder spürte auf einmal des anderen Nähe, und sie trennten sich. Er begleitete sie bis zu ihrem kleinen Wagen draußen vor der Tür.

Als er nach oben ging, schlief Helen schon. Er nahm es jedenfalls an. Sie lag auf der rechten Seite, das Gesicht von der Tür abgewandt, und regte sich nicht. Er weckte sie nicht und lag schlaflos in seinem Bett. Jane hatte recht. Man durfte es nicht so weit kommen lassen.

»Hier ist mein Bericht«, sagte er am nächsten Tag zu Burton Hall. »Ich habe ihn gestern abend beendet und mit Jane Earl überprüft. Wir sind beide der Ansicht, daß das Auslösen einer Kettenreaktion durchaus möglich ist. Die entstehende Explosion mag unkontrollierbar sein, aber das wird nur ein Versuch zeigen.«

»Was wollen wir als Moderator benutzen?« fragte Burton Hall und fuhr sich mit dem Bleistift durch den roten Haarschopf. Die Morgensonne, die hell durch die vorhanglosen Fenster schien, ließ seinen Kopf aufflammen.

»Ich habe in meinem Bericht einige Vorschläge gemacht. Fermis Graphit ist wahrscheinlich am besten. Einfacher als das schwere Wasser oder sonst etwas –«

»Hm –« Burton Hall blätterte in den Seiten. »Sehr gründliche Arbeit ... Ihre nächste Aufgabe –«

Stephen unterbrach ihn. »Ich möchte an diesem Projekt nicht weiterarbeiten, Burt.«

Burton Hall starrte ihn an, und seine grünen Augen funkelten. »Was soll das heißen?«

»Ich möchte mit der Herstellung dieser Waffe nichts zu tun haben.«

»Wer möchte das wohl? Es ist Teufelswerk. Was aber, wenn andere Teufel sie zuerst machen? Ich wette, die Nazis haben Norwegen nur des schweren Wassers wegen an sich gerissen. Ich kann nicht müßig zusehen, wie mein Land in die Luft gesprengt wird.«

»Jeder muß für sich selbst entscheiden«, erklärte Stephen hartnäckig.

»Heutzutage nicht«, entgegnete Burton Hall. Er schob den Bericht zur Seite. »Es heißt zusammen leben oder zusammen sterben.«

Stephen Coast antwortete nicht. Er saß entspannt in seinem Stuhl und beobachtete durchs Fenster, wie die Studenten über den Campus schlenderten. Sie schienen Freude an dem hellen Tag zu haben. Der kalte Wind trieb ihnen die Farbe in die Wangen und ließ das Haar der Mädchen flattern. Wie unwirklich! Was aber war weniger wirklich, diese Geschöpfe aus Fleisch und Blut, so zart und so schnell dahingerafft, oder die befreite Kraft in einem Partikelchen, so klein, daß nur sein Schatten auf einer fotografischen Platte sichtbar war?

»Von heute ab«, erklärte er schließlich, »will ich nichts mehr damit zu tun haben.«

Burton Hall verlor die Geduld und brüllte: »Sie nennen sich einen Wissenschaftler! Wird Ihre Einstellung gegen die Waffe es verhindern, daß sie gemacht – und gebraucht – wird?«

»Wenigstens werde ich nicht dafür verantwortlich sein«, erwiderte Stephen.

Burton Hall schnappte mit seinen starken, weißen Zähnen wie ein Hund.

»Sie sind schon verantwortlich«, fauchte er. »Sie sind so verdammt verantwortlich, daß die Schuld auf Sie fallen wird, wenn wir die Bombe zuerst auf den Kopf bekommen, bevor wir sie über den Feind abwerfen können — Sie und Ihre verdammte Brut! Ihr Pazifisten seid die eigentlichen Kriegshetzer — Kriegshetzer und Miesmacher!«

Stephen Coast sagte kein Wort. Er stand auf, zog seinen Hut unter dem Stuhl hervor und verließ das Zimmer.

Als er am Abend nach Hause kam, küßte er Helen flüchtig in der Küche. Sie war gerade am Kochen. Ihre Wangen waren heiß und rot. Aber sie schien nicht in bester Stimmung zu sein.

»Wenn ich an meine wunderbare große Küche denke in dem Haus, das ich niemals haben werde«, klagte sie, »frage ich mich, warum ich jemals einen Wissenschaftler geheiratet habe.«

»Das frage ich mich auch«, entgegnete Stephen. »Ich frage mich sogar, warum ich ein Wissenschaftler bin.«

Er wartete darauf, daß sie sich erkundigte, was mit ihm los sei, aber ihre ganze Aufmerksamkeit war durch einen schön gebräunten Kuchen in Anspruch genommen, den sie gerade aus dem Ofen zog. Dabei verbrannte sie sich die Finger. Während er rasch doppeltkohlensaures Natron suchte und ihr damit einen feuchten Umschlag machte, kam er zu der Einsicht, daß jetzt nicht der rechte Augenblick war, von Atomexplosion zu reden.

»Wie lange dauert es, bis wir essen?« fragte er statt dessen.

»Eine halbe Stunde«, erwiderte sie.

»Ich bin in meinem Arbeitszimmer.«

An diesem sicheren Zufluchtsort stützte er den Kopf in die Hände und versuchte, sich über sich selber, über seine Seele klar zu werden. Seele? Er mußte an einen Lieblingsausspruch seines Vaters denken. »Die Chinesen«, hatte der halsstarrige Quäker erklärt, »kennen den Menschen besser als wir. Sie behaupten, in jedem von uns lägen drei Seelen und sieben irdische Geister ständig miteinander im Kampf.«

»Drei gegen sieben?« hatte er gefragt. »Ist das Ergebnis nicht von vornherein klar?«

»Ah«, hatte sein Vater erwidert, »wer kennt die Stärke einer Seele? Das Verhältnis mag gerade richtig sein.«

Impulsiv nahm er den Hörer vom Telefon und rief Jane an, ein wenig bestürzt, daß er sich an ihre Nummer erinnerte, ohne sie je niedergeschrieben zu haben.

»Jane?«

»Ja, Stephen.«

»Es freut mich, daß Sie mich so nennen — ich wollte Sie schon darum bitten.«

»Es erscheint mir ganz natürlich«, erwiderte sie ruhig.

»Ich habe Burton Hall heute meinen Bericht gegeben — und ihm gesagt, daß ich nicht mehr an der Waffe arbeiten wolle. Ich will jede andere Forschungsarbeit machen, aber nicht diese.«

»Das freut mich. Dann sind wir also zu zweit.«

Er hörte das leise Klicken ihres Hörers. Dann war es still.

Es war lange nach Mitternacht. Burton Hall erhob sich von seinem Schreibtisch und sammelte die Blätter zusammen, auf denen er Notizen und Gleichungen gemacht hatte. Der erste Schritt war getan. Er hatte allein in dem unordentlichen Raum gesessen, den er seine Bibliothek nannte, und hier, umgeben von offenen Büchern, zerwühlten Papieren und Apparaten aus dem Labor, einen Plan entworfen. Nun mußte er vor allem Mollie finden, wo sie auch sein mochte, und laut mit ihr darüber reden. Um diese Stunde — er blickte zur Uhr auf dem staubigen Kaminsims, unter dem das Feuer längst erloschen war — schlief sie in dem riesigen, altmodischen Doppelbett, das er seit der Hochzeitsnacht vor dreiundzwanzig Jahren mit ihr geteilt hatte. In seinen Tiefen, gewärmt von Mollies kräftigem Körper, konnte er ausruhen wie nirgends auf der Welt. Seufzend stieg er die Treppe empor. Schlaf! Wann würde er wieder ohne Alpträume schlafen können? Er stand an der Schwelle fürchterlichen Wissens, vor der es kein Zurück gab.

Er löschte das Licht im oberen Flur und öffnete die Schlafzimmertür. Die Nachttischlampe brannte, aber Mollie schlief. Er legte seine Papiere neben die Lampe und zog sich schweigend aus. Eine heiße Dusche zur Entspannung, fünf Minuten Gymnastik — er mußte jetzt sehr auf seine Gesundheit achtgeben —, und dann kroch er neben sie in das große Bett.

»Mollie!«

An diesen Schlachtruf gewöhnt, bemühte sie sich krampfhaft, die Fesseln des Schlafes abzuschütteln.

Er wartete geduldig. »Mollie, ich möchte mit dir reden.«

»Ja, Burt«, murmelte sie.

Aha, sie war wach; schlaftrunken, aber wach. Er beugte sich über sie und küßte sie auf die Stirn. »Arme Frau — mit mir verheiratet zu sein«, sagte er mit rauher Zärtlichkeit.

»Macht nichts«, murmelte sie. »Fang nur an. Ich höre.«

Sie öffnete mühsam die Augen, lächelte ihm schwach zu und stützte sich auf ihr Kissen.

»Mollie, diesmal habe ich mehr abgebissen, als ich kauen kann.«

»Wirklich, Burt?«

Vor langem schon hatte er sie gelehrt, keine Zeit mit Widersprüchen zu verschwenden. Auch durfte sie ihn nicht durch Lob oder unangebrachtes Vertrauen ärgern. »Ich kenne meine eigenen Schwächen«, hatte er sie angefahren. »Dein Lob hilft mir auch nicht im geringsten — es macht mich nur wütend, weil du keine Ahnung hast, wovon du redest, und ich das genau weiß. Wenn ich also etwas — ganz gleich, was — über mich selbst sage, dann nimm es um Himmels willen einfach so hin, damit ich mich wieder herausarbeiten kann.«

Er machte sich nun an das Werk der Selbstvernichtung.

»Ich verstehe mich auf kosmische Strahlen. Ich will sogar sagen, ich weiß ziemlich viel über die Möglichkeiten der Atomspaltung — nicht so viel wie der kleine Riese Fermi, aber genug, um mit ihm darüber reden zu können. Nun soll ich — nein, ich muß — an einem Projekt arbeiten, das wahrscheinlich auf eine Waffe hinausläuft, die die ganze Welt in die Luft sprengen kann, uns beide inbegriffen —«

Mollie gähnte laut. »Weshalb tust du es denn, Burt?«

»Mein Gott, was für eine Frage! Glaubst du etwa, ich würde es tun, wenn ich nicht müßte? Die Nazis werden uns zuvorkommen und uns vernichten — darum! Und die Jungen sind bald so alt, daß sie zum Militär müssen!«

Bei der Erwähnung ihrer beiden Söhne wurde Mollie ganz wach. »Lasse mir bloß die Jungens aus dem Spiel! Ich will nicht, daß sie auch nur das Geringste mit deiner alten Wissenschaft zu tun haben.«

»Ist Timm immer noch darauf versessen, Schauspieler zu werden?«

»Ja, und Peter will Arzt werden.«

»Gut. Aber nun rede bitte nicht von den Jungens, Mollie. Hör einfach zu. Für mich scheint der Stand der Dinge der folgende zu sein: Wir haben verdammt viel Arbeit zu leisten und viel zu wenig Zeit dafür. Was wir im nächsten Jahrhundert in aller Gemütsruhe hätten machen können, müssen wir jetzt in höchstens fünf, besser noch in vier Jahren schaffen. Wo stehen wir also? Wir haben eine ungefähre Ahnung, wo die größte Energie in der Welt verborgen ist. Aber wir fürchten uns, daran zu rühren, weil wir nicht wissen, wie wir ihrer Herr werden können. Das ist das erste Problem, verstehst du? Die Herrschaft, die Kontrolle zu behalten!«

»Kontrolle«, murmelte Mollie und kämpfte gegen den Schlaf.

»Wie aber können wir sie kontrollieren? Nun, zunächst müssen wir einen Kernreaktor haben. Ein Kernreaktor, Mollie, ist nichts weiter als ein riesiger Ofen.«

»Ofen? Wie ein Backofen?«

»Ganz richtig. Aber millionenmal heißer. So heiß, daß, wenn wir die Gewalt über die Hitze verlören, alles anfinge zu brennen und immer weiterbrennen würde, weil es dieselbe Hitze ist, die in der Sonne und in den Sternen lodert — ewige Flammen brennender Heliumgase.«

»Du meine Güte!« rief Mollie und riß beide Augen auf. »Warum gibst du dich denn damit ab?«

»Willst du endlich ruhig sein?« schnauzte er. »Ich muß also jemanden haben, der mir einen Reaktor baut. Muß viele Leute haben, die viele Dinge zur gleichen Zeit machen. Wen soll ich also für den Reaktor nehmen? Was hältst du von Ted Parkes? Er sitzt in Washington bei der Marine. Aber ich könnte ihn bestimmt von dort wegholen. Dies ist wichtiger als jedes Marineprojekt. Ted kennt seine Kernphysik, und ich mag ihn ganz gern. Er hört auf mich, aber er glaubt . . .«

»Er schreibt Gedichte«, bemerkte Mollie unsachlich. »Ich habe einige davon in einer Zeitschrift gesehen. Sie waren ganz schön, aber ich konnte sie nicht verstehen.«

»Was hast du dann davon?« fragte er ungeduldig.

»Sie klangen einfach schön, als ich sie laut vor mich hinlas, aber verstehen konnte ich sie nicht.«

Er starrte sie an. War sie eigentlich so einfältig, wie sie schien, oder nicht? Obwohl er fast ein Vierteljahrhundert mit ihr verheiratet war, wußte er das immer noch nicht.

»Soll ich fortfahren oder willst du noch von Gedichten reden, die du nicht verstehst?« fragte er sarkastisch.

»Ich habe nichts mehr zu sagen, Burt«, erwiderte sie.

Er redete weiter. »Wo war ich stehengeblieben?« Er konsultierte seine Notizen. »Ach ja – Kontrolle der Atomkraft. Es gibt da verschiedene Wege, Mollie, aber wir wissen noch nicht, welches der beste ist. Die Kommission in Washington arbeitet schon seit anderthalb Jahren an der Uranspaltung und versucht, eine kontrollierbare Kernreaktion zu erreichen. Aber sie denken nicht daran, etwas rechtzeitig für Verwendung in diesem Kriege fertigzubekommen. Und wir müssen es doch für diesen Krieg haben, Liebling; denn nach allem, was uns diese Langhaarigen aus Europa erzählen, schmieden die Nazis große Pläne. Die Leute von der Kommission denken nur an den friedlichen Gebrauch dieser Kraft, wenn sie überhaupt denken! – Hörst du noch zu, Mollie?«

»Ich höre«, erwiderte sie und unterdrückte ein Gähnen.

»Mollie, ich habe eine Idee!«

Sie blickte ihn hoffnungsvoll an. Wenn er eine seiner Ideen hatte, dann war er meistens bald fertig.

»Ich habe eine Idee«, wiederholte er. »Wenn es uns erst einmal gelingt, eine kontrollierbare Kernreaktion auszulösen, dann haben wir eine beliebige Menge von radioaktivem Material zur Verfügung. Dann aber können wir eine Bombe herstellen, die in dem Augenblick, wo wir uns entschließen, sie abzuwerfen, den Krieg beenden kann . . . Vielleicht brauchen wir sie gar nicht abzuwerfen. Vielleicht genügt es schon, wenn wir den anderen sagen, daß wir sie haben, und ihnen solch einen Schrecken einjagen, daß sie die Waffen niederlegen. Großer Gott, wäre das nicht der Mühe wert?!«

Er lehnte sich zurück und verschränkte die Hände hinter dem Kopf. Seine Notizblätter flatterten zu Boden.

»Weißt du, was Stephen Coast, dieser Einfaltspinsel, heute zu mir sagte? Er erklärte, er wolle nicht mehr daran arbeiten. Will sich mit Dingen befassen, die keine Menschen töten ... Soll ich ihn laufen ... Nein, ich darf es nicht. Ich brauche die besten Leute, die ich kriegen kann. Ich muß ihn überreden ... Thompson hat auch eine Idee – hörst du noch zu, Mollie?«

»Ja, Burt, aber ich bin schrecklich müde.«

»Nur noch dies ... Thompson behauptet, seine Versuche zeigten, daß wir vielleicht Plutonium aus Uran 238 machen könnten. Das bedeutet, daß wir nur hundert Pfund von dem Stoff benötigen, anstatt hundert Tonnen des natürlich vorkommenden Urans. Und wenn wir genug Plutonium haben, können wir eine Kettenreaktion mit schnellen, anstatt mit langsamen Neutronen erwarten; und das bedeutet eine solche Explosion, Mollie, daß wir dann nicht nur eine Bombe, sondern eine Superbombe hätten ... Ja, daran müssen wir arbeiten, Liebling. Das ist mir ganz klar, und jetzt darfst du auch wieder einschlafen.«

Er lehnte sich zu ihr hinüber, drückte ihr einen lauten Kuß auf die Wange und drehte das Licht aus.

»Meine Herren!«

Die klare Stimme, der scharfe englische Akzent drangen in jeden Winkel des Konferenzsaals.

Burton Hall war wieder einmal in Kalifornien. »Ich bin eine Art menschliche Spinne«, hatte er vorher beim gemeinsamen Essen zu dem englischen Wissenschaftler gesagt. »Ich spinne ein Netz über das ganze Land – New York letzte Woche, dann Chicago, Washington und nun hier, um Sie zu treffen. Die Burschen in Washington wollen nicht mehr, daß ich fliege. Sie bilden sich ein, daß ich wertvoll sei. Sie haben mir sogar mit einer Leibwache gedroht!«

»Das ist ganz richtig«, hatte der Engländer erwidert.

Burton Hall setzte sich auf dem unbequemen Holzstuhl zurecht, um sich den berühmten Wissenschaftler anzuhören. Im Grunde aber dachte er weiter über seine eigenen geheimen Pläne nach. Das Netz mußte über die Grenzen eines Landes hinausgesponnen werden. Die Wissenschaft mußte sich jetzt auf ein einziges militärisches Projekt konzentrieren: die Herstellung einer Plutoniumbombe ... Seltsam, wie Träume plötzlich Wirklichkeit wurden! Die Alchimisten längst vergangener Zeiten hatten ihr ganzes Leben in dem Bemühen zugebracht, aus unedlen Metallen Gold zu machen. Nun war die Stoffverwandlung möglich, aber nicht, um Gold zu erlangen. Das Leben selbst stand auf dem Spiel. Der Krieg drängte – ein Krieg, der auch diesem Lande drohte.

Er sammelte seine Gedanken und kämpfte gegen den Schlaf. Die Luft im Konferenzsaal war warm und drückend. Seit mehreren Nächten schon hatte er nicht mehr gut geschlafen. Kaffee hatte die Wirkung verloren, und er wagte nicht, eine dieser Aufmunterungspillen zu versuchen; er konnte keine Euphorie riskieren. Die Wirklichkeit war zu grimmig. Und er mußte wissen, was dieser Engländer da zu sagen hatte. Er hatte eine zu wichtige Rolle bei der Entwicklung von Radar in England gespielt, und Radar war bisher die wichtigste aller wissenschaftlichen Entwicklungen für Kriegszwecke gewesen. Sie hatte das Leben unzähliger Briten gerettet.

»Wir haben das Eindringen und die Streuung schneller Neutronen beim Durchgang durch Uran 235 gemessen«, hörte er die kultivierte englische Stimme sagen, »und haben entdeckt, daß die für eine Kettenreaktion erforderliche Menge um vieles kleiner ist, als wir zuerst annahmen. Wir glauben jetzt, daß eine Bombe aus dem sich ergebenden Plutonium gemacht werden kann.«

Amerikaner besaßen Schwungkraft, einen kühnen Geist, eine glänzende Improvisationsgabe, aber diese Engländer waren systematisch und gründlich. Burton Hall lehnte sich zu Ted Parkes hinüber, der neben ihm saß, und murmelte:

»Da sind wir uns ja alle einig, nicht wahr?«

Ted nickte. »England, Italien und die USA –«

»Italien?«

»Fermi – erinnern Sie sich? Alles, was er sagte, bestätigt, was wir soeben gehört haben – weniger als hundert Pfund Plutonium.«

Burton Hall nickte. In den letzten vierzehn Tagen hatte er Fermi und Weiner in sein Netz eingeschlossen. Als er mit Weiner in dem kahlen Büro einer Universität im Osten Amerikas zusammensaß, hatte er sich den großen ungarischen Wissenschaftler genau betrachtet. Ein schüchterner Mann, hatte er zuerst gedacht, ein Mann, der zu sehr zum Katzbuckeln neigte ... Aber darin hatte er sich völlig geirrt. Sein Verstand war glänzend, sein Denken so klar und schnell wie das Licht.

Er hatte ihm an jenem Tage zugehört, während ein grauer Herbstregen gegen die Scheiben der hohen, kahlen Fenster trommelte. Draußen auf dem Campus fielen die Blätter von den Ahornbäumen. Studenten in Regenmänteln eilten vorbei, die Köpfe gegen den peitschenden Wind gesenkt.

Ein Hüsteln – oder gar ein Schluchzen? – hatte ihn zusammenfahren lassen. Er hatte zu Weiner hinübergeblickt und Tränen auf dessen bleichen Wangen gesehen.

»Wir haben keine Zeit«, sagte Weiner damals, und seine Stimme war zu einem Flüstern herabgesunken. »Glauben Sie mir, ich weiß, was diese Nazis tun werden. Sie lassen uns keine Zeit. Ich kenne sie so gut. Es steckt kein Erbarmen in ihnen – keine Menschlichkeit ... Sie haben meine Eltern getötet – meinen alten Vater – gefoltert – nein, ich kann es Ihnen nicht beschreiben –« Er hatte sich abgewandt und mit zitternden Händen das nasse Gesicht getrocknet – außergewöhnliche Hände, sensitiv, zart, die Hände eines Künstlers. In jedem wahren Wissenschaftler steckte ein Künstler. Das wußte Burton Hall, weil er selbst nichts davon in sich hatte. Er war Wissenschaftler, weil er zufällig ein knetbares Gehirn besaß, das ihm in jedem von mehreren Berufen Erfolg gesichert hätte. Ein reiner, seiner Aufgabe hingegebener Wissenschaftler war ein Theoretiker, ein Träumer, der sich aus dem Weltall große abstrakte Möglichkeiten erträumte.

»Vielleicht erzählen Sie es mir doch«, hatte er an jenem Tage gesagt. »Es ist besser, wenn man es weiß.«

Und so hatte er sich in den düsteren Herbststunden Weiners Geschichte angehört und miterlebt, wie ein Mann vor Schrecken verging, als er sich all dessen erinnerte, dem er mit knapper Not entkommen war, und der alles, was ihm teuer gewesen, hatte verlassen müssen.

»›Geh‹, befahl mir mein Vater, als ich nicht fortgehen wollte. ›Du mußt gehen, weil du etwas in deinem Kopfe hast, das dazu beitragen kann, die übrige Menschheit zu retten. Geh nach Amerika – sage ihnen –‹ So ließ ich alles zurück außer dem, was ich hier trage –«

Er tippte sich an die Stirn und versuchte zu lächeln.

»Entschuldigen Sie. Ich gestatte mir nicht, in der Vergangenheit zu weilen, und doch kann ich nicht vergessen. Sie verstehen also, warum ich sage, daß wir die Bombe so schnell wie möglich machen müssen, um für einen Krieg gerüstet zu sein.«

Seine blaßgrauen, tränennassen Augen hatten bei den letzten Worten einen stahlharten Ausdruck angenommen.

Burton Hall war nach diesem Besuch nach Chicago zurückgeflogen und hatte seine Mitarbeiter zusammenberufen. Drei Tage lang hatten sie sich die Köpfe zerbrochen und Pläne aufgestellt, alle gereizt aus Mangel an Schlaf, und waren schließlich dahin übereingekommen, daß Plutonium für die Bombe gemacht werden könne, aber nur mit viel Geld und einer riesigen Anlage.

Der Engländer hatte seinen Vortrag beendet, und die Versammlung löste sich auf. Die Wissenschaftler umringten den berühmten Kollegen und verwickelten ihn in eine lebhafte Diskussion. Burton Hall erhob sich nicht von seinem Platz. Schwerwiegende Probleme waren in seinem rastlosen Gehirn aufgetaucht, mit denen er sich auseinandersetzen mußte. Schweigend stand er auf und schlich sich auf Zehenspitzen davon. Er mußte einige Stunden irgendwo allein sein, fern von menschlichen Stimmen, abseits von dieser kleinen Welt und nahe bei den Sternen.

»Wieder einmal ein Tag zu Ende, Jane«, sagte Stephen Coast, »und Zeit, daß wir Schluß machen. Wir haben unsere Tatsachen wenigstens auf dem Papier. Ich habe Burt am Sonntagabend mit den vier möglichen Methoden zur Gewinnung des Stoffes bekannt gemacht und ihm gesagt, wo die Laboratorien sind, die sich mit den einzelnen Methoden befassen.«

»Ich habe Sonntag abend ein Beethovenkonzert besucht«, erwähnte Jane. »Ich konnte aus irgendeinem Grunde nicht allein in meiner Wohnung sein.«

»Ob ich diese Wohnung wohl je zu sehen bekomme?« fragte Stephen. Er wusch sich am Ausguß die Hände und drehte sich nicht um.

Sie erwog die Frage und beschloß, auf diese Annäherung einzugehen. Sie, die sich seit langem zur Einsamkeit bekannt hatte, fand sie allmählich unerträglich.

»Wann möchten Sie gern kommen?«

Er zog sich wieder zurück. »Später einmal ... wenn ich nicht so viel zu bedenken habe. Vielleicht kommt Helen auch mit ... Also, Jane, wir wissen jedenfalls eine Menge über diesen Stoff.«

»Wir wissen viel«, verbesserte sie, »aber vielleicht nicht genug. Werden Sie daran arbeiten, Stephen?«

»Nein«, entgegnete er. »Meine Arbeit daran ist beendet. Ich werde an einem eigenen Projekt arbeiten. Ich habe Ideen über die Anwendung von Isotopen in der Medizin.«

Sie erwiderte nichts darauf.

Stephen drehte sich nach ihr um und wurde ihrer plötzlich gewahr. »Ihre Nase glänzt«, bemerkte er.

»Ist das so wichtig?« Sie fuhr sich über die Nase.

»Nicht doch«, sagte er. »Ich finde es schön, wenn sie glänzt. Es ist eine hübsche Nase.«

Sie wandte sich ab, sammelte Bleistifte und mit Zahlen bekritzelte Blätter zusammen und legte sie in die Schublade.

»Es ist Zeit, daß wir nach Hause gehen«, meinte sie.

»Wahrscheinlich.«

Vor sich hinpfeifend, vertrödelte er noch eine Weile im Labor, spitzte einen Bleistift und reinigte den Bleistiftspitzer für den nächsten Tag.

»Ich bekam heute einen Brief von Burt«, erwähnte Jane.

Ohne sich umzudrehen, fragte Stephen: »Wo ist er?«

»In New Mexico. Er hat den geeigneten Ort für das Projekt gefunden.«

»Er wünscht wohl, daß Sie mit ihm dorthin gehen.«

»Er überläßt mir die Entscheidung.«
»Gehen Sie mit?«
»Ich weiß es nicht.«
»Sie werden direkt an der Waffe arbeiten, wenn Sie hingehen.«
Sie erwiderte nichts. Er legte den Bleistiftspitzer hin, zog seine Arbeitsjacke aus und nahm seinen Rock vom Haken.
»Gut, ich gehe jetzt.«
An der Tür blieb er stehen. »Ich habe angenommen, wir seien zu zweien. Sie haben das doch selbst einmal gesagt ... Zwei gegen all die übrigen ... Nun scheint es nur noch einer zu sein. Ich stehe allein ... nicht wahr?«
Mit leicht gerunzelten Brauen studierte sie ein Blatt Papier. Plötzlich rief sie: »Stephen, ich habe Ihren Fehler entdeckt!«
In drei Schritten war er an ihrer Seite und riß ihr das Blatt aus den fleckigen Händen. Über seinen Arm hinweg deutete sie mit einem Bleistift auf eine Gleichung.
Er schlug sich vor die Stirn und stöhnte. »Natürlich. Wie dumm von mir! Es ist dasselbe Prinzip, das Burt vor Jahren bei General Electric anwandte.«
»Ganz recht. Dieselbe Formel.«
Mit dem Papier in der Hand zog er von dannen. Sie wartete, und als er an der Tür nicht zurückblickte, lächelte sie. Sobald sie allein war, öffnete sie eine Schublade, zog ein Staubtuch heraus und säuberte den Tisch sorgfältig.

»Müssen wir unbedingt in der Wüste leben, Burt?«
Burton Hall legte Messer und Gabel hin und sah seine Frau voller Verzweiflung an.
»Willst du bitte bei Tisch nicht über solche Dinge reden, Mollie? Das Mädchen hat Ohren wie ein Elefant.«
»Sie hat heute ihren freien Tag, und wir sind ganz allein im Haus.«
»Schadet gar nichts, wenn du dich beizeiten daran gewöhnst. Die Jungens werden im nächsten Monat während der Weihnachtsferien zu Hause sein.«
Sie sah ihn mit großen, erstaunten Augen an. »Aber muß ich denn in der Wüste —«
»Nein!« brüllte er. »Niemand wird in der Wüste leben — noch lange nicht, vielleicht niemals, wenn ich aus Washington nichts höre. Verdammt noch mal, man sollte meinen, sie schliefen da oben alle. Monate sind —«
»Du brauchst nicht zu fluchen, Burt, schon gar nicht auf deine eigene Regierung«, protestierte sie, »zumal ich ja nur fragte, ob ich in der —«
Er unterbrach sie scharf. »Und ich habe nein gesagt. Es müssen

noch eine Menge Vorarbeiten erledigt werden. Außerdem werde ich jemand anders die Leitung dort übertragen — wahrscheinlich.«

Sie sah ihn mit ehelicher Besorgnis an. »Du bist heute so schlecht gelaunt. Es geht wohl nicht alles nach Wunsch, Burt, wie?«

Er wischte sich den Mund ab. »Zu langsam, weiter nichts. Seit Wochen warte ich auf den Bericht aus dem Weißen Haus. Die Engländer sitzen mir dauernd auf. Sie haben ein Jahr später angefangen als wir und sind uns bereits voraus. Es muß erst etwas Besonderes passieren, ehe wir aufwachen und klug werden, Mollie.«

Sie preßte die Hände auf ihr sorgfältig gewelltes Haar. »Oh, hoffentlich wachen wir nie auf, Burt! Denke doch an die Jungens. Tim würde sofort eingezogen. Ich könnte es nicht ertragen. Du läßt es doch nicht zu, daß uns diese Engländer mit hineinziehen, Burt. Es ist nicht *unser* Krieg!«

»Sei still, Mollie. Du weißt nicht, was du redest.«

»Es ist aber mein Ernst, Burt. Wie kommt es, daß sie uns voraus sind?«

»Sie sind gescheit. Darum. Sie haben sich von Anfang an auf eine Waffe konzentriert, während wir noch immer nur an einfacher Atomenergie interessiert sind. Wir träumen von wundervollen Dingen, die wir damit tun können, die uns aber nichts nützen oder höchstens später, und wer weiß, wieviel Zeit uns noch bleibt, wenn man diesen Ausländern Glauben schenken soll.«

»Lieber Gott — ich wollte, ihr hörtet alle damit auf!«

Er blickte von seinem Teller hoch und sah Tränen in ihren Augen. Sofort stand er auf, warf seine Serviette hin und nahm sie in die Arme. Sie schluchzte an seiner Brust.

»Ich habe ja solche Angst, Burt.«

»Liebling, Liebling«, murmelte er. »Nicht doch — bitte nicht. Was ich tue, geschieht ja nur, um dich vor Angst zu bewahren — dich und alle anderen.«

Eine Stunde später, als er allein in seinem Arbeitszimmer saß, kam der telefonische Anruf, auf den er durch alle die Herbstmonate hindurch gewartet hatte, die sich in ihrer späten Schönheit so langsam dahinschleppten. Er riß den Hörer von der Gabel, und eine barsche, trockene Stimme knatterte an sein Ohr.

»Sind Sie es, Burt?«

»Ich bin's, Van —«

»Die Antwort ist ›ja‹.«

Er stieß einen Seufzer der Erleichterung aus. »Gott sei Dank — und Ihnen auch!«

»Bedanken Sie sich nicht bei mir«, bellte die Stimme. »Jedenfalls jetzt noch nicht. Wir müssen erst noch den allerhöchsten Herrschaften die ganze Idee schmackhaft machen. Wie schnell können Sie hier sein?«

Burt zog den Kalender näher zu sich heran.

»Mal sehen — heute ist der vierte. Ich werde übermorgen dort sein. Mein Gott, das ist aber ein Wochenende!«

»Ein Wochenende bedeutet nichts in meinem Leben.«

»In meinem auch nicht — von jetzt an. Ich bringe den Bericht der Kommission mit.«

»Schön. Ich erwarte Sie.«

»In Ordnung — aber —«

»Was gibt's denn?«

»Sie wissen doch, daß dieses Projekt Hunderte von Millionen Dollar kostet, nicht wahr?«

Er hörte ein wehmütiges Gelächter auf der anderen Seite. »Sprechen wir jetzt nicht davon.«

Die Unterhaltung war zu Ende. Er hörte das schwache Klicken des aufgelegten Hörers und legte seinen ebenfalls auf.

»Mollie«, brüllte er. »Oh, Mollie!«

Ihre Stimme kam schrill von oben. »Ich bin im Schlafzimmer, Burt —«

»Steh auf, mein Mädchen. Ich bin auf dem Wege nach Washington, endlich — endlich!«

Vierundzwanzig Stunden später klopfte er in einem imposanten Marmorgebäude in der Hauptstadt an eine Bürotür. Obwohl es Samstag nachmittag war, saß eine hübsche junge Sekretärin im Vorzimmer. Sie blickte lächelnd zu ihm auf.

»Ich habe auf Sie gewartet, Herr Dr. Hall.«

Burton Halls grüne Augen weilten auf der schlanken Gestalt, dem hübsch frisierten, hellen Haar und dem willigen Mund. Sehr nett!

»Es tut mir leid, daß Sie Ihren Samstagnachmittag geopfert haben.«

Ihre Blicke maßen sich prüfend ... aber er verwarf die Möglichkeiten. Keine Zeit, leider!

»Gehen Sie jetzt nur«, sagte er. »Ich finde nachher schon allein hinaus.«

Sie griff nach ihrem kleinen blauen Hut, und er ging in das Privatbüro. Dort saß hinter einem gewaltigen Regierungsschreibtisch die große, hagere Gestalt, die er so gut kannte, dieser alte Ingenieur mit dem geraden Mund, den schlauen, steingrauen Augen und den großen Händen. Sie begrüßten sich herzlich. Burton Hall nahm einen dicken Umschlag aus seiner Aktentasche und setzte sich hin.

»Hier ist der Bericht, Van ... Sollen wir darüber sprechen oder warten, bis Sie ihn gelesen haben?«

Der Ingenieur blickte auf seine Uhr. »Meine Frau hat heute Geburtstag. Ich habe ihr versprochen, früh nach Hause zu kommen.

Aber ich werde ihn morgen lesen und Sie am Abend anrufen. Sie bleiben doch noch etwas hier?«

»Ich kann natürlich nicht abreisen, bevor Sie den Bericht gelesen und ein Urteil von höherer Stelle eingeholt haben.«

»Gut. Wo wohnen Sie?«

»Im Wardman-Park-Hotel.«

»Schön, Sie werden von mir hören. Lassen Sie uns gehen.«

Sie verließen zusammen das Büro, und ihre Schritte hallten in den leeren Marmorkorridoren. Auf der Straße trennten sie sich, und Burton Hall nahm ein Taxi, um in sein Hotel zurückzukehren. Oben auf seinem Zimmer überkam ihn eine innere Unruhe. Die Luft war trocken und übermäßig heiß. Er riß das Fenster auf, lehnte sich weit hinaus und atmete die milde Novemberluft in vollen Zügen ein. Ein himmlischer Tag und noch sehr früh. Ein anstrengendes Tennisspiel würde ihm gut tun. Warum nicht? Und wenn er den alten Hank, der hier im Hotel lebte, dazu bewegen könnte . . . aber die Aussicht war wohl gering. Der Vizepräsident würde wohl kaum frei sein, selbst nicht an einem Samstagnachmittag. Sie waren Freunde, jedenfalls mehr als Bekannte. Jahrelang hatte er den Mann mit seinen verschrobenen Ideen unterstützt, Ideen, die sich allerdings immer zu bewähren schienen. Nun, ein Versuch konnte nichts schaden. Er nahm den Hörer ab, wählte die Nummer und hörte zu seiner großen Überraschung die vertraute, näselnde Stimme. »Ja?«

»Hank?«

»Am Apparat.«

»Hier ist Burton Hall. Haben Sie Lust, eine Partie Tennis zu spielen?«

»Was machen Sie denn hier?«

»Amtsgeschäfte.«

»Natürlich spiele ich mit Ihnen Tennis. In fünfzehn Minuten bin ich unten in der Halle.«

»Gut. Machen Sie sich auf eine Schlappe gefaßt.«

»Vielleicht bringe ich Ihnen eine bei.«

»Ausgeschlossen.«

Beide grunzten vor Vergnügen und legten auf.

Zwei Stunden später, als die Sonne wie ein feuriger Ball tief am westlichen Himmel stand und er sich durch das anstrengende Spiel entspannt fühlte, sagte Burton Hall, was er zu sagen hatte.

»Hank, ich habe den Bericht meiner Kommission eingereicht. Sie werden ihn zu sehen bekommen. Ich habe meinen Namen daruntergesetzt. Wenn er Ihnen unter die Augen kommt, wollen Sie ihm dann wohl Ihre volle Aufmerksamkeit schenken? Es ist möglich — hier spricht wieder einmal der vorsichtige Wissenschaftler —, nein, es ist sogar wahrscheinlich, daß unsere Reaktion auf diesen Bericht entscheiden wird, ob der Krieg von der freien Welt gewonnen oder verloren wird.«

»Selbstverständlich«, erwiderte der Tennissieger. »Wird gemacht.« Er streckte die Hand aus, die Burt mit der üblichen leichten, aber unvermeidlichen Enttäuschung ergriff. Die Hand war kühl und schlaff, die Hand eines Träumers, der seine Träume nicht verwirklichen konnte.

Am nächsten Morgen, einem milden, grauen Sonntagmorgen, erwachte er beim Klang der Kirchenglocken, die sanft durch die schlafende Stadt tönten. Er lag angenehm entspannt im Bett und dachte an die zahllosen Freunde, die er von seiner Anwesenheit benachrichtigen konnte. Wenn er einen von Ihnen anrief, würde sich jedoch eine ganze Schar versammeln und der Tag sich in abgerissenen Unterhaltungen, Heiterkeit, Scherzen, nutzlosem Geschwätz und versteckten Fragen nach dem Grund seines Hierseins verzetteln. Nein, er brauchte Einsamkeit. Vor ihm lag eine der größten und gewichtigsten Aufgaben, die Menschengeist ersinnen konnte. Und wenn die Männer an höchster Stelle ihre Zustimmung verweigerten, dann hatte er die vielleicht noch größere Aufgabe, sie davon zu überzeugen, daß es Torheit war, sich in falscher Sicherheit zu wiegen, während jenseits des immer kleiner werdenden Atlantiks ein Rasender alle Menschen in seinem Bereich seiner krächzenden Stimme und seines bestialischen Gesichts zum Wahnsinn anstachelte. Aber warum mußte er ausgerechnet an diesem Sonntagmorgen in der immer noch friedlichen Hauptstadt seines eigenen Landes an Hitler denken!

Ärgerlich über sich selbst und alles andere, schlug er die Decken zurück und trottete barfuß ins Badezimmer . . . Nein, er würde heute mit niemandem reden. Er würde allein durch die Stadt wandern und sich vielleicht Lincolns Marmorgesicht in der marmornen Gedächtnishalle ansehen. Oder, besser noch, Mount Vernon besuchen und sich auf den Pfaden ergehen, über die der Gründer der Nation gewandelt war, über den Fluß zu den Bergen zu blicken und seine Seele zu erquicken.

Ein unbestimmtes Sehnen nach seiner von Frömmigkeit erfüllten Kindheit kroch aus dem Schlupfwinkel seiner Seele, und er sank plötzlich neben dem Hotelbett auf die Knie und barg den Kopf in den Armen.

Als er abends zurückkehrte, war er wieder entschlossen, klar im Geist und zielbewußt. Den ganzen Tag hatte er, einsam und schweigend, als außenstehender Beobachter unter Menschenmengen verbracht. Mittags hatte er auf der Steinbank vor dem anspruchslosen Hause Washingtons ein Sandwich gegessen, und während er auf den Fluß Potomac hinabblickte, hatte er alle aufregenden Gedanken und

Gefühle abgeschüttelt und sich, was so selten in seinem Leben geschah, ganz dem Augenblick hingegeben.

Er lag schon seit einiger Zeit im Bett und schlief, als ihn das Läuten des Telefons aufweckte. Er hob den Hörer ab und vernahm die trokkene, barsche Stimme, die ihm ins Ohr schnarrte.

»Burt? Hier ist Van. Ich habe den Tag mit dem Präsidenten verbracht und gerade das große Haus verlassen. Er sagt, wenn das Ding gemacht werden kann, müssen *wir* es zuerst machen . . . Kommen Sie morgen um neun Uhr in mein Büro. Ich habe noch drei andere Leute gebeten. Sie sollen mit Ihnen eine neue Kommission zur Erforschung der Kernspaltung bilden. In spätestens einem Monat erwarte ich einen neuen Bericht von Ihnen. Vielleicht wird die Welt dann anders aussehen – besser oder schlimmer. Wenn Ihr Bericht günstig ausfällt und die Welt schlimmer aussieht, steht die Nation hinter Ihnen – rückhaltlos.«

»Ich werde erscheinen.«

»Gut.« Der ferne Hörer klickte, und Burton Hall sank in die Kissen zurück. Seine Mission in Washington war erfüllt.

Am sechsten Tage des Dezembers setzte Burton Hall seinen Namen unter den endgültigen Bericht und war stolz auf die Eile, mit der sie gearbeitet hatten. Nach Tagen schon, nicht erst nach Wochen, waren die sieben Männer hier in seinem Büro oder in Washington zusammengekommen und hatten ihre Konferenzen zwischen unvermeidliche Aufgaben und Reisen eingezwängt. Zwei von ihnen waren Wissenschaftler, die eilig zwischen dem Büro und den Laboratorien in England hin- und herfuhren, um die Versuche, Ergebnisse und Vorschläge zu prüfen und abermals zu prüfen.

Burton Hall wischte die Feder an seinem Taschentuch ab.

»Mich wundert, daß Ihre Frau so etwas duldet«, bemerkte jemand. »Ich darf mir das nicht leisten.«

»Meine würde schön Krach machen.«

»Meine hat den Kampf mit den Windmühlenflügeln aufgegeben«, erklärte Burton Hall belustigt. »Außerdem habe ich mich schon gebessert. Früher putzte ich meine Feder immer an der Hose ab . . . Nun, meine Herren, den ersten Teil der Arbeit haben wir erledigt. Ich weiß nicht, ob dieses ein historisches Dokument oder Zeitverschwendung ist. Aber ich glaube, der Präsident wird es gutheißen.«

Er hörte zustimmendes Gemurmel und fuhr fort:

»Ich habe nie meine Stimme für den Mann im Weißen Haus abgegeben, ihn nie kennengelernt, ihn nicht einmal gesehen. Aber ich möchte sagen, daß wir uns in diesem Augenblick unserer Geschichte glücklich schätzen können, solch einen Mann zu haben. Er hat Mut, er ist intelligent, und er liebt die Menschen. Das ist bei einem Präsidenten selten.«

Wieder ertönte Gemurmel, während die Männer sich in der Eile des Aufbruchs die Hände schüttelten. Eine gute Kommission, dachte Burton Hall, als er ihnen nachsah. Ein Universitätsrektor, ein angesehener Politiker, der Direktor der Forschungsabteilung eines großen Industrieunternehmens und die übrigen alle Wissenschaftler wie er selbst, nur besser. Es war klug von dem Präsidenten gewesen, daß er die Wissenschaftler mit Menschen aus andern, dem täglichen Leben eng verbundenen Berufszweigen vermengt hatte. Es ließ sich nicht leugnen, daß Wissenschaftler seltsame Käuze waren, wenn sie selbst auch alle das Gegenteil behaupteten. Er, Burt, bildete hierin keine Ausnahme.

Er drückte auf den Summer auf seinem Tisch, und in der Tür erschien eine schon ältere Sekretärin.

»Sehen Sie zu, daß dieser Bericht noch heute abend abgeht, Rosie.«

»Ja, Herr Dr. Hall«, antwortete sie gefügig. Sie schmollte ein wenig, als sie die Papiere entgegennahm. »Ich wollte heute abend ausgehen. Meine Schwester und ich haben schon Karten.«

»Gehen Sie ruhig«, erwiderte er. »Ich halte Sie nicht davon ab. Aber erst schicken Sie den Bericht fort.«

Sie setzte eine beleidigte Miene auf und ging hinaus. Er sah es und fragte sich gereizt, warum er eigentlich Rosie Molloy Jahr für Jahr in seinem Büro behielt, während es in der Stadt nur so wimmelte von hübschen Sekretärinnen. Sie war in ihrer eigensinnigen, mürrischen Art eine gute Sekretärin, aber er hatte sie schon so lange, daß er ihre ganze magere Lebensgeschichte auswendig wußte, und sie erzählte immer noch jede Einzelheit aus ihrem altjüngferlichen Leben, wahrscheinlich tat sie ihm leid. Dann grinste er plötzlich. Er kannte sich nur zu gut. Eine hübsche Sekretärin könnte er nicht tagtäglich um sich haben. Er kannte seine Schwächen und konnte jetzt nicht auch noch Schwierigkeiten im Privatleben brauchen. Vielleicht später, wenn er sich zur Ruhe setzte und Zeit hätte, falls er und alle anderen überhaupt jemals wieder Zeit haben würden.

Am nächsten Nachmittag um vier Uhr, als er gerade, ohne Schuhe und halb unter den Sonntagszeitungen begraben, auf der Couch im Wohnzimmer ein Nickerchen machte, läutete das Telefon. Rosie war am Apparat.

»Herr Dr. Hall, ich störe Sie nicht gern am Sonntag –«

»Und doch tun Sie es«, brummte er. »Haben Sie den Bericht abgeschickt?«

»Ja, natürlich. Aber ich wollte Ihnen sagen, daß der Rundfunk in wenigen Minuten sein Programm unterbrechen wird, um eine für die ganze Nation wichtige Bekanntmachung durchzugeben. Vielleicht sollten Sie den Apparat einstellen.«

Er legte den Hörer auf und schaltete umständlich das Radio ein. Tatsächlich trat plötzlich eine Pause in der Nachmittagssendung ein. Dann hörte Burt die hohe, erregte Stimme eines Nachrichtenkommentators –

»Wir unterbrechen dieses Programm und bringen Ihnen die Nachricht, daß Pearl Harbour soeben von japanischen Flugzeugen bombardiert worden ist –«

Die entsetzlichen, inhaltsschweren Worte trafen ihn wie Keulenschläge. Er erhob sich und stand unbeweglich da, während ihm die Tränen übers Gesicht liefen. Jetzt waren alle Fragen beantwortet. Die Nation war im Krieg.

ZWEITER TEIL

Am Morgen des folgenden Tages, des 8. Dezembers 1941, erwachte er mit klarem Geist und ruhigem Herzen. Die große Entscheidung war getroffen worden – und nicht von ihm. Im ganzen Lande erwachten Männer und Frauen mit diesem Gefühl, zu wissen, woran man war. Die Auseinandersetzungen hatten aufgehört. Der Feind hatte sich enthüllt, und sie sahen ihn deutlich. Daß er in Asien aufgetaucht war, hatte nichts zu bedeuten. Der Feind war immer noch der Mann mit der zerzausten Haarsträhne, das verdorbene, unzufriedene Kind, das seine Unzufriedenheit in eine müßige, erfolglose Jugend hinübergeschleppt hatte und nun wieder im Manne zum Vorschein kam, der sich nicht vom Leben erziehen lassen wollte. Aus Rachegelüsten zog er alle anderen in der Welt, die von seinem Schlage waren, mit hinein in seine Rebellion gegen die Menschheit. Die Schwachen hatten den Schwachen gewählt, den sie verstanden, und er gebrauchte sie. Ohne Hitler hätte es kein Pearl Harbour gegeben. Seufzend reckte und streckte sich Burton Hall in dem großen Bett neben der schlafenden Mollie. Noch fünf Minuten, und dann mußte er aufstehen. Sie konnte ruhig noch etwas schlafen. Letzte Nacht war sie zu seinem Erstaunen in Tränen ausgebrochen. Es hatte mit einem unterdrückten Schluchzen begonnen, nachdem er gerade in den ersten leichten Schlummer gefallen war. Seufzend hatte er sich auf die andere Seite gewälzt und gefragt:

»Was hast du denn nur?«

Ein halbersticktes Schluchzen war die einzige Antwort gewesen. Empört war er aus dem Bett gesprungen.

»Nun mal heraus mit der Sprache!« hatte er befohlen.

Schließlich hatte sie ihm ein unwilliges Geständnis gemacht. »Ich will dich nicht damit belästigen, Burt, aber es geht um Tim.«

»Was ist denn mit Tim?«

»Er wird in den Krieg müssen.«

»Natürlich!«

»Burt, geht dir das nicht nahe?«

»Mollie, ob es mir nahegeht oder nicht, spielt im Augenblick keine Rolle. Alle Mütter müssen ihre Söhne in den Krieg ziehen lassen – warum nicht du?«

Sie weinte von neuem. »Ich wollte, ich hätte keine Söhne. Wenn Tim und Peter doch nur als Mädchen zur Welt gekommen wären!«

Das mußte Mollie sagen! Dabei hatte sie sich damals nur Jungens gewünscht und war so stolz darauf, die Mutter von Söhnen zu sein, wie eine Asiatin.

»Mollie, hör auf zu weinen. Und sage nicht mehr, du wolltest, du hättest keine Söhne. Mädchen werden auch in diesen Krieg hineingezogen. Nicht einmal ihr Geschlecht wird sie davor bewahren.«

»Meinst du etwa –«

»Ja, Bomben werden auf Frauen wie auf Männer fallen.«

Vor Entsetzen versiegten ihre Tränen. Sie war verstummt. Als sie ihn unruhig mit langen Schritten das Zimmer durchmessen sah, hatte sie ihn schließlich mit wehleidiger Stimme gebeten: »Komm wieder zu Bett, Burt. Du wirst dich noch auf den Tod erkälten.«

Um drei Uhr erst hatte er einschlafen können, und nun war der Tag angebrochen, ein Tag, der sich von allen anderen Tagen seines Lebens unterscheiden sollte. Er zögerte noch, ihn zu beginnen, als er plötzlich die Haustürklingel läuten hörte. Er blickte auf seine Uhr. Noch nicht einmal sieben! Vielleicht ein Telegramm – aber nein, das hätte man durchtelefoniert. Er stieg eilig aus dem Bett, schlüpfte in seine Pantoffeln, zog seinen Schlafrock an und ging nach unten. Es war ein grauer, nebliger Morgen; er knipste das Flurlicht an, ehe er die Haustür öffnete. Vor ihm im frostigen Nebel stand eine kleine, dünne Gestalt, ohne Hut und in einem zu großen Mantel. Er erkannte den Mann. An jedem anderen Tage hätte er ihn freudig willkommen geheißen und ihm zugerufen: »Yasuo, alter Knabe, komm rein, komm rein! Schnell, sonst frierst du noch an.«

Jetzt aber stand er wie gelähmt und schwieg. Yasuo Matsugi war ein Künstler, ein großer Künstler, den er kannte, seit er vor vielen Jahren auf der Universität begonnen hatte, sich für japanische Kunst zu interessieren. Obwohl er fast keinen roten Heller besaß, hatte er im letzten Semester ein kleines Bild von Yasuo gekauft: Schilf, schwarz und weiß, vor einem getönten weißen Hintergrund, und auf einem Schilfrohr eine smaragdgrüne Zikade. Das Bild hing in seinem Studierzimmer. Vor vierundzwanzig Stunden hätte er Yasuo noch für seinen Freund erklärt. Es wäre ihm nicht eingefallen, den Künstler mit etwas Feindseligem zu verbinden. Und nun vermochte er nicht zu sprechen, ebensowenig wie Yasuo. Sie standen da und blickten einander wortlos in die Augen. In diesem tödlichen Schweigen rollten Yasuo die Tränen über das Gesicht. Er hob die Hand und wischte sie fort. Dann wandte er sich zum Gehen, den Kopf gesenkt vor dem

Wind, der kalt vom See her blies. Vor dieser gebeugten, einsamen Figur konnte Burton Hall seine Tür nicht verschließen. »Yasuo! Komm zurück!«

Er war entsetzt, als er merkte, daß ihn bei diesen Worten plötzlich eine innere Unruhe befiel. Wenn nun ein Passant gehört hätte, daß er sich einen Japaner ins Haus holte? Wenn ein Nachbar aus dem Fenster geblickt hätte? Er erkannte auf einmal den Schrecken, den die Furcht auslöste. Dabei war dies nur eine kleine, unbestimmte Furcht, verglichen mit der wirklichen, greifbaren Gefahr, die ihm in Deutschland gedroht hätte, wenn Yasuo kein Japaner, sondern ein Jude und er selbst ein Deutscher statt eines Amerikaners gewesen wäre. Aber so fing es an. Er würde sich nicht davon unterkriegen lassen.

»Komm zurück«, wiederholte er.

Yasuo kehrte zögernd um. Er stand innen an der Tür und wartete.

»Komm in mein Arbeitszimmer«, lud ihn Burton Hall ein.

Er schloß die Haustür und ging seinem Besucher voran. »Setz dich«, sagte er.

Yasuo nahm Platz und zog in dem kalten Raum seinen großen Mantel enger um sich. Burton Hall sah ihn nicht an. Er war beschäftigt, das Feuer im Kamin wieder in Gang zu bringen. Als die Flammen prasselten, setzte er sich in den alten, roten Sessel, dessen Federn sich schon seinem Körper angepaßt hatten. Er blickte Yasuo an und sah, daß er stumm wartete.

»Ich weiß nicht, was ich sagen soll, Yasuo. Im Grunde hat sich nichts zwischen uns geändert. Nur eben, daß –«

Yasuo nickte heftig. »Alles hat sich geändert. In dir, nicht in mir. Das spüre ich. Ich bin gekommen, um dir zu sagen, daß ich es verstehe. Ich sage nicht: verzeihe mir und meinem Lande. Es ist nicht möglich. Ich selbst kann meinem Lande nicht verzeihen. Sie greifen auch mich an, wenn sie Amerika angreifen ... ich sage nur – bitte, glaube mir –, ich liebe Amerika wie Japan. Ich ändere meine Einstellung nicht. Ich bin ein Künstler, und ich denke nur an die ewige Kunst, die überall und immer dieselbe ist. Ich bin kein Feind. Niemals. In meinem Herzen bist du für mich auch kein Feind. Niemals.

In die reglose Gestalt kam plötzlich Leben. Worte strömten aus ihm hervor, erklärend, flehend, versprechend. Burton Hall versuchte zu lächeln, aber es gelang ihm nicht recht.

»Danke, Yasuo ... ich glaube, Leute wie du und ich versuchen wohl in beiden Ländern, dasselbe zu sagen. Du kannst weiterhin Künstler bleiben ... ich aber –«

Er brach ab und rieb sich mit den Händen über das ungewaschene Gesicht. Sein roter Haarschopf stand zu Berge.

»Yasuo, ich muß jetzt ein anderer Mensch sein. Nicht nur ein Wissenschaftler. Ich bitte dich um Verständnis, wenn du hörst, daß ich etwas mache, das du von mir nicht erwartet hättest. Und wir dürfen uns wohl auch nicht mehr sehen, bis diese schreckliche Geschichte vorüber ist – und mein Land oder dein Land gesiegt hat. Mein Land muß Sieger sein, Yasuo – um jeden Preis. Denn dein Land hat sich mit dem Todfeind verbündet – der nicht nur mein Feind ist, sondern auch deiner.«

Der Japaner lauschte. Sein blasses Gesicht war abgespannt, und in seinen schwarzen Augen lag eine tiefe Tragik. Er hatte das Verlangen, zu reden, sich verständlich zu machen, sich zu enthüllen, jetzt, wo er es noch konnte.

»Etwas wird bald geschehen«, sagte er. »Ich weiß nicht, was, aber irgend etwas. Vielleicht schickt man uns zurück nach Japan. Dann habe ich keine Gelegenheit mehr, meine Freundschaft mit Amerika zu pflegen. Ich möchte jetzt von der Freundschaft reden, die ich für die Amerikaner empfinde.«

Er verschränkte die Arme und begann mit geschlossenen Augen:

»Als ich sieben Jahre alt war, starb meine Mutter in Japan. Mein Vater und ich kamen hierher. Mein Vater war Butler bei Mr. George Kincaid in San Francisco. Mrs. Kincaid hatte keine Kinder und war wie eine Mutter zu mir. Als Dank malte ich kleine Bilder für sie, von ihrem Hund, ihrer Angorakatze und so weiter. Sie sagte, ich müsse Künstler werden. Also nahm ich Unterricht und wurde Künstler. Mit siebzehn Jahren schickte mich Mr. Kincaid für drei Jahre nach Paris. Als ich zurückkam, war Amerika meine Heimat. Mein Vater war sehr alt, und ich wollte nicht mehr, daß er arbeitete. Ich war ein guter Künstler und habe viele Bilder verkauft. Also gab ich ihm ein Heim. Mein ganzes Leben habe ich hier zugebracht. Amerika ist gut zu mir gewesen, hat meine Bilder gekauft und mir solche Freunde gegeben wie dich. Nachts habe ich manchmal Alpdrücken bekommen bei dem Gedanken, daß Japan Amerika angreifen könne. Nun ist es soweit. Ich habe nichts gegen dieses Land. Ich liebe dieses Amerika. Es ist mein Land, meine Mutter . . .«

Burton Hall war zutiefst ergriffen. »Gott weiß, daß ich niemanden hasse, und ich kann auch dich niemals hassen, Yasuo . . . Laß uns in die Küche gehen und eine Tasse Kaffee trinken.«

Er legte den Arm um Yasuos Schulter, und sie gingen zusammen den Flur hinab.

»Wir wollen nicht vom Kriege reden«, meinte Burt. »Eines Tages wird alles vorüber sein, und unsere Freundschaft wird weiter bestehen.«

Er machte Kaffee, Toast und Rühreier, und während er noch am Herd stand, erschien Mollie in ihrem gesteppten, rosafarbenen Morgenrock und dem Frisiernetz über ihrem Haar. Für sie gab es in diesem Augenblick keinen Krieg.

»Guten Morgen, Yasuo«, sagte sie. »Burt, warum hast du mich denn nicht gerufen?«

Eine Stunde später verließ Yasuo getröstet und in dankbarer Rührung das Haus. Burton Hall trat ans Fenster und blickte der einsamen Gestalt nach, die gegen den bitteren Wind vom See ankämpfte. So wie ihm ging es Tausenden, dachte er plötzlich – Tausenden von Japanern, die Amerikaner geworden waren, Bauern, Studenten, Lehrern, Köchen, Restaurateuren, Dienern der Reichen und Künstlern wie Yasuo –, das hatte er ganz vergessen. Aber dann schlug er sie sich aus dem Sinn. Er war nicht für sie verantwortlich. Er hatte nur eine Aufgabe – so rasch wie möglich die Atombombe zu bauen ... Seine nächste Begegnung mit Yasuo sollte hinter den Stacheldrahtzäunen eines Internierungslagers in der Wüste von Arizona stattfinden.

Es kam jetzt vor allem darauf an, die nötigen Männer für die große Aufgabe zu finden. Er mußte sich junge Wissenschaftler suchen, je jünger, desto besser, möglichst unter fünfundzwanzig, waghalsig, unermüdlich und kühn genug, das Unbegrenzte zu erforschen. Wie konnte er nur Stephen Coast überreden, wie mit diesem allzu empfindlichen Gewissen fertigwerden? Er brauchte diesen jungen, intuitiven Geist. Er war ein echtes Genie. Mußte das dem Projekt verlorengehen, nur weil sein Vater ein Quäker war? Wie wenig bedeutete doch Vaterschaft! Seine eigenen beiden Söhne, solide, fleißig, zuverlässig, waren Mollies Kinder, nicht seine. Und Stephens Vater! Er hatte den Mann bei Stephens Hochzeit getroffen – ein vorsichtiger Diener Gottes. Er lebte sparsam trotz eines großen Bankkontos. Bei der Erinnerung an diese Hochzeit verzog Burton Hall den Mund zu einem schiefen Lächeln. Alles war von kostspieliger Einfachheit gewesen! Das alte Versammlungshaus – geradezu primitiv in seiner Schlichtheit – stand im komischen Gegensatz zu der eleganten Hochzeitsgesellschaft, dem Bräutigam in Gehrock, Ascot-Schlips und gestreiften Hosen und der Braut in einem Pariser Modellkleid. Und hinterher war er zum Empfang gegangen, der im Hause von Stephens Eltern stattfand, weil Helens Eltern tot waren. Das Haus in einem vornehmen Viertel von Philadelphia war durchaus nicht einfach gewesen. Ein Vermögen steckte allein in den alten Kunstgegenständen. Alles ererbt, erklärte der alte Herr. Er kannte den Wert eines jeden Stücks. Und obgleich es keine Musik in der Kirche gegeben hatte, so war doch eine hervorragende Kapelle im Haus, die nur ein paar Melodien spielte – denn getanzt wurde natürlich nicht.

Plötzlich fiel ihm Jane ein. Sie würde ihm helfen können. Irgend etwas schien zwischen Stephen und Jane zu bestehen; oder bildete er es sich nur ein? Seit dem Tage, an dem die beiden sich zuerst begegnet waren, hatte sie eine Atmosphäre des Verstehens wie ein magnetisches Feld umgeben. Er nahm den Hörer ab und wählte die Nummer des Laboratoriums – ein wenig spät, dachte er mit einem

Blick auf die Schreibtischuhr, aber sie arbeitete ja immer lange ... Aha, sie war da und erkannte sein Klingelzeichen.

»Ja, Burt?«

»Jane, könnten Sie wohl sofort zu mir herüberkommen? Ist Stephen dort? Nein? Gut. Ich möchte Sie allein sprechen. Geschäftlich natürlich. Nichts als Geschäft von jetzt an bis in alle Ewigkeit ... Ich bin auch allein. Mollie ist zu irgendeiner Frauenangelegenheit gegangen ..., deswegen brauchen Sie keine Angst zu haben, mein schlankes Mädchen.«

Er lachte heiser und legte auf. Eines Tages würde er Jane beibringen müssen, daß sie eine schöne Frau war, aber jetzt hatte er keine Zeit dafür. Sie auch nicht. Plötzlich kam ihm eine glänzende, überwältigende Idee. Warum sollte er sie nicht zu seiner Assistentin machen? Einen Menschen mit Verstand — den brauchte er jetzt um sich, jemanden, mit dem er debattieren könnte. Es machte gar nichts, wenn es eine Frau wäre. Sie würde nicht eifersüchtig auf ihn sein, wie diese jungen Burschen es manchmal waren. Und wenn das Militär auch die Hand im Spiele haben mußte — dafür würde die Regierung schon sorgen — und ferner die Großindustrie, dann brauchte er unbedingt jemanden, dem gegenüber er hin und wieder aus der Haut fahren konnte. Mollie war nicht genug ... Jane war eine feine Idee.

Er zündete das Kaminfeuer an und ging wartend auf und ab. Den ganzen Tag hatte er das Zimmer noch nicht verlassen! Mollie hatte ihm seine Mahlzeiten auf dem Tablett hereingebracht und war sofort wieder verschwunden. Er hatte sie förmlich hinausgegrault. Als erstes mußte Jane Stephen dazu überreden, die Leitung für den Sektor der Plutoniumgewinnung zu übernehmen.

Er hörte die Türglocke und warf rasch noch ein Stück Holz aufs Feuer, ehe er ging, um zu öffnen. In der Tür stand Jane im Pelzmantel vor ihm. Ihr dunkles Haar flatterte im Wind.

»Kommen Sie herein«, sagte er brüsk. »Sie haben aber lange auf sich warten lassen.«

Sie schlüpfte aus ihrem Mantel. »Es herrscht ein starker Verkehr — jedermann macht Weihnachtseinkäufe.«

Er schnaufte. »Weihnachten! Nun sagen Sie mir bloß nicht, daß wir dieses Jahr Weihnachten feiern müssen.«

»Das läßt sich wohl nicht vermeiden.« Sie wärmte sich die Hände am offenen Feuer, schmale, starke, durch Säuren verätzte Hände.

»Möchten Sie etwas trinken?« fragte er.

»Nein danke, Burt.«

»Na, dann muß ich ja wohl auch verzichten.«

»Ja bitte, Burt — sonst werden Sie so sentimental.«

»Also schön ... Dann wollen wir zur Sache kommen. Setzen Sie sich doch. Sie sehen wie siebzehn aus, wenn Sie so dastehen und sich Ihre kleinen Pfoten wärmen.«

Sie setzte sich und sah ihn mit einem ruhigen Blick an. »Worum handelt es sich, Burt?«

»Um zweierlei. Zunächst einmal haben Sie eine neue Position. Von dieser Minute an sind Sie meine Assistentin. Sie werden mein volles Vertrauen genießen. Ich werde keine Geheimnisse vor Ihnen haben. Ihre Macht ist unbegrenzt, was mich betrifft. Sie können sich mit mir streiten, wenn Sie der Ansicht sind, daß ich unrecht habe. Meine schlechte Laune dürfen Sie nicht beachten. Wenn ich mich irgendwo, irgendwann blamiere, sollen Sie ein Veto einlegen. Sie müssen angebraust kommen, wenn ich Sie brauche. Sie werden alle meine Briefe lesen. Sie werden eben — alles sein.«

Sie blickte ihn kühl und reserviert an. »Für wie lange?«

»Für die Dauer des Krieges. Danach werden wir weiter sehen.«

»Muß das sein, Burt?«

»Unbedingt.«

Sie starrte so lange nachdenklich ins Feuer, daß er die Geduld verlor.

»Nun, wie ist's?«

»Gut, Burt, ich werde mein Bestes tun. Wir alle müssen uns jetzt die größte Mühe geben.«

»Richtig.« Eine leichte Neugierde regte sich in ihm. Was war sie? Eine Wissenschaftlerin natürlich, und wenn sie ein Mann wäre, würde sie zur Elite gehören. Eine Physikerin in erster Linie, aber auch eine ziemlich gute Biochemikerin. Man brauchte sich nur ihre Hände anzusehen —

»Was ist das zweite?« unterbrach sie seinen Gedankengang.

»Sie sind eng verbunden mit Stephen Coast, nicht wahr?« Ein scharfer Stich, aber das sollte es auch sein.

Sie schlug ihre dunklen Augen auf und sah ihn offen an. »Ich weiß nicht, was Sie unter ›eng verbunden‹ verstehen. Wenn Sie persönliche Beziehungen damit meinen, dann nein.«

»Haben Sie überhaupt zu irgend jemand enge persönliche Beziehungen?«

»Eigentlich nicht. Dazu fehlt mir auch wohl die Zeit.«

»Denken Sie jemals daran, wie es sein wird, wenn Sie alt werden, Jane? Eine alte Jungfer, einsam und verlassen, die nichts vom Leben hat.«

»Was wollten Sie eigentlich noch, Burt?«

Er seufzte. »Sie erlauben mir ganz einfach nicht, daß ich Sie auf andere Gedanken bringe. Nun, ich möchte gern, daß Stephen Coast die Sache mit dem Plutonium in Schwung bringt. Er wird allgemein geachtet trotz seiner merkwürdigen religiösen Ansichten. Vielleicht wird er sie ablegen, wenn er sieht, mit wem wir es zu tun haben.«

»Sie haben sich also für Plutonium entschieden?«

»Alles weist darauf hin. Die Untersuchungen im Berkeley-Laboratorium haben uns anscheinend den endgültigen Beweis geliefert.«

»Und wo wird das Produkt gemacht?«

»Aha, Sie wissen also auch schon, daß der Stoff unter dem Namen ›das Produkt‹ läuft. Es wird genau hier in Chicago gemacht. Das Hauptquartier ist in der Eckhart-Halle. Wo wir zuerst Uran 235 entdeckten — ohne das wir heute nicht am Leben bleiben können! Wie ist es also, wollen Sie Stephen Coast überreden, die Sache zu übernehmen?«

»Ich will es versuchen«, erwiderte sie.

Er beobachtete sie schweigend — eine liebliche Frau, zart, anmutig, mit verborgenen Feuern, dessen war er sicher.

Unwillkürlich sah sie auf und begegnete seinem konzentrierten, lächelnden Blick.

»Ich bemühe mich, das Geheimnis Ihrer Persönlichkeit zu ergründen«, sagte er. »Ich versuche mir vorzustellen, was für Gene in Ihnen stecken, diese rezessiven Gene aus früheren Generationen, die zufällig in Ihnen zusammentrafen. Über den Zufall ist uns noch manches unbekannt. Sie sind vielleicht für irgendeinen Mann der glücklichste Zufall seines Lebens. Vielleicht für mich, wer weiß?«

Er spürte den alten Drang, die stürmische Reaktion des Körpers auf das Gehirn, die Leidenschaft des Körpers nach der Leidenschaft des Geistes. Er sprang auf und riß sie in seine Arme, ohne auf ihre erschrockenen Augen zu achten.

»Jane«, murmelte er mit heiserer Stimme.

Er spürte, wie ihre Hände sein Gesicht mit aller Macht fortstießen.

»Lassen Sie mich los, Burt.«

»Aber Jane —«

»Lassen Sie mich gehen!«

Er ließ die Arme sinken und stand tief beschämt da. Er kehrte ihr den Rücken zu, suchte nach seinem Taschentuch und fuhr sich damit über das Gesicht.

»Sie sind verdammt kalt —«

»Ob ich kalt bin, spielt keine Rolle, Burt.«

Er wagte nicht, sie anzusehen. »Im Augenblick scheint es eine große Rolle zu spielen.«

Sie sprach mit sicherer Stimme. »Nur eines spielt eine Rolle, was mich angeht: wenn ich mit Ihnen arbeiten soll, kann ich nicht dauernd gegen so etwas ankämpfen. Sie müssen wählen. Kontrolle ist unbedingt notwendig.«

Er versuchte zu lachen. »Wo habe ich das Wort schon gehört? Kontrolle! Es schwirrt im Labor herum, nicht wahr? Also gut. Ich werde mich beherrschen. Ich brauche Sie, Jane — bei dieser Aufgabe.«

»Danke . . . Wann soll ich anfangen?«

»Morgen früh um neun.«

»Ich werde da sein.«

Sie streckte eine kühle, schlanke Hand aus, aber er nahm sie nicht. Er sah ein flüchtiges, ein wenig nachdenkliches Lächeln auf ihrem Gesicht; dann war sie verschwunden. Nein, die Tür öffnete sich noch einmal.

»Ich verstehe Sie besser, als Sie denken«, sagte sie und schloß die Tür endgültig.

»Wo soll ich Sie treffen?« fragte Stephen.

Er ist immer noch böse auf mich, dachte Jane. Um so besser. Es bedeutet, daß er nichts um meinetwillen tun wird. Seine Entscheidung wird womöglich gegen mich gerichtet sein. Dann trage ich keine Verantwortung.

»Ich will Sie nicht abends aus Ihrem Hause entführen«, entgegnete sie. Ihre Stimme war kühl, nüchtern, sachlich. »Wollen wir sagen, zum Lunch? Ich weiß zwar nicht, warum man bei einer Zusammenkunft immer essen muß, aber es entspannt vielleicht etwas. Doch ganz, wie Sie wollen —«

»Helen geht morgen abend zu einem Studententreffen. Da wollte ich sowieso arbeiten.«

»Dann also morgen abend. Wir könnten in ein kleines indisches Restaurant gehen, das ich gut kenne. Mögen Sie indische Gerichte?«

»Ich habe noch keine probiert.«

»Vielleicht gefallen sie Ihnen. Wir werden das Beste bekommen.«

Am nächsten Tage machte sie sich bereit für das Essen im Rajah-Restaurant, einem engen, zwischen zwei hohen Wolkenkratzern eingeklemmten Gebäude, wo sie gelegentlich einen Abend für sich allein verbrachte, wenn sie Heimweh verspürte. Hier konnte sie Hindi, die Sprache ihrer Kindheit, sprechen, und hier aß sie die scharf gewürzten Gerichte, die sie frühzeitig lieben gelernt hatte. Der Besitzer war ein älterer, würdiger Herr aus Bombay, der niemandem, nicht einmal ihr, verraten hatte, wie es kam, daß er auf die Stufe eines Restaurateurs hinabgesunken war. Er selbst überwachte nur die Kasse und warf ein kritisches Auge auf die Kellner. Auch ließ er sich nicht dazu herab, mit den Gästen zu reden, außer mit Jane.

Als sie jetzt hereinkam, ein wenig früh, damit sie den Tisch vor Stephens Ankunft wählen konnte, kam der Inder in weißen Hosen und einem tadellosen schwarzen Rock, der ihm bis zu den Knien reichte, gemächlichen Schrittes auf sie zu. Auf dem Kopf trug er einen Turban aus Silberbrokat. Er legte die Handflächen zum Gruß zusammen, und sie antwortete mit derselben Geste.

»Guten Abend, Ramkrishnan«, sagte sie. »Ich hoffe, es geht Ihnen und Ihrer Familie gut.«

»Sehr gut, danke, und Dank den Göttern. Wo wollen Sie Platz nehmen?«

»An einem ruhigen Tisch, bitte — ich habe einen wichtigen Gast.«

»Hinter diesen Vorhang, bitte. Dieser Tisch war bereits reserviert, aber Sie sollen ihn haben.«

»Vielen Dank.«

Sie folgte ihm hinter einen Vorhang aus schwerem Goldbrokat, und er winkte einen Kellner herbei.

»Nehmen Sie alle Gedecke fort bis auf zwei«, befahl er. »Lassen Sie niemand anders hier sitzen und denken Sie daran, daß diese Dame zu uns gehört. Bringen Sie ihr keine Speisen, die für die gewöhnlichen Gäste bestimmt sind.«

Der Kellner gehorchte murmelnd und nahm hastig Messer, Gabeln und Löffel vom Tisch.

Jane setzte sich. Ramkrishnan neigte sich ein wenig vor und fragte: »Wann wird der Krieg beginnen?«

»Er hat begonnen«, erwiderte sie schlicht.

Seine großen schwarzen Augen mit den schweren Lidern leuchteten plötzlich auf. »In diesem Krieg werden wir unsere Unabhängigkeit von den Engländern verlangen.«

Sie blickte betroffen in das dunkle, bärtige Gesicht. »Das glaube ich auch«, stimmte sie zu. Wer konnte es ihnen übelnehmen? Es war nur einer von vielen Kriegen innerhalb dieses Krieges.

»Ist das auch Ihr Wunsch?« fragte Ramkrishnan.

»Es ist unvermeidlich«, erwiderte sie. »Es ist Karma.«

Wieder legte er die Handflächen aufeinander, und sie folgte lächelnd seinem Beispiel. Die Bedeutung dieses Geste war ihr von Kindheit an vertraut: ich verehre das Göttliche in dir –

In diesem Augenblick schob Stephen den Vorhang beiseite. Ramkrishnan neigte den Kopf, als Jane ihn vorstellte, und verschwand. Stephen nahm ihr gegenüber Platz. Sie sah, daß ihm ein wenig unbehaglich zumute war.

»Helen läßt Sie grüßen«, begann er. »Sie läßt Ihnen sagen, daß sie mich beneide. Sie hat noch nie indische Gerichte gegessen.«

Sie wußte sehr gut, daß er dies gewissermaßen zu seiner eigenen Entschuldigung vorbrachte. Er war ein guter, herzensreiner Mann, der vor der geringsten Untreue gegen seine Frau zurückschreckte und daher vor ihr, Jane, ängstlich auf der Hut war. Sie spürte, daß er sich von ihr angezogen fühlte, wenn auch auf eine ganz andere Art als Burt, und wäre sie eine andere gewesen, hätte es ihr vielleicht sogar Vergnügen bereitet, ihre Macht ein wenig spielen zu lassen. Doch widerstrebte ihr ein solches Spiel.

»Helen muß nächstesmal mitkommen«, sagte sie herzlich.

Er war sichtlich erleichtert. »Das werde ich ihr ausrichten. Sie wird sich freuen.«

»Ich weiß nicht, was es zu essen gibt«, fuhr sie fort. »Ramkrishnan wird das Nötige veranlassen. Oh, wir müssen mit den Fingern essen. Er hat die Bestecke wegnehmen lassen.«

»Mit den Fingern essen?«

»Ich will es Ihnen begründen. Für einen Inder gibt es nichts Reineres als die rechte Hand, da er die Rechte nur für saubere und die Linke nur für niedrige Arbeiten gebraucht.«

Stephen starrte auf seine rechte Hand. »Damit soll ich essen?«

Sie lachte. »Die Inder finden es ekelhaft, mit Messern, Gabeln und Löffeln zu essen, die schon andere benutzt haben.«

Er war beeindruckt. »Mein Gott, wie sollen die Völker dieser Erde mit all ihren Verschiedenheiten je harmonisch miteinander leben? . . . Wie kommt es übrigens, daß Sie in Indien aufgewachsen sind?«

»Mein Vater baute im Auftrage eines Rajas einen Damm am oberen Ganges, und wir sind dann dortgeblieben.«

Der Kellner kam mit drei dampfenden silbernen Schüsseln herein. Über dem Inhalt zweier Schüsseln lag eine feine Haut aus flüssigem Silber, über dem der dritten eine Haut aus Gold.

»Was ist das?« fragte Stephen.

»Silber und Gold«, entgegnete sie.

»Richtiges?«

»Richtiges.«

»Das können wir aber doch nicht essen.«

»Doch. Es ist ganz gesund.«

»Popadom«, sagte der Kellner und stellte eine Schale mit hauchdünnen Kuchen auf den Tisch.

»Nun«, sagte Jane, »passen Sie auf –«

Sie zeigte ihm, wie man Reis zu einem silbernen Ball rollt und in den Curry taucht. »Zwei Finger und den Daumen«, erläuterte sie.

Er versuchte es, zunächst ungeschickt, dann mit wachsendem Vergnügen. Das kunstvoll gewürzte Essen schmeckte ihm, und er aß mit großem Appetit. Als sie fertig waren, brachte der Kellner eine silberne Schale mit parfümiertem Wasser und zwei Handtücher herein.

»Nun dürfen Sie Ihre Hand waschen«, ermunterte ihn Jane.

Stephen war von den Speisen und der eleganten Aufmachung sehr beeindruckt. »Essen sie solche Gerichte alle Tage?«

»Nein. Dieses Mahl ist Ihnen und mir zu Ehren bereitet worden. Ramkrishnan und seine Familie sind alte Freunde von mir.«

Der Kellner trug nun die Süßspeise auf.

»Wir können sie trinken«, erklärte Jane.

»Was ist es?«

»Geriebene Mandeln mit Sahne und etwas Puderzucker.«

Die Mahlzeit war zu Ende und der Moment für die Aussprache gekommen. Sie schnitt das Thema energisch an.

»Stephen, Burton Hall will mich als Assistentin haben. Ich habe den Posten angenommen.«

Er zog den Schirm der kleinen Tischlampe gerade. »Sie können natürlich tun, was Sie wollen.«

»Er will Sie bitten, die Herstellung des Produktes zu übernehmen.«

»Das kann ich nicht.«

»Es wird auch ohne Sie hergestellt.«

»Sicher. Aber in dem Falle trage ich nicht die Verantwortung.«

»Sie könnten aber bei der Anwendung ein Wörtchen mitreden.«

Er lehnte sich zurück. »Jane, müssen wir miteinander streiten? Ich bin nur für eine Person verantwortlich, und das bin ich selbst. Ich will keine Waffe schaffen, mit der andere Leute getötet werden können. Wenn jemand anders dazu bereit ist, soll er es tun. Ich bin es nicht.«

»Was wollen Sie denn machen?«

»Ich werde in mein eigenes Labor zurückkehren und an etwas arbeiten, das niemandem schadet.«

»Wir müssen darüber reden, Stephen. Es geht nicht anders. Radioaktives Material kann nicht nur töten, sondern auch heilen. Und es ist noch nicht gesagt, daß wir die Bombe gebrauchen werden. Wenn wir sie machen, wenn wir zeigen, daß wir sie haben, können wir den Krieg vielleicht beenden, ohne sie zu gebrauchen.«

Er starrte sie ungläubig an. »Dieselben Argumente, die Alfred Nobel anwendete, als er das Dynamit herstellte!«

»Dynamit war der schlimmste Explosivstoff, den er zu jener Zeit produzieren konnte. Die Bombe wird noch viel, viel schlimmer sein, so schlimm, daß niemand sie wird gebrauchen wollen.«

»Glauben Sie das etwa?«

»Ich glaube es . . . sonst vermöchte ich nicht weiterzumachen. Ich fühle wie Sie. Aber als Frau bin ich praktischer. Ich glaube, daß die Menschen, wenn wir ihnen den Krieg in seiner ganzen Grauenhaftigkeit darstellen, aufhören werden zu kämpfen.«

»Ich wollte, ich könnte das auch glauben, Jane.«

»Oh, Stephen, wenn Männer wie Sie nicht mit — diesen anderen zusammenarbeiten, was für eine Hoffnung bleibt uns da noch? Die Bombe wird gemacht, darüber besteht kein Zweifel. Wir befinden uns in einem furchtbaren Wettrennen. Die Nazis werden sie vielleicht noch vor uns haben und sie auch gebrauchen, darauf können Sie sich verlassen. Das ist eben das Problem. Wir müssen sie machen, Stephen, aber wir müssen sie nicht unbedingt gebrauchen.«

Seine Augen weilten auf ihrem flehenden Gesicht. »Wie kann ich behaupten, daß Sie im Unrecht sind? Wie kann ich wissen, ob ich recht habe? Geben Sie mir Zeit, Jane. Ich muß es mir überlegen.«

»Wir haben keine Zeit, Stephen.«

»Bis morgen.«

»Gut, bis morgen. Werden Sie Burton Hall selbst Ihre Entscheidung mitteilen?«

»Ja.«

Sie standen auf. Es war nichts mehr zu sagen. Er legte Geld auf den Tisch, und sie verließen schweigend das Lokal. An der Tür verabschiedeten sie sich. Er brachte sie nicht nach Haus, und sie verstand. Er wollte jedes persönliche Interesse an ihr ausschalten. Vielleicht besser so, dachte sie und war bestürzt, als etwas in ihrem Herzen, eine unbestimmte Regung, ein plötzliches Weh ihr einen unerwarteten Schmerz verursachte. Es war nicht von Bedeutung, kaum mehr als ein vorübergehendes Gefühl der Einsamkeit, und an Einsamkeit war sie ja gewöhnt.

Stephen Coast öffnete die Tür. Er lauschte, hörte aber keinen Ton. Helen war noch nicht zu Hause. Er fühlte sich irgendwie erleichtert, ohne zu wissen, warum. Von leichten Gewissensbissen erfüllt, deren Ursache er nicht recht ergründen konnte, hängte er sogar seinen Mantel in den Schrank, anstatt ihn wie üblich über einen Stuhl zu werfen. Dann schlenderte er ins Wohnzimmer und setzte sich hin.

Obwohl viel Arbeit auf ihn wartete, konnte er sich nicht darauf konzentrieren; er war zu ruhelos. Bis zu diesem Abend war er davon überzeugt gewesen, daß es moralisch richtig war, wenn er sich weigerte, mit der Herstellung der Atombombe irgend etwas zu tun zu haben. Janes Einstellung hatte ihn darin unterstützt. Jetzt aber hatte sie ihn seltsamerweise im Stich gelassen – nicht ihn, sondern seinen moralischen Standpunkt. Wäre sie ganz einfach ins andere Lager hinübergewechselt und vor Burton Hall zu Kreuze gekrochen, hätte er ihre Fahnenflucht akzeptieren können. Aber nach unerklärlicher Frauenart hatte sie nicht kapituliert. Statt dessen hatte sie sich einen gänzlich neuen moralischen Standpunkt zurechtgelegt und ihn selbst so geschickt mit hineingezogen, daß er nicht leugnen konnte, daß ihr Argument etwas für sich hatte. Sie hatte ihm eine neue Bürde auferlegt. Die Bombe würde gemacht werden. Darin hatte sie recht. Es lag nicht in seiner Macht, das zu verhindern. Würde sie aber von Männern gemacht, die sie ohne Gewissensbisse verwenden würden, teilte er dann nicht mit ihnen die moralische Schuld? Wenn er jedoch, wie sie ganz vernünftig schloß, bei ihnen blieb und mit ihnen arbeitete, konnte er sie da nicht für den Gedanken gewinnen, daß man die Fertigstellung der Bombe ankündigte, ohne sie in einem heimtückischen Angriff zu benutzen, der den Angriff auf Pearl Harbour in dem Ausmaß seiner Zerstörung und seiner Vernichtung menschlichen Lebens weit hinter sich ließ?

Er lehnte den Kopf gegen die Kissen seines Sessels und schloß stöhnend die Augen. Es war nicht abzustreiten, daß sie die Logik auf ihrer Seite hatte, eine praktische Logik im Gegensatz zu seinem erhabenen und selbstsüchtigen Idealismus. Ja, selbstsüchtig war das richtige Wort. Er hatte danach getrachtet, sich in einen Idealismus hineinzuflüchten. Sie hatte es entdeckt und ihm vor Augen geführt. Wohl tat sie ihm weh damit, aber er war viel zu ehrlich, als daß er sie nicht bewundert hätte wegen ihrer Geistesschärfe, die sie nie prahlerisch zur Schau trug, sondern so rasch, geschickt und ohne Aufsehen gebrauchte wie ein Fechtmeister sein Rapier. Sie hatte natürlich recht. Er hatte nur zu entscheiden, wie seine Dienste für die Herstellung der Bombe verwendet werden sollten.

In diesem Augenblick öffnete sich die Tür, und Helens heitere Stimme klang durchs Haus.

»Stephen, bist du schon da?«

»Ja, hier.« Er erhob sich aus seinem Sessel und kam ihr entgegen. Von unbestimmten Gewissensbissen übermannt, schloß er sie in seine Arme und küßte sie mit solcher Heftigkeit, daß sie zurücktrat.

»Was ist denn mit dir los?« wollte sie wissen. »So hast du mich ja seit deinem Heiratsantrag nicht mehr geküßt!«

»Das Haus schien so schrecklich leer, als ich heimkam«, sagte er. »Plötzlich vermißte ich dich.«

»Plötzlich«, wiederholte sie und sah ihn seltsam fragend an. »Was hast du getan, Stephen?«

»Nichts«, antwortete er. Dann setzte er, da er den bangen Ton aus ihrer Frage heraushörte, hastig hinzu: »Laß uns zu Bett gehen, Liebling.«

Sie warf ihre Pelzjacke ab und sank auf die unterste Treppenstufe. »Jetzt weiß ich, daß da etwas nicht stimmt. Nun rück bitte heraus mit der Sprache!«

Er versuchte, die Sache ins Lächerliche zu ziehen. »Nur weil ich eine zärtliche Anwandlung bekomme?«

»Du bist so anders«, beharrte sie.

»Natürlich bin ich anders. Muß ich immer derselbe sein?«

Sie umklammerte ihre Knie und überlegte, während sie die sehr klaren und sehr blauen Augen prüfend auf sein Gesicht heftete. »Du verbirgst etwas.«

»Das ist nicht wahr«, protestierte er. »Ich wollte es dir gerade sagen. Ich muß an der Bombe arbeiten. Davon bin ich jetzt überzeugt.«

Er setzte sich neben sie auf die Treppenstufe. »Alles hat sich jetzt geändert. Daran ist Pearl Harbor schuld. Was vorgestern noch eine Möglichkeit war, ist heute Gewißheit. Es gibt kein Entrinnen. Es gibt nur noch eine Hoffnung: wenn wir die Bombe machen, werden wir verkünden, daß wir sie haben und was wir damit anrichten können, und vielleicht mag die Drohung genügen. Da ich nicht verhindern kann, daß die Bombe gemacht wird, ist es meine Pflicht, wenigstens zu verhindern, daß sie gebraucht wird.«

Er griff nach ihrer Hand. Sie lag leblos in seiner Handfläche, eine tüchtige, hübsche Hand. Er streichelte sie zärtlich.

»Ich verstehe, was du meinst«, sagte sie nachdenklich.

»Dafür bin ich dir dankbar.« Das war er tatsächlich. Er legte den Arm um sie und zog ihr Gesicht zu sich heran. »Wollen wir jetzt hinaufgehen?«

Zu seiner Überraschung entdeckte er keinerlei Anzeichen freudiger Zustimmung, wie er es erwartet hatte. Statt dessen löste sie sich aus seiner Umarmung. »Du hast mir immer noch nicht alles gesagt.«

»Ich wüßte nicht, was ich dir sonst zu sagen hätte.«

»Du hast mir nicht gesagt, weshalb du so ganz plötzlich zärtliche Anwandlungen bekommst.«

»Es ist nicht so ganz plötzlich«, murmelte er.

»Für dich doch«, erwiderte sie. »Erinnerst du dich denn nicht? Erst vorgestern — nachmittags?«

Das hatte er ganz vergessen. Es war tatsächlich erst Sonntag nachmittag gewesen, als sie in ungewöhnlich heiterer Stimmung nach oben gegangen waren. Später, während sie sich entspannt und träumend in den Armen lagen, hatten sie sich das Sonntagskonzert im Radio angehört. Da aber war die Musik scharf unterbrochen worden, die ängstliche Stimme eines Kommentators hatte verkündet, daß Pearl Harbour bombardiert worden sei, und Helen war in Tränen ausgebrochen.

»Das hatte ich vergessen«, bekannte er.

»Ich nicht«, erklärte sie. »Ich habe seitdem dauernd nachgedacht ... Stephen, ich möchte jetzt kein Baby.«

»Übergehe Weihnachten«, riet Burton Hall. »Das ist das einzige Vernünftige in diesem Jahr.«

»Weihnachten werden wir nicht übergehen, schon gar nicht in diesem Jahr«, entgegnete Mollie. »Es mag das letztemal sein, daß wir es zusammen feiern.«

Er vertrat seinen Standpunkt, bis seine Söhne nach Hause kamen, Timothy von Yale und Peter von Andover. Sie trafen drei Tage vor Weihnachten ein. Tim verkündete wie üblich, daß er einen Tag nach Weihnachten aufbrechen müsse, damit er alle Hausgesellschaften in und um New York bewältigen könne, mit denen er seine Ferien ausfüllte.

»Ich weiß gar nicht, warum du überhaupt nach Hause kommst«, meinte seine Mutter, nachdem sie ihm ihre Wange präsentiert hatte, die er so zurückhaltend wie möglich küßte.

Sie hielt an dem Ritual der Familienküsse fest, obwohl Burton Hall dieses ›Getue‹ nicht ausstehen konnte. »Außer dir will ich niemanden küssen«, hatte er ihr einmal gesagt. Sie hatte ihn daraufhin mit einem ihrer seltsamen Blicke bedacht, einem Blick, der eine komische Mischung von scharfsinnigem Argwohn und Geduld enthielt und ihn errötend zum Lachen brachte.

»Hallo, Tim«, begrüßte er nun seinen Erstgeborenen. »Du bist schon wieder gewachsen, nicht wahr? Ich dachte, du wolltest damit Schluß machen, wenn du Senior würdest.«

»Es ist höchste Zeit, daß ich so etwas Peter überlasse, das gebe ich zu«, erwiderte Tim.

Er war ein großer junger Mann mit sandfarbenem Haar und von angenehmem Äußern wie seine Mutter.

»Wo ist Peter?« fragte Burton.

»In der Küche. Er hat schon auf der ganzen Heimfahrt vor Hunger gestöhnt.«

Peter kam herein mit einer großen Scheibe Pastete in der Hand.

»Tag, Vater.«

»Tag, Peter.« Burton Hall hätte am liebsten das Haar seines Sohnes zerzaust. Doch er erinnerte sich an die Liebkosungen seines Vaters und unterdrückte den Impuls.

»Willst du uns etwa auch sofort nach Weihnachten verlassen?«

»Ich habe keine Einladung«, erklärte Peter und stopfte seinen Mund etwas reichlich voll.

»Es dauert nicht mehr lange, Mollie«, meinte Burton Hall, »und wir beide werden so verlassen sein, als ob diese beiden nie geboren wären.«

Über Mollies Gesicht zog ein Lächeln. »Sie werden heiraten, und dann fängt alles wieder von vorn an.«

Das brachte ihn zum Schweigen und zwang ihn zum Nachdenken. Diese Frau, ein Geschöpf des Instinkts, hielt eine gesicherte Zukunft für so selbstverständlich, als sei Pearl Harbour nie gewesen — sah noch immer eine unveränderliche Zukunft, als plane er in diesem Augenblick nicht die Erschaffung einer Waffe von so unvorstellbarer Kraft, daß man nicht wissen konnte, ob sie nicht von selbst explodierte und die Erde in einen wüsten, leblosen Planeten umwandeln würde. Und auf Mollie, die doch Tag und Nacht mit ihm hier zusammen gelebt hatte und Zeugin seiner wachsenden Seelenqual gewesen war, hatte dies alles keinen Eindruck gemacht! Ein seltsames Gefühl der Erleichterung beschlich ihn, und ein winziger Glaube begann zu keimen, daß der Mensch das Leben doch nicht zu zerstören vermochte, was er auch anstellte. Instinkt, weiblicher Instinkt, mochte den Sieg davontragen.

Er wandte sich unvermittelt an seinen ältern Sohn. »Drei Tage nach Weihnachten findet in New York eine Konferenz statt. Wenn du dich dazu bewegen lassen könntest, deine Jagd nach dem Vergnügen für eine kurze Zeit zu unterbrechen, hätte ich gerne gehabt, daß du mich begleitest. Es wäre vielleicht ganz gut, wenn du wüßtest, was gespielt wird.«

Tim blickte höflich überrascht von dem Magazin auf, in dem er gerade blätterte. »Aber gern, Vater.«

Weihnachten hatte er überstanden, aber auch nur mit knapper Not, dachte Burton Hall, als er am Morgen nach dem Fest seinen Koffer für die Konferenz in New York packte. Das Schlimmste an Weihnachten waren die Kindheitserinnerungen, dieses Verweilen bei dem, was unwiederbringlich dahin war.

Mittags saß er mit Tim im Zug. Unter dem Vorwand, einen Vortrag für das Semester ausarbeiten zu müssen, hatte sich Tim sofort eine andere Ecke ausgesucht. Während er sich mit seinen eigenen Zahlen und Gleichungen beschäftigte, blickte Burton Hall gelegentlich zu seinem Sohn hinüber und grübelte nach über die tiefe Kluft, die sich zwischen den Generationen auftat, besonders zwischen ihm und seinem Sohn, der nun zu einem unabhängigen Wesen herangewachsen war und instinktiv, wenn auch nicht bewußt, nach Trennung verlangte.

Zwei Tage später kam es zu einer leidenschaftlichen Auseinandersetzung zwischen Burton Hall und seinem Sohn. In dem Verlangen, sein Leben mit seinem Sohn zu teilen, fragte er ihn am ersten Morgen in New York, als sie im Harvard-Club frühstückten:

»Tim, möchtest du nicht heute morgen die Konferenz mit mir besuchen?«

Tim köpfte sein Ei mit einer Präzision, die Burton Hall als affektiert empfand. Aber seiner Meinung nach war diese ganze Generation affektiert.

»Darf ich denn überhaupt bei einer solchen Gipfelkonferenz zugegen sein?« erkundigte sich Tim, während er nach sorgfältiger Anwendung von Salz und Pfeffer sein Dreiminutenei kostete.

»Es ist, genaugenommen, keine Gipfelkonferenz. Es ist eine Art Rekognoszierung. Wir müssen nämlich vier verschiedene Verfahren gleichzeitig in Gang bringen in der Hoffnung, daß eins davon erfolgreich ist. Es werden auch einige Leute aus Washington dabei sein, und ich werde dich als meinen Sohn einführen.«

»Danke«, sagte Tim lakonisch und machte sich schweigend daran, methodisch ein gewaltiges Frühstück zu vertilgen. Als er den Oberkellner zum dritten Male an den Tisch rief, um etwas zu beanstanden, was seiner Ansicht nach nicht tadellos zubereitet war, riß seinem Vater die Geduld.

»Um Himmels willen, Tim, von einem Universitätsklub kannst du nicht erwarten, daß er dir ein Schlemmerparadies bietet!«

»Ich darf aber etwas Anständiges für mein Geld erwarten.«

»Vorläufig ist es noch mein Geld«, stieß Burton Hall hervor.

Tim geruhte nicht, auf eine solche Taktlosigkeit zu antworten. Er verzehrte die Pfannkuchen, die in dem beanstandeten Sirup förmlich schwammen, und lehnte sich gesättigt und mit gutmütiger Herablassung zurück.

Einige Stunden später, als die Morgenkonferenz hinter ihnen lag und sie vor dem Lunch in der Bar saßen, wandte sich Burton Hall an seinen Sohn.

»Was hast du heute morgen so von uns gedacht?«

Immer wieder hatte er im Laufe des Vormittags zu Tim hinübergeschielt, der schweigsam und beobachtend zuhörte, wie die Älteren debattierten und planten. Das ausdruckslose junge Gesicht verriet nichts von dem, was wirklich im Kopf des jungen Mannes mit der Bürstenfrisur vorging. Als weiteren Schutz hatte er sich eine Brille mit großen, dunklen Gläsern aufgesetzt, die ihm das Aussehen eines Hollywood-Direktors verlieh. Burton Hall war überzeugt, daß dieser theatralische Eindruck beabsichtigt war.

»Ihr seid eine Schweinebande«, lautete Tims Antwort.

»Was sagst du da?«

»Schweinebande«, wiederholte Tim. »Eine Horde alter Männer, die heimlich darauf ausgehen, meine Generation zu töten!«

Burton Hall setzte sein Glas Whisky hin.

»Na, höre mal —«

»Von meinem Standpunkt aus sieht sich die Sache eben so an«, sagte Tim.

»Bist du etwa ein Pazifist?« fragte Burton Hall.

»Nein, ich bin kein Pazifist, aber ich will nicht sterben.«

Burton Hall mußte unwillkürlich an eine ähnliche Debatte denken, die er mit seinem Vater geführt hatte, als Amerika in den Ersten Weltkrieg eintrat. Auch er hatte sich zuerst gegen den Gedanken gesträubt, in einen Krieg zu ziehen, der ihn nichts anging, und gerade zu einer Zeit, als es ihm dämmerte, wie wunderbar das Leben sein konnte, besonders, wenn man ein junger Mann war. Später hatte er eingesehen, wie recht sein Vater gehabt hatte, und er hätte es ihm gern eingestanden. Aber inzwischen war sein Vater gestorben.

»Es gibt wichtigere Dinge als das Leben«, erwiderte Burton Hall.

»Ich kann mir keine wichtigeren Dinge vorstellen. Aber wenn sie so verdammt kostbar sind, warum fechtet ihr alten Burschen es nicht aus? Ihr habt das Leben hinter euch, und wir haben es noch vor uns.« Er drehte sein Glas langsam zwischen den Händen und beobachtete die Eiswürfel, die in der goldenen Flüssigkeit schwammen.

»Deine und meine Vorfahren kamen hierher, um dem Militärdienst in Europa zu entfliehen«, sagte Burton Hall. »Damals war es noch nicht nötig, um der Freiheit willen zu den Waffen zu greifen. Man konnte entrinnen, und das Meer lag zwischen uns und den Feinden. Aber wir sind jetzt da, wo Europa damals war. Die Nazis sind in bedrohliche Nähe gerückt. Wir müssen die Freiheit dieses Landes bewahren, damit alle, die Freiheit suchen, hier Unterschlupf finden können.«

»Warum soll ich sterben, um sie zu retten?«

Diese Worte waren so leise gemurmelt, daß Burton Hall um Wiederholung bat, woraufhin Tim sie ihm beinahe ins Gesicht schrie.

Sein Vater starrte ihn an. »Wer verlangt denn von dir, daß du sterben sollst, um irgend jemanden zu retten? Heute heißt es zusammenstehen oder getrennt hängen. Abgedroschen, aber wahr! Es kann nicht mehr jeder für sich leben. Die beiden Hälften der Welt sind zusammengepreßt. Wir vermischen uns wie die Partikelchen in komprimierter Materie.«

»Oh, diese ewige Wissenschaft«, murmelte Tim vor sich hin. »Ich habe genug davon!« Plötzlich hob er den Kopf, blickte seinem Vater direkt in die Augen und sprach mit unverblümter Heftigkeit. »Eure Wissenschaft sollte euch sagen, warum ihr Krieg wollt – alte Bullen in der Herde wollen immer die jungen Bullen töten, nicht wahr? Damit sie alles für sich haben können. Einschließlich der jungen Weibchen.«

Burton Hall knallte sein Glas auf den Tisch. »Du bist unmöglich ... ich muß eben warten, bis du erwachsen bist.«

Er drehte sich plötzlich um und ging allein zum Essen.

Zwei Tage später erzählte er Jane Earl die ganze Episode in seinem Universitätsbüro.

»Ich weiß eigentlich nicht, warum ich Ihre wertvolle Zeit damit verplempere«, knurrte er. »Ich sollte aus eigener Erfahrung wissen, daß ein Sohn seinen Vater nicht verstehen kann, bis er einigermaßen vernünftig geworden ist. Jetzt weiß ich, daß mein Vater viel mehr im Recht war als ich.«

»Und diese Einsicht erwarten Sie von Tim, wenn er erst halb so alt ist wie Sie? Ist das vernünftig?«

Er gab plötzlich nach. »Nein. Und ich bin auch noch nicht tot. Ich verstand meinen Vater erst, als ich ihn im Sarge sah ... Na, Schwamm drüber und an die Arbeit!«

Gewaltsam schlug er sich die Gedanken an seinen Sohn aus dem Kopf. Er schloß sozusagen eine Gehirnkammer und öffnete eine andere.

»Also, Jane, so stand die Sache am Ende der Konferenz. Es war ein Vertreter des Präsidenten da, ebenfalls einer vom Pentagon. Sie hörten zu, während wir redeten. Aber als wir uns trennten, waren wir uns einig. Ich habe eine zweifache Aufgabe. Ich bin verantwortlich für den Entwurf der Bombe und für ihre Herstellung. Ich benötige einige hundert Pfund Plutonium. Und wie komme ich zu dieser Menge? Nun, da gibt es drei Probleme zu lösen: Wie können wir im normalen Uran eine Kettenreaktion herbeiführen? – wie kann das durch diese Reaktion erzeugte Plutonium dem Uran entzogen werden? – wie kann dies in einem für den Bau der Bombe erforderlichen Umfang geschehen? Aber jetzt, meine kleine Chemikerin, berichten Sie einmal von den Ergebnissen, die Sie mit Ihrem Stab von Mitarbeitern im Labor erreicht haben.«

»Sie kennen doch den Vorgang, Burt. Warum soll ich alles wiederholen?

Seine Augen umschmeichelten sie. »Es klingt so wundervoll von lieblichen Frauenlippen.«

»Nicht doch –«

»Was haben Sie denn?«

»Erinnern Sie mich doch nicht immer daran, daß ich eine Frau bin.«

»Warum wollen Sie es vergessen?«

Ihre Lippen bebten. Dann hob sie energisch den Kopf, sah ihm fest in die Augen und leierte ihren Bericht herunter.

»Richtig«, bestätigte Burt Hall, als sie geendet hatte, »und deshalb soll Stephen Coast die Methode anwenden, auf die ich wette.«

»Er wird es schon schaffen«, meinte sie.

»Sie sorgen wohl dafür!«

Da sie auf diese Anspielung nicht reagierte, fuhr er nach einem scharfen Seitenblick auf sie fort:

»Die Kommission tritt alle zwei Wochen in Washington zusammen. Auf höchster Ebene natürlich, streng geheim, aber wir haben die besten Leute aus Europa und England unter uns. Wir sind startbereit. Ich habe schon seit Wochen nicht mehr richtig geschlafen ... Was würde ich wohl ohne Sie anfangen!«

Er gähnte, lehnte sich im Stuhl zurück und war sofort eingeschlafen. Das Telefon weckte ihn, und mit geschlossenen Augen nahm er den Hörer ab. Mollies Stimme drang an sein Ohr.

»Burt, kommst du heute abend eigentlich gar nicht nach Haus?«

»Ja, natürlich. Mein Gott –«

Mit Gewalt riß er die Augen auf und sah auf seine Uhr. Neun! Jane hatte eine kurze Notiz auf die Schreibmappe gelegt: *»Ich gehe nach Hause. Rufen Sie mich an, wenn Sie mich noch brauchen.«*

»Ich bin eingeschlafen, Mollie«, murmelte er.

»Das macht ja nichts, aber Washington hat wiederholt angerufen ... hat es bei dir nicht geklingelt?«

»Ich sage dir doch, ich habe geschlafen!«

»Bist du allein?«

»Mollie!«

»Beruhige dich, Burt, aber manchmal bin ich etwas im Zweifel.«

Er fuhr sie an. »Ja, seitdem ich das Feldbett im Ablageraum habe – ich weiß. Du glaubst mir nicht, daß ich Tag und Nacht arbeite, zwischendurch mal ein Stündchen schlafe und dann wieder aufstehe und arbeite. Herrje! Ich habe weder Zeit noch Kraft für solchen Unsinn. Jetzt rufe ich Washington an und komme nach Hause, sobald ich kann. Geh du schon zu Bett.«

Er warf den Hörer auf die Gabel, wartete einen Augenblick und wählte die Nummer in Washington. Er wurde sofort verbunden.

»Tut mir leid, daß Sie mich vergeblich gesucht haben, Van. Aber ich bin hier am Schreibtisch eingenickt. Habe offenbar geschlafen wie ein Murmeltier.«

»Macht nichts ... Sie haben es sicher nötig. Wer wohl nicht? Können Sie den Zehnuhrzug erreichen?«

»Notlage?«

Die Stimme zögerte. »Ja, man könnte es wohl so nennen. Es fällt ja heutzutage alles unter diese Rubrik. Vielleicht handelt es sich sogar um mehrere Notlagen.«

»Bis morgen dann.«

»Gut.«

Er legte den Hörer auf und rieb sich das Gesicht mit den Fäusten, wie es ein schläfriger Löwe mit seinen Pfoten tut. Dann ging er in den Waschraum und hielt seinen Kopf unter den Wasserhahn. Erfrischt kehrte er ins Büro zurück und rief Jane an.

»Sind Sie noch nicht im Bett?«

»Nein, ich habe Ihren Anruf erwartet.«

»Also, ich muß den Nachtzug nach Washington nehmen. Verflucht lästig, daß man mich nicht mehr fliegen läßt! Sie fliegen morgen früh mit dem Flugzeug und treffen mich im Hotel. Um die Zeit weiß ich hoffentlich, was die da unten auf dem Herzen haben.«

»Ja, Burt.«

»Gute Nacht, mein schlankes Mädchen.«

»Gute Nacht.«

Eine Stunde später bestieg er den Zug und legte sich sofort in seinem Schlafabteil nieder. Keinen Sinn, sich wegen Washington aufzuregen – keinen Sinn –, die Worte wirbelten in seinem Gehirn herum, bis sie allmählich erstarben und er in tiefen Schlaf versank.

Am nächsten Morgen waren Schwungkraft und Elastizität bei ihm wiederhergestellt, und er betrat das Regierungsgebäude in alter Form und Frische. Dieselbe hübsche Sekretärin sah lächelnd von ihrer Schreibmaschine auf, und er ging sofort auf ihre Stimmung ein.

»Sagen Sie mal, haben Sie und ich heute abend nicht ein Rendezvous?«

»Nicht, daß ich wüßte, Herr Dr. Hall.«

»Nein? Sehr nachlässig von mir. Vielleicht an einem anderen Abend? Wie befindet sich Ihr Boß heute morgen?«

»Überarbeitet, nicht allzu heiter.«

»Danke für den Tip.«

Er schritt ins Privatbüro. Hinter dem riesigen Tisch erwartete ihn der wissenschaftliche Berater der Regierung.

»Guten Morgen, Van.«

»Es freut mich, Sie zu sehen, Burt – nehmen Sie Platz.«

Er suchte sich den bequemsten Stuhl aus, zog seine Pfeife aus der Tasche und zündete sie an.

»Wir sind auf ein Hindernis gestoßen. Deshalb habe ich Sie kommen lassen.«

»Nanu, was ist denn los?«

»Es handelt sich um Sie. Werfen Sie mal einen Blick hierauf.« Er überreichte Burt ein getipptes Blatt. »Der Kontrollausschuß erwähnt Ihren Namen in einem Bericht an den Kongreß über umstürzlerische Personen. Daher will der militärische Spionagedienst Sie nicht für einwandfrei erklären.«

»Was?!«

»Lesen Sie.«

Burt las und bellte los. »So ein verdammter Unsinn – dabei habe ich von diesen Organisationen überhaupt noch nichts gehört! Ich? Ich bin noch nie einem Verein beigetreten – nicht einmal der Methodistenkirche! Amerikanische Sowjets – wer ist das, zum Kukkuck?! Nie davon gehört. Sie haben einfach meinen Namen gestohlen. Aber ich höre ganz gern auf. Holen Sie sich nur jemand anders für diese undankbare Aufgabe, die Sie mir da aufgepackt haben.«

In dem grauen Gesicht seines Gegenübers erschien das magere New-England-Lächeln.

»Ruhig Blut, Burt. Ich weiß, daß Sie kein Kommunist sind. Auf keinen Fall werden Sie Ihren Auftrag zurückgeben. Wir können Sie nicht entbehren. Ich wollte Sie nur davon in Kenntnis setzen, weiter nichts. Ich werde den Bericht mit meinen Anmerkungen zurückgehen lassen.«

Er kritzelte ein paar Zeilen unten auf den Bogen und gab ihn Burt zurück. »Lesen Sie das und beruhigen Sie sich.«

Burt las. *»Dieser Bericht ist wertlos. Weitere Nachforschungen müssen von den maßgebenden Militärbehörden angestellt werden. An den Oberstaatsanwalt.«*

»Danke«, sagte Burt und legte den Bericht auf den Tisch. Dann lachte er plötzlich auf. »Wissen Sie was! Mollie ist für unverdächtig erklärt worden und ich nicht! Na, wenn ich ihr das erzähle!«

Über das schmale Gesicht seines Freundes huschte wieder das dünne Lächeln. »Ihr Lachen höre ich gern, Burt. Es reinigt die trübe Luft dieser Stadt. Ich muß noch einmal diese Kommunistenangelegenheit streifen, und dann wollen wir sie nie wieder erwähnen. Können Sie sich auf alle Ihre ausländischen Wissenschaftler verlassen? Auf Fermi, zum Beispiel?«

Burton wurde sofort hitzig. »Ich lege meine Hand für sie ins Feuer. Fermi – der Mann hat sein Land verlassen, nachdem er in Schweden den Nobelpreis bekommen hatte. Was steht bei ihm an erster Stelle? Was steht bei allen echten Wissenschaftlern an erster Stelle? Die

Wissenschaft! Und das besagt, daß er in einem freien Land leben muß. Er gehört hierher.«

»Und die anderen? Sie haben da eine ganze Reihe.«

Burton Hall gestikulierte mit seinen großen, verätzten Händen. »Glauben Sie nur nicht, daß ich nicht selbst schon daran gedacht habe. Weiß Gott, ich bin für jede Information dankbar, die Sie oder der Nachrichtendienst mir verschaffen können. Ich wäge jeden Mann nach dem Wert, den er für uns hat. Ist er unersetzlich, lasse ich es darauf ankommen. Wenn er nur wertvoll ist, gehe ich das Risiko nicht ein. Ich habe da einen Mann aus Kanada — ein gescheiter Kerl, aber ich verdächtige ihn. Also lasse ich ihn gehen. Ja, ich gebe Ihnen den Namen — schriftlich. Dann ist da Vogel — ein deutscher Jude. Seine Arbeit über elektrische Gase hat uns allen dazu verholfen, die grundlegende Atomstruktur viel besser zu verstehen, als es uns sonst möglich gewesen wäre. Er kämpfte als deutscher Offizier im Ersten Weltkrieg und ging dann als Professor der Physik an seine Universität zurück. Er erhielt den höchsten Preis für Physik und bildete eine Reihe guter Leute aus. Er war Anwärter für den Nobelpreis, als Hitler dazwischenkam. Er versuchte, sich von Politik fernzuhalten und bei seiner Wissenschaft zu bleiben. Aber er ist Jude. Ich traue ihm, wie ich mir selbst oder Ihnen traue.« Er stand auf und ging mit erhobenem Zeigefinger auf und ab. »Sehen Sie sich Max Planck an! Die ganze Welt kennt ihn. Als die Nazis verkündeten, daß die Wissenschaftler nur für Deutschland und nicht für die Menschheit arbeiten sollten, und Hitler kreischte, daß der Dienst an der Menschheit nur eine schmutzige jüdische Idee sei, widersetzte sich Planck, so alt, wie er war. Erst als Heisenberg, der glänzendste junge Physiker unter seinen Studenten, anfing, Einsteins Relativitätstheorie allgemeine Bedeutung beizumessen, und von Nazistudenten angegriffen wurde, die ihm sagten: ›Wenn Sie auch kein Jude sind, so denken Sie doch wie ein Jude‹, wußte Planck, daß er fortgehen mußte. Aber bevor er ging, hat der mutige alte Mann Warnungen an seine Kollegen veröffentlicht.«

»Hören Sie auf — Sie haben mich überzeugt.« Vans frostige Augen zwinkerten. »Ihr Vater hätte auch nicht besser predigen können. Nun zur Sache. Der Präsident hat einen allerhöchsten Entscheid getroffen . . . halten Sie sich fest.«

Burt holte tief Atem und setzte sich wieder. »Sie spannen mich heute morgen auf die Folter.«

»Das bringen diese Dinge leider mit sich. Also, hören Sie zu. Er hat beschlossen, das Projekt unter militärische Kontrolle und Verwaltung zu stellen. Und zwar sofort.«

»Nein!«

Der Berater nickte. »Es muß sein. Da gibt's keine Widerrede. Der Beschluß ist in höchsten Kreisen diskutiert worden.«

Burt stotterte vor Entsetzen. »D-da kann ich aber meine Wissenschaftler nicht halten. Es ist gegen unsere ganze Tradition. Sie werden nie unter militärischem Kommando arbeiten. Sie werden mich anfauchen — ich höre es schon! Sie kennen sie nicht so wie ich. Zum Donnerwetter! Ich gehöre auch zu der Sippe. Wir sind die schlimmsten Krakeeler, wenn es um Freiheit und Unabhängigkeit geht. Meine Güte, wir würden Gott selbst zur Rede stellen. Es ist unsere Pflicht, gegen Dogma und Bürokratismus zu rebellieren.«

»Das ist Ihre Angelegenheit, Burt — nicht meine. Ich möchte Sie jetzt mit dem beauftragten General bekannt machen. Zu diesem Zweck werden wir in sein Büro gehen.«

Er sprach ein paar Worte in das Tischmikrofon und erhob sich. Wortlos, aber innerlich empört, folgte ihm Burt in ein anderes Gebäude und in ein anderes Privatbüro, wo hinter einem massiven, viereckigen Tisch ein kolossaler Mann in Uniform saß.

»Herr General«, sagte Van, »ich möchte Ihnen unseren besten Wissenschaftler, Dr. Burton Hall, vorstellen.«

Der Offizier streckte eine große, fleischige Hand aus.

»Freut mich, Sie kennenzulernen, Herr Dr. Hall — freut mich außerordentlich«, sagte er mit einer tiefen, sammetweichen Stimme. Er sprach mit einem deutlichen Mississippi-Akzent.

»Ich will Sie beide jetzt allein lassen«, sagte Van und verließ sie.

»Und ließ mich mit diesem Koloß allein, Jane«, berichtete Burton Hall abends beim Essen, das er mit Jane an einem kleinen Tisch in seinem Hotelzimmer einnahm. »Ich war wie aus allen Wolken gefallen, einfach platt und konnte nichts sagen. Er ist nun mein Boß — und ich als freier, unabhängiger Wissenschaftler muß mir von einem General Befehle erteilen lassen. Dabei bin ich nur so ein halber Wissenschaftler, verglichen mit diesen reinblütigen Theoretikern wie Thompson, Parkes, Eaves und alle den anderen, ganz zu schweigen von Szigny, Weiner und Fermi.«

»Sie werden Schwierigkeit machen«, gab Jane zu. Er hatte den Kellner fortgeschickt, und sie versorgte ihn stillschweigend, goß Kaffee ein und mischte den Salat, den sie bestellt hatte, weil er, sich selbst überlassen, kein ›Kaninchenfutter‹ gegessen hätte.

»Sie sind die einzige Person in der Welt, die weiß, was mir bevorsteht«, stöhnte er. »Diese Langhaarigen schreien am meisten nach Freiheit. Sobald sie den geringsten Druck verspüren, benehmen sie sich wie Lausbuben, die zu allen Schandtaten fähig sind. Sie glauben ja nicht —«

»O ja«, meinte Jane, »ich kenne sie.«

»Aber was wissen Sie schon über diesen Eaves, dem Sie die Herstellung der Bombe übertragen wollen?« fragte der General und starrte ihn an.

Geduld, o Gott, ermahnte Burton Hall sich im stillen. Laut sagte er sehr liebenswürdig: »Er ist ein Mann, den ich seit Jahren kenne – hat in meinen Vorlesungen gesessen –, und er besitzt so viel menschliches Verständnis, daß er eine Horde höchst empfindlicher Wissenschaftler auf der Mesa, in einer Wüste, wo sie keinen Kontakt mit der geselligen Welt haben, zu reibungsloser, glücklicher Zusammenarbeit bringen kann.«

»Sie sind eine undisziplinierte Gesellschaft, alle miteinander«, brummte der General. Er war heute morgen gut in Form. Sein volles Gesicht war rosig, und seine kleinen blauen Augen glänzten wie die Knöpfe an seiner Uniform. Im letzten Monat hatte er zehn Pfund abgenommen, und zum erstenmal seit Jahren saß sein Gürtel behaglich locker.

Burton Hall schluckte seinen Ärger hinunter. Er wollte dankbar sein, und er war auch dankbar. Der General war nicht dumm. Er besaß sogar einen gewissen Sinn für Humor. Auch hatte er eine Universität besucht und sich im militärischen Verwaltungswesen ausgezeichnet. Aber er kannte die Wissenschaftler nicht. Und es war sehr gut möglich, daß ihm einige der unehrerbietigen Namen zu Ohren gekommen waren, die ihm die verärgerten Wissenschaftler bereits hinter seinem Rücken zugelegt hatten, wie ›alte Bollerbüchs‹ und ›alter Wabbelbauch‹.

»Herr General«, sagte er, »ich erkenne meine Hauptrolle in diesem Projekt: Puffer zwischen Ihnen und den Wissenschaftlern zu sein.«

»Eine verdammt freche Bande«, knurrte der General. »Sie bilden sich ein, die Weisheit gepachtet zu haben. Außer ihnen weiß niemand etwas. Nun, ich habe in Harvard studiert und kann Ihnen ganz ruhig sagen, daß ich *cum laude* abgeschnitten habe. Und ich war kein weltfremder Bücherwurm; ich gehörte auch zur Universitäts-Fußballmannschaft. Auf der Schule habe ich einen Preis für Mathematik bekommen, und ich habe so einiges über diesen wissenschaftlichen Kram gelesen. Den Soldatenberuf habe ich aus freien Stücken erwählt und übe strenge Disziplin. Und ich habe nicht die Absicht, Widerreden zu dulden von einer Reihe von Torfköpfen, die sich einbilden, das Projekt könne ohne sie nicht weitergehen.«

»Kann es auch nicht, nicht wahr?«

»O doch. Nach der ursprünglichen Idee brauche ich sie nicht mehr. Es ist jetzt nur noch eine Produktionsangelegenheit, und da hole ich mir die Großindustrie heran.«

»Nein, Herr General«, stöhnte Burton Hall.

»Aber natürlich. Wer soll es denn sonst machen? Ich habe mich schon an drei Firmen gewandt.«

»Herr General, ich weiß nicht, wie ich das den Männern beibringen soll.«

»Sie stehen unter Disziplin wie jeder andere«, schnauzte der General.

Burton Hall starrte ihn an. »Wie soll ich das verstehen?«

»Sie müssen lernen, Befehle entgegenzunehmen und Befehle zu erteilen«, erklärte der General rundweg. »Wenn nicht, stecke ich sie einfach in Uniform — dann sind sie Offiziere unter meinem Oberbefehl.«

Burton Hall überlegte. Dann stieg die Galle in ihm hoch. Er war ein geschulter Wissenschaftler, und er mußte ein gutes Wort für seine Brüder einlegen.

»Sie haben recht, Herr General. Wir verstehen es nicht, Befehle zu empfangen oder Befehle zu erteilen. Aber wir haben Disziplin — vielleicht die allerschwerste — Selbstdisziplin. Niemand kann einem Wissenschaftler vorschreiben, was er tun soll; denn das, was er tun muß, hängt von entdeckten und erwiesenen Tatsachen ab. Seine Disziplin besteht darin, sich zu erzwingen, das zu tun, was nach seiner Ansicht getan werden muß, ohne daß ihn jemand dazu antreibt.«

»Klingt ja ganz schön«, erwiderte der General, »aber ich muß Ihnen sagen, Herr Dr. Hall, daß von jetzt ab die volle Verantwortung für das Projekt auf mir ruht — auf mir allein. Sie Wissenschaftler brauchen sich keine Sorgen mehr zu machen. Sie sind für nichts verantwortlich, was sich aus dieser Atomgeschichte entwickelt.«

Burtons buschige, rote Brauen sträubten sich. Seine Adern schwollen vor Zorn, und seine Augen brannten. Er steckte die geballten Fäuste in die Tasche, aber seine Stimme, als er endlich sprechen konnte, war weich wie geschmolzenes Metall.

»Wir akzeptieren Ihre Verantwortung für das Projekt, Herr General. Aber wir können nie und nimmer die Verantwortung dafür abschütteln, daß wir die Atomenergie auf die Welt losgelassen haben. Die Entwicklung und die Anwendung unserer Entdeckung werden uns noch viel Kopfzerbrechen verursachen, und davon kann uns niemand befreien.«

»Ich verstehe Sie nicht«, sagte der General.

Burton Hall spürte ein leichtes Würgen in der Kehle. »Mit der Zeit werden Sie es schon verstehen«, meinte er.

Er war sehr überrascht, als er einige Wochen später feststellte, daß Mollie und der General sich zueinander hingezogen fühlten, und zwar mit solcher Wärme, daß er gleichzeitig entsetzt und amüsiert war. Der General hatte nämlich, da er bis ins kleinste seiner Pflicht genügen wollte, darum gebeten, mit den Wissenschaftlern und ihren Familien persönlich bekannt gemacht zu werden.

»Ich möchte die Männer, mit denen ich umgehen muß, näher kennen, und besonders ihre Frauen«, hatte der General erklärt. »Man kann eine Menge über einen Mann erfahren, wenn man seine Frau kennt.«

»Ich mag den General gut leiden, Burt«, gestand Mollie. »Er ist ein Mann, den ich verstehen kann. Außerdem ist er höflich — nicht so zerstreut und immer mit den Gedanken bei Atomen und Sternen wie die meisten von euch.«

Burton Hall, der sie von einer Cocktailparty im Hauptquartier des Generals nach Hause fuhr, mußte laut lachen. »Mollie, liebes Kind, amüsiere dich gut mit dem General.«

»Was soll das nun wieder heißen?« fragte sie gebieterisch.

»Was dir Spaß macht«, antwortete er und war plötzlich in heiterer Stimmung. »Wenn der General dich gern hat, mag er mich auch gern.«

Nie wieder sollte er von dem General loskommen, damit mußte er sich abfinden. Täglich oder fast täglich, wenn Burton Hall um neun Uhr morgens den Fahrstuhl betreten wollte, um sich in sein Büro zu begeben, erschien ein Oberstleutnant in tadelloser Uniform vor ihm, und so war es auch am Montag nach der Cocktailparty.

»Der General möchte gern mit Ihnen sprechen, Sir.«

Burton Hall nickte, schlug eine andere Richtung ein und stand kurz darauf vor dem General. Es war bereits ein schlanker Mann von etwa fünfunddreißig Jahren anwesend, mit einem hübschen Profil und vorzeitig an den Schläfen ergrautem Haar. Der General machte sie miteinander bekannt.

»Herr Christopher Starleigh, Vizepräsident der Canaday-Farrell Company . . . Herr Dr. Hall, unser führender Wissenschaftler und Leiter des Unternehmens.«

Burton Hall wußte, daß es sich bei der erwähnten Gesellschaft um eine der größten Industrien des Landes handelte. Er reichte dem anderen schweigend die Hand, ohne die Miene zu einem Lächeln zu verziehen, und setzte sich. Der General schickte sich an, seine Beschlüsse zu verkünden.

»Ich habe mich für Canaday-Farrell entschieden. Sie sollen die Produktion im großen Umfang vornehmen. Wir brauchen die ihnen zu Gebote stehenden Mittel und die Geschicklichkeit ihrer Ingenieure für den Bau und den Betrieb unserer Anlagen. Ich habe die ganze Situation genau studiert. Wir müssen die Bevölkerung und auch unsere eigenen Leute vor diesem radioaktiven Element schützen. Ein so großer chemischer Konzern wie dieser ist gewohnt, an verschiedenen großen Projekten zu arbeiten, und ich bin überzeugt —«

Starleigh unterbrach ihn. Er hatte eine angenehme Stimme. Ein guter Bariton, dachte Burton Hall.

»Ich habe es dem Herrn General klargemacht, Herr Dr. Hall —

oder ich hoffe es wenigstens –, daß wir nur unter gewissen Umständen bereit sind, die Sache zu übernehmen. Sie müssen alle die gewaltige Größe des Projekts bedenken. Die technische Anlage allein ist gigantisch, sogar für uns. Gänzlich neue Prozesse müssen entwickelt werden, über die wir bisher noch nichts wissen. Sogar die Apparate müssen entworfen und eingebaut werden, und das Betriebspersonal muß geschult werden. Bei der Materialbeschaffung werden unberechenbare Verzögerungen eintreten. Ich befürchte tatsächlich sehr, daß der Krieg zu Ende sein wird, ehe wir die Sache in Gang bringen können.«

Burton Hall war kühl. »Ich bin überrascht. Nach Schätzung der Wissenschaftler können wir ohne Ihre Hilfe die Atombombe vor Ende des Krieges selbst fertigstellen. Wir sind es gewohnt, uns unsere eigenen Werkzeuge und Apparate zu machen. Sobald wir etwas Neues brauchen, erfinden wir es.«

Starleigh sprach mit freundlicher Duldsamkeit. »Finden Sie das praktisch? Sie nehmen an, daß das Experiment gelingen wird, aber Sie haben es nur auf dem Papier bewiesen. Schön und gut, nehmen wir einmal an, daß es gelingt. Dann muß eine Zentralanlage gebaut und ausprobiert werden. Können Sie das? Monate werden darüber hingehen, bis wir genügend Plutonium beieinanderhaben. Das Produkt muß von äußerst radioaktivem Material getrennt werden durch einen chemischen Prozeß, den die Wissenschaftler noch nicht ausgearbeitet haben. Dann müssen wir den Stoff nehmen, lernen, wie man ein Metall daraus macht, und entdecken, wie man das Metall zu einer explodierenden Bombe verarbeitet. Das wird zehn Jahre in Anspruch nehmen. Und dann ist der Krieg bestimmt vorüber.«

Burton Hall zündete seine Pfeife an, und seine Hände zitterten vor Wut. »Es wird nicht zehn Jahre dauern. Das verspreche ich Ihnen. Wenn Sie – wenn Sie es natürlich zehn Jahre hinziehen wollen –«

Starleigh wandte sich kühl und sachlich dem General zu. »Wir beginnen mit der Arbeit, sobald Ihre Wissenschaftler uns das Produkt überreichen.«

»Innerhalb von sechs Monaten sollen Sie es haben«, erklärte Burt und zog eine Weile kräftig an seiner Pfeife. »Und ich werde mich durch niemanden aus der Ruhe bringen lassen«, fügte er hinzu und grinste sie beide an.

Am nächsten Morgen, einem grauen Novembertag, hörte sich Stephen Coast eine Schilderung dieses Zusammentreffens an. Er lauschte aufmerksam, bis Burt seine letzte Erklärung wiederholte. Dann sprach er langsam, während er den Blick auf das kahle Gelände der Universität heftete: »Ich glaube, wir können die Kettenreaktion direkt hier in Chicago auslösen.«

Burt schnappte nach Luft. »Aber, Steve, Chicago – mitten in einer großen Stadt – das Risiko ist zu gewaltig!«

»Es will mir nicht einleuchten, daß irgend etwas schiefgehen könnte«, entgegnete Steve. »Ich habe Fermis Berechnungen hundertmal überprüft. Außerdem würden wir die Reaktion nur sehr langsam anwachsen lassen, so daß wir nicht Gefahr laufen, die Kontrolle zu verlieren.«

Burton Halls kantiges Gesicht sah plötzlich hager und eingefallen aus. »Eigentlich müßte ich ja zum Bürgermeister oder mindestens zum Rektor der Universität gehen. Aber ich kann es nicht. Sie würden nein sagen müssen. Jeder, der seine fünf Sinne beieinander hat, würde nein sagen, weil er nicht das Risiko auf sich nehmen könnte.«

Stephen erwiderte nichts darauf. Er saß, die Hände in der Tasche, regungslos da und starrte durchs Fenster in den grauen, stürmischen Himmel. Er spürte einen unbestimmten Kopfschmerz, ein tiefes Unbehagen, eine körperliche oder geistige Depression; vielleicht beides.

Burton Hall seufzte in einem plötzlichen Ausbruch von Verzweiflung. »Gut. Ich übernehme die Verantwortung. Es ist ja kein anderer da. Also los, Steve.«

In diesem Augenblick öffnete sich die Tür, und Jane Earl stand dort. Sie blickte von einem zum anderen, aber keiner von beiden blickte sie an. Da trat sie zurück und schloß die Tür wieder.

Stephen Coast nahm das Thermometer aus dem Mund und blickte es voller Abscheu an.

»Achtunddreißig-eins!« murmelte er.

»Damit ist die Sache erledigt«, erklärte Helen. »Du stehst nicht auf.«

»Ich muß aber aufstehen!«

»Es geht nun mal nicht. Und wenn du noch mehr Fisimatenten machst, lasse ich Burton Hall kommen.«

»Er ist in New Mexico.«

»Macht das etwas aus?«

Sie verschwand rasch, und er lag da und wetterte. Wer hätte es für möglich gehalten, daß sich jetzt, da Burton Hall vor drei Tagen zu einem unbekannten Ziel in der Wüste geflogen war, vier seiner eigenen Kollegen – Männer, auf die er felsenfest gebaut hatte – dagegen auflehnten, Chicago als Ort für das große Experiment zu wählen?

»Es liegt alles in Ihrer Hand, Steve«, hatte Burton Hall heiter beim Abschied gesagt.

Alles in seiner Hand, und hier lag er nun im Bett, von einem winzigen Influenzabazillus hingestreckt, der sich in dem Unbehagen, dem wandernden Kopfweh, das er vor drei Tagen in Burts Büro spürte, entwickelt hatte. Die Versammlung, auf der sie die Entscheidung treffen wollten, hätte in einer Stunde in seinem Büro stattfinden sollen. Er wagte es nicht, gegen das Fieber anzukämpfen und doch aufzustehen. Es war zu wichtig, daß er seine Gesundheit nicht ruinierte.

Helen kam mit einem Teller Suppe zurück, nach der es ihn durchaus nicht verlangte.

»Es ist alles seelisch begründet«, erklärte sie kategorisch. »Im Grunde genommen möchtest du das verdammte Ding, was es auch sein mag, nicht machen, und nun rächt sich dein Gewissen. Also bekommst du Influenza.«

Er machte eine abwehrende Geste, als sie mit der Suppe näher trat. »Recht grausam von dir, eine solche Diagnose zu stellen.«

»Du wirst die Suppe schön essen.« Sie stellte den Teller auf den Tisch an seinem Bett. »Ich gehe fünf Minuten fort. Wenn sie bei meiner Rückkehr nicht verschwunden ist –«

»Was dann?«

»Das verrate ich nicht.«

»Helen!«

»Ja?« Sie blieb an der Tür stehen.

»Ich schlage einen Kompromiß vor.«

»Und der lautet?«

»Du telefonierst an die anderen, sie möchten hierherkommen, und währenddessen esse ich diesen Schlabberkram.«

Sie drohte ihm aus Spaß mit der Faust. »Schlabberkram! Aber ich will es tun.«

Sie verließ das Zimmer, und er löffelte widerwillig die Brühe. Der Teller war noch nicht ganz leer, als sie bereits wieder dastand.

»Sie kommen . . . Soll ich auch Jane Earl anrufen?«

»Nein, sie ist bei Burt.«

»Oh –«

Ein sehr bedeutungsvolles *Oh*, dachte er. Aber er wollte sich jetzt nicht nach dem tieferen Sinn erkundigen; er mußte seine Kräfte schonen für den Konflikt mit seinen Kollegen. Als Helen sah, daß er die Augen schloß, nahm sie den leeren Teller und schlich auf Zehenspitzen hinaus.

Eine halbe Stunde später war er mitten im Getümmel. Vier Männer saßen um sein Bett, alles Wissenschaftler, die er respektieren mußte und die er brauchte. Sie hämmerten mit ihren Argumenten auf ihn ein, und mit seiner unbestechlichen Logik wußte er, daß es Argumente waren, die er ebenfalls respektieren mußte.

»Der Brennpunkt dieser Arbeit befindet sich schon in Columbia –«

»Oder Princeton –«

»Was für einen Zweck hat es also, ihn hierher zu verlegen?«

»Das Tempo ist hier zu langsam, Steve. Sie werden die Kettenreaktion in Chicago nie in Gang bringen!«

»Ende des Jahres werde ich sie in Schwung haben«, behauptete Stephen grimmig.

»Ich wette, nein – ich wette tausend Dollar.«

»Schön, ich nehme die Wette an – in Gegenwart dieser Zeugen.«

»Wetten wir lieber um eine Fünf-Cent-Zigarre.«

»Einverstanden.«

Er richtete sich auf. Seine Augen brannten in Fieberhitze. »Sie denken sicher, ich scherze. Aber es ist mein voller Ernst. Geduldig wie Hiob habe ich mir alle Ihre Argumente angehört, aber meine sind besser. Das Labor und die Arbeitsräume hier können sich mit allen anderen messen. Und vor allen Dingen bin *ich* hier. Sie wissen ja wohl noch, daß ich für das Produkt und das Projekt verantwortlich bin. Also muß es da sein, wo ich die Aufsicht und die Kontrolle ausüben kann. Und hier im Mittelwesten kann ich Wissenschaftler bekommen. An der Ostküste hat das Pentagon alle die guten an sich gerissen. Ich wüßte nicht, woher ich dort meine Mitarbeiter nehmen sollte. Und dann vergessen Sie eins nicht: die Familien. Hier werden wir nicht so leicht bombardiert wie in den Küstenstädten.«

Das Blut hämmerte in seinen Schläfen. Er spürte, wie seine Temperatur anstieg und sein Körper heiß wurde. »Ich treffe die Entscheidung. Sie ist endgültig. Wir bleiben in Chicago. Hier werden wir die Sache durchführen.«

Allgemeines Schweigen. Nur eine Stimme erhob sich.

»Sie haben etwas sehr Wichtiges vergessen.«

»Und was ist das?«

»Fermi ist in New York. Ohne Fermi schaffen wir es nicht.«

»Fermi wird hierherkommen«, entgegnete Stephen. Er schlug die heißen, dunklen Augen auf und starrte sie herausfordernd an. Keiner sagte einen Ton. Dann standen sie einer nach dem anderen auf, verabschiedeten sich und gingen davon.

Als sie fort waren, nahm Stephen den Hörer vom Telefon an seinem Bett. »Voranmeldung«, sagte er zur Telefonistin. Er nannte eine Privatnummer und wartete. Von weit her hörte er die angenehme italienische Stimme.

»Dr. Fermi?«

»Ja, ich bin es.«

»Hier spricht Stephen Coast, Chicago.«

Eine Viertelstunde später hatte er das gewünschte Versprechen. Er legte auf und sah, daß Helen inzwischen an sein Bett getreten war. Sie biß sich auf die Lippen und tappte ungeduldig mit dem Fuß auf den Boden. In der Hand hielt sie ein Tablett mit einem Teller Fleischbrühe.

»Schon wieder!« Er stöhnte.

»Drei Stunden seit dem letzten Teller«, entgegnete sie.

Plötzlich fühlte er sich besser. Sein Kopf war bedeutend kühler, und in seinem Schädel hämmerte es nicht mehr so stark. »Schön«, sagte er. »Gib mir die Schlabberbrühe. Ich schütte sie hinunter. Ich habe meinen persönlichen Krieg gewonnen.«

Burton Hall ließ seinem Pferd die Zügel lang. Die Wüstenluft war klar und herbstlich kühl. Die fernen Berge hoben sich violett von dem saphirblauen Himmel ab.

»Immer wieder komme ich hierher zurück, Jane. Ich komme zurück, weil ich das Gefühl habe, daß wir die Mesa da drüben einmal benutzen werden. Ich führe Sie nicht dorthin, weil ich den Leuten hier keinen Floh ins Ohr setzen will. Aber der Platz ist eine regelrechte Festung — gerade das Richtige für die letzten Zusammensetzungsarbeiten. Parkes hat den Entwurf ungefähr fertig und Steve den Meiler. Wenn diese beiden Arbeiten vollendet sind und der große Versuch unter Fermis Augen gemacht ist — und Sie und ich werden bei der Endrunde mit dabei sein —, dann sind wir soweit und können das Ding machen. Und da drüben auf der Hochfläche werden wir uns sammeln. Wir werden die Elite der Wissenschaftler heranholen sowie die jungen, die ausgesprochenen Experimentatoren. Sie sollen die Köpfe zusammenstecken und die Gehirnmoleküle knistern lassen.«

»Und dann?« erkundigte sich Jane. Sie hatte einen guten Sitz, aber sie ritt nach englischer Art, wie sie es bei ihrem englischen Reitlehrer in den Bergen von Kashmir gelernt hatte, wo sie als Kind mit ihren Eltern die Sommer verbrachte. Sie war ein ernstes kleines Mädchen gewesen, blaß, wie es die weißen Kinder in Indien immer sind, und sie hatte ihren Reitunterricht ernst genommen.

»Dann«, erwiderte Burton Hall fröhlich, »dann, mein Mädchen, gehe ich weit fort. Wenn die Bombe gemacht ist, werde ich mich von allem zurückziehen, was ich hasse, fürchte und verabscheue, und nur das tun, was ich liebe, genieße und gern habe. Und darunter fällt alles mögliche — mehr, als Sie ahnen, meine Liebe.«

Sie lächelte ihn an. In all diesen Monaten, wo sie unter seiner eigenwilligen, glänzenden Leistung gearbeitet hatte, war in ihr eine gefährliche Zuneigung zu ihm wachgeworden, das wußte sie. Es war kein Wort darüber zwischen ihnen gefallen, aber die gemeinsame Arbeit hatte sie einander nähergebracht. Als sie ihn jetzt ansah in der prallen Mittagssonne, mit seinem sonnverbrannten, flammenden Haarschopf, seinen seltsamen, ausdrucksvollen Augen, die in dem harschen Licht noch grüner schimmerten, da wußte sie, daß es eines Tages unmöglich sein mochte, ihm zu widerstehen. Sie mußte sich auf den Tag, die Stunde vorbereiten, wo die wachsenden Spannungen ihrer gemeinsamen Arbeit einen kritischen Punkt erreichten. Sie mußte ihrer selbst ganz sicher sein; sie mußte wissen, was sie wollte. Außerdem mußte sie auch an Mollie denken. Sie mochte diese rundliche mütterliche Frau sehr gern, die Burt ebenso bemutterte wie seine Söhne. Unter den vielen Männern, die in Burt steckten, war einer, der eine Mutter nötig hatte. Sie, Jane Earl, aber war von ganz anderer Art. Sie sah im Mann den Gefährten, und wenn Burt sich je von ihr bemuttern lassen wollte, würde sie sich von ihm abwenden.

Er platzte in ihre Gedanken hinein. »Träumen Sie jemals?«

»Träumen?«

»Ja, träumen!«

»Ich träume nie.«

»Sie haben die Augen einer Träumerin.«

»Wenn ich träume, träume ich wahrscheinlich von Neutronen.«

»Auf diese Weise können Sie mir nicht entschlüpfen! Neutronen sind das Geheimnisvolle, liebes Kind. Ohne sie könnten wir nicht die Elemente umwandeln.«

Sie lachte, und er fühlte sich von ihrer Heiterkeit angesteckt.

»Oh, ich könnte Sie lieben, Jane! Ich meine, wirklich lieben. Was für Reize können sich mit dem messen, was Sie und ich haben? Ich spreche, und Sie verstehen. Sie sprechen, und ich verstehe. Ist das nicht genug? Und Frauen verschwenden ihre Zeit mit Schminken und Dauerwellen und – und – all diesem Unsinn . . . Wenn Ihr Verstand im Nu auf meinen reagiert, Sie unvergleichliches Frauenzimmer, dann könnte ich – könnte ich –«

Sie tauschten einen tiefen Blick. Er ritt sein Pferd so dicht an das ihrige heran, daß ihre Knie sich berührten.

»Nein, Burt«, sagte sie unsicher. »Ich wage es nicht.«

»Warum nicht?«

»Ich habe kein Vertrauen zu mir selbst.«

»Und sind Sie sicher, daß nicht ich es bin, zu dem Sie kein Vertrauen haben?«

Sie lächelte ihm zögernd zu, gab ihrem Pferd die Sporen und galoppierte ihm voran. Eine Staubwolke uralter vulkanischer Asche erhob sich zwischen ihnen.

Stephen Coast fröstelte in dem kalten Dezemberwind, als er auf die Straßenbahn wartete. Der 2. Dezember erst, und es war schon so kalt wie mitten im Winter! Heute Morgen, als er seinen Hund fütterte, hatte Eis unter seinen Füßen geknirscht. Der Inhalt des Freßnapfes war aber nicht gefroren, wie er mit Befriedigung hatte feststellen können. Eine kleine Befriedigung im Vergleich mit so vielem, das höchst unerfreulich war. Das Thermometer war tief gesunken, und ein bitterkalter Wind blies über die schaumgekrönten Wogen des stürmisch bewegten Sees. Es war der zweite Tag der Benzinrationierung, und er hatte den Wagen für Helen zurückgelassen.

Die Wissenschaftler waren mit ihren Familien nach Chicago gekommen, und da mußte sie sich um die Familien kümmern, die unter ihrer Obhut standen. Kranke Kinder mußten ins Krankenhaus gebracht und für die Mütter kleiner Kinder Einkäufe gemacht werden.

Die Straßenbahn kam quietschend zum Stehen. Stephen Coast stieg rasch ein und drängte sich durch die Menschenmenge. Er war übermüdet. Vor zwei Stunden hatte er den Meiler in West Stands verlassen, war nach Hause geeilt, hatte sich gewaschen, gegessen und geschlafen, während Helen am Telefon Wache hielt. Er würde einen ganzen Tag dazu gebrauchen, um den Schmutz des weichen Graphits aus seiner Haut zu waschen. Seine Nägel waren so schwarz, als hätte er in einem Kohlenbergwerk gearbeitet.

»Womit bist du nur beschäftigt, daß du so schmutzig wirst?« hatte Helen wissen wollen.

»Ich wollte, ich könnte dir alles erzählen«, hatte er erwidert, und zwar so ernst, daß sie nicht weiterfragte.

Er schlief etwas im Stehen. Umfallen konnte er ja nicht, da die eng gegen ihn gedrängten Fahrgäste ihn stützten. Fast wäre er über sein Ziel hinausgefahren. Aber ein versteckter Sinn in ihm war wach und rüttelte ihn auf. Er sprang von dem Wagen hinunter und eilte mit hochgeschlagenem Mantelkragen über das Stagg-Feld zu der aus Beton erbauten Tribüne, unter der er und Fermi und alle die anderen seit Wochen arbeiteten. Fermi war der offen anerkannte Führer. Unter dem aufmerksamen Blick seiner dunklen, zuversichtlichen Augen war in einer verlassenen Tennishalle der Meiler entstanden.

Es war jetzt halb neun. Die Luft in der Halle war feuchtkalt, als er eintrat. Die Heizung brannte nicht. Er hatte noch nicht entdeckt, wie er sie in Gang halten konnte, und kein Außenstehender durfte etwas von dieser geheimen Arbeit unter der Tribüne wissen. Einige Wissenschaftler waren bereits versammelt, oben auf dem Balkon, von wo sie auf den Meiler hinabschauen konnten. Auf einem Tisch stand ein an einer langen elektrischen Schnur befestigter Meßapparat. Jetzt kamen andere Wissenschaftler herein, unter denen Stephen auch Burton Hall und Jane Earl entdeckte. Seit Monaten hatte er Jane nicht gesehen. Ihre Blicke begegneten sich, und er nickte zum Gruß. Sie war die ganze Zeit mit Burton Hall zusammen gewesen. Wie, fragte sich Stephen, konnte ein Mann, der trotz seiner Geistesschärfe sehr gefühlsmäßig veranlagt war, Tag für Tag mit ihr zusammen sein, ohne sich in sie zu verlieben? Aber da sie immer noch bei Burt war, konnte dies wohl nur bedeuten, daß sie seine Gefühle erwiderte.

Er kehrte beiden den Rücken zu. Dann stand Burton Hall plötzlich neben ihm und reichte ihm impulsiv die Hand.

»Um keinen Preis möchte ich diesen großen Tag verpassen, Steve.«

Stephen schützte Pessimismus vor. »Etwas wird schon schiefgehen.«

»Ich verlasse mich auf Fermi – und Sie.«

»Danke – auf dem Papier ist alles in Ordnung, aber wer weiß?«

Stephen ging weiter. Jegliche Unterhaltung war ihm im Augenblick unerträglich. Er prüfte den letzten Neutronenzähler. Das Tikken hatte sich in der vergangenen Nacht beschleunigt, und die kritische Größe war fast erreicht. Wie ein Milchtopf, der im Begriff steht überzukochen, dachte er. Fermi, den man in der Nacht geweckt hatte, um ihn davon zu unterrichten, hatte den Versuch für heute morgen angesetzt.

Und jetzt stand Fermi vor ihnen, eine gedrungene, doch achtunggebietende Gestalt. Nach der Begrüßung nahm er vor dem Meßgerät am Tisch Platz und lud Jane durch eine Handbewegung ein, sich neben ihn zu setzen. Die Männer sammelten sich um ihn herum.

Fermi hob den Kopf und begann zu sprechen. »Wir machen nun den äußersten Versuch und wollen uns vor Augen halten, daß die Kettenreaktion nicht nur begonnen, sondern vor allen Dingen auch abgebrochen werden muß. Jeder von Ihnen begebe sich zunächst an seinen Posten und denke daran, was er zu tun hat, wenn die Reaktion ein zu großes Ausmaß annimmt. Sonst –«

Er zuckte die Achseln und deutete mit einer charmanten Geste des Bedauerns an, daß sie unter Umständen alle im nächsten Augenblick verbrennen würden. Schweigend nahmen die Männer ihre Plätze hinter den sich schon im Meiler befindenden Kontrollgeräten ein. Eins davon war automatisch und trat in Tätigkeit, sobald die bestimmte Neutronenzahl erreicht war. Dann war noch eine Reserve-Sicherheitsstange vorhanden, bei der ein Strick durchschnitten werden mußte, wenn die Reaktion zu heftig wurde. Und etwa fünfunddreißig Meter entfernt standen drei Männer hinter einer Betonwand in Bereitschaft, um die Sicherheitsstäbe durch Fernlenkung hineinzustoßen, falls die Reaktion die in der Nähe stehenden Männer überwältigte.

Die Probe begann. Fermi stand mit der Uhr in der Hand am Tisch, kerzengerade wie Napoleon vor seinen Armeen und ebenso kritisch; ein ruhiges Lächeln lag auf seinem bleichen Gesicht.

»Gut. Es ist jetzt Viertel vor Zehn. Wir beginnen die letzten Versuche.«

Schweigend traten die Männer vor und zogen die elektrisch betriebenen Stäbe bis zu einem vorher bestimmten Punkt heraus. Minuten vergingen. Fermi flüsterte Stephen Coast etwas zu.

»Reservemannschaft vor!« befahl Stephen.

Ein Mann trat vor mit der Axt in der Hand, bereit, den Strick zu durchhauen.

»Flüssigkeitskontrolle!« rief Stephen.

Drei Mann standen bereit, den Meiler mit einer Lösung von Kadmiumsalz zu bespülen, falls die Reaktion unkontrollierbar würde. Fermi studierte nun die Meßgeräte und verglich die Reaktion mit seiner Vorhersage.

»Die Daten entsprechen meinen Berechnungen«, verkündete er. »Wir haben nichts zu befürchten.«

Stephen sprach. »Falls nicht der letzte Schritt unberechenbar ist und die Sicherheitsstäbe funktionieren.«

»Das ist eben das Risiko«, erklärte Fermi und strahlte sie alle mit seinem schönen, kindlichen Lächeln an. »Mittlerweile machen wir eine Stunde Pause und stärken uns mit einem guten Lunch.«

Die Männer drängten sich zur Tür und folgten Fermi und Burton Hall. Doch Stephen schloß sich ihnen nicht an. Jane berührte im Vorübergehen seinen Ärmel.

»Kein Lunch?«

»Ich kann nicht essen.«

Sie nickte und ging weiter. Er blieb mit zwei Assistenten zurück.

Um zwei Uhr füllte sich der Balkon wieder. Stephen sah Burton Hall mit Fermi und Jane Earl hereinkommen. Sie ging mit gesenktem Kopf an Fermis Seite und lächelte ein wenig, während sie ihm zuhörte. Fermi kehrte an seinen Platz zurück, und alle anderen nahmen die ihnen vorgeschriebenen Positionen wieder ein. Die Beobachter gruppierten sich an einer Wand, Szigny, Weiner und zwei andere ganz vorn, dem Meiler am nächsten.

»Wir wollen beginnen«, kündigte Fermi an. »Ziehen Sie die Stäbe nun um fünfzehn Zentimeter heraus.«

Die Männer hinter den Kontrollstäben folgten seiner Anordnung. Fermi beobachtete die Spannungsmesser. Die Zähler tickten, als sie die vom Meiler ausgehenden Strahlen registrierten. Das Licht des Galvanometers stieg langsam auf der Skala eines Registrierapparates.

»Noch dreißig Zentimeter«, befahl Fermi.

Stephen sah, wie die Registriernadel nach oben stieg. Minuten verstrichen. Es war still in dem großen Raum; man hörte nur das Ticken der Instrumente und das Summen des Motors. Im Raum herrschte eine fast unerträgliche Spannung; man spürte förmlich die Intensität des auf einen gewaltigen Zweck gerichteten menschlichen Geistes. Stephen blickte zu Jane hinüber. Sie lehnte an der Backsteinwand und stützte sich mit den Händen auf eine hinter ihr vorspringende Kante. Ihr Gesicht war weiß, ihre Augen tiefschwarz. Sie sah ihn nicht, und er blickte wieder fort.

»Noch zehn Zentimeter«, rief Fermi. Er winkte Jane herbei, und sie trat sofort an seine Seite. Er wies auf das Blatt mit seinen Berechnungen und lächelte. »Stimmt genau, nicht wahr?« Sie nickte.

»Noch zweieinhalb Zentimeter«, rief er. Er wandte sich wieder an sie. »Das wird hinreichen.«

Die Meßapparate zeigten an, daß die Ausstrahlung sich dem Gefahrenpunkt näherte. Plötzlich war das Niveau erreicht.

Fermi schrie: »Sicherheitsstäbe einstoßen!«

Die Kadmiumstäbe fuhren krachend hinein. Die Ziffern auf den Meßapparaten sanken. Die Reaktion hatte stattgefunden – und war zum Stillstand gebracht. Man hatte sie in der Gewalt.

»Wie spät ist es?«

Stephen fuhr zusammen. Es war Janes Stimme an seiner Seite.

Er blickte auf seine Armbanduhr. »Es ist genau fünfundzwanzig Minuten nach drei.«

»Damit wollen wir für heute aufhören«, sagte Fermi. »Sichern Sie die Kontrollstäbe, und dann lassen Sie uns eine Flasche italienischen Wein leeren.«

Jane holte Papierbecher vom Wasserkühler, und Fermi füllte sie feierlich mit dem roten Wein. Er hob seinen Becher, trank und wartete dann, bis die anderen getrunken hatten. Sie tranken, wie Jane beobachtete, jeder mit einem seltsamen, ihm eigenen Gesichtsausdruck: Thompson und Parkes, als ob sie in einer Kathedrale angesichts der Hostie das Abendmahl einnähmen; der General mit offensichtlichem Wohlbehagen; Burton Hall trank ihn gelassen hinunter. Stephen hielt den Becher in der Hand, führte ihn aber nicht an die Lippen, und Jane goß ihren Wein unbemerkt auf den Fußboden.

Fermi sprach wieder in seiner normalen, milden und sachlichen Stimme.

»Kommen Sie bitte morgen früh wieder. Wir wollen sofort mit einer neuen Serie von Experimenten beginnen.«

Das Ereignis war vorüber. Fermi dachte bereits an den nächsten Schritt. Burton Hall trat ans Telefon Stephen hörte, wie er mit leiser, aber freudig erregter Stimme mit jemandem in weiter Ferne sprach.

Stephen stellte den Papierbecher mit dem unangerührten Wein auf den Tisch. Er war erschüttert und voller Zweifel. Am liebsten hätte er geweint. Die Erschöpfung, die Mutlosigkeit und die Besorgnis der vergangenen Wochen quollen in ihm auf, gemischt mit einem Gefühl der Erleichterung, widerstrebendem Stolz und der Erregung über den Erfolg. Er war tieftraurig. Im tiefsten Innern war er von der Tragik des Geschehens überzeugt. Er wünschte, er hätte versagt. Was würde die Menschheit mit seinem Erfolg anfangen? Wieweit war er für ihre künftigen Taten verantwortlich? Der General sprach jetzt an der Tür mit Fermi. Nichts als Triumph auf seinem blühenden Gesicht! Jemand berührte ihn leicht an der Schulter. Es war Starleigh, der junge Industrielle, den er heute erst kennengelernt hatte. Sein gut geschnittenes Gesicht glühte, als er Stephen gratulierte und von den ungeahnten Verwendungsmöglichkeiten zum Wohl der Menschheit sprach.

»Danke«, erwiderte Stephen. Er fühlte sich auf einmal ein wenig beruhigt. »Ich bin froh, daß Sie das gesagt haben. Ich dachte gerade etwas ganz anderes.«

Ein Lächeln huschte über Christopher Starleighs Züge. »Ich kann es mir gut vorstellen. Aber denken Sie jetzt nicht an eine besondere Waffe oder an einen eventuellen Augenblick. Sie sind an den Urwerten interessiert. Ich ebenfalls. Ich bin übrigens auch als Wissenschaftler ausgebildet. Im Carnegie-Technikum. Ich habe selbst ein paar Erfindungen gemacht.«

»Wie konnten Sie das nur aufgeben?« fragte Stephen unwillkürlich.

»Ich mußte Geld verdienen — bekam eine Stelle bei Canaday-Farrell — meine erste. Mr. Farrell war mein Boß und ich sein bevorzugter Mann. Sie wissen ja, der erfolgreiche junge Forschungswissenschaftler, der eine geldschmiedende Idee produzierte. Er lud mich zu einem Wochenende ein, und ich lernte seine reizende Tochter kennen. Sechs Monate später waren wir verheiratet, und ich hatte von da ab einen leitenden Posten — verstehen Sie?«

»Haben Sie es denn nicht —«

»Bereut? Nein. Ich möchte nicht für das Monstrum da drüben verantwortlich sein.«

Er nickte zu dem Meiler hinüber, lächelte wieder und ging mit elastischem Schritt davon. Stephen grübelte über die letzten, schwerwiegenden Worte nach und verfiel wieder in seine trübe Stimmung. Selbstvergessen starrte er auf den Meiler und hörte plötzlich Janes Stimme neben sich.

»Sie haben es geschafft, Stephen.«

Er wandte nicht den Kopf. »Bitte, gratulieren Sie mir nicht, ich könnte es im Augenblick nicht ertragen.«

Sie erwiderte nichts. Aber er spürte, wie sie seine Hand mit ihrem warmen, starken Griff umschloß. Er blickte überrascht zur Seite und sah, daß ihr Gesicht weich und verständnisvoll war. Eine Weile standen sie Hand in Hand. Dann ließ sie seine Hand sanft fallen und folgte Burton Hall.

Alle verließen sie ihn. Unter dem Vorwand, noch einiges erledigen zu müssen, blieb er zurück, bis er allein war mit dem dunklen Meiler, in dem nun ein Feuer brannte mit einer Macht, die über menschliches Ermessen hinausging. Es war so alt wie die Ewigkeit selbst und auch so unzerstörbar. Aber der Mensch hatte es in glücklicher Unwissenheit bis heute nicht gekannt. Und nun, wo er es kannte, konnte er niemals wieder unwissend sein. Plötzlich vermochte Stephen diese unendliche Einsamkeit nicht mehr zu ertragen. Er floh vor dem Gespenst in dem dunklen Meiler und eilte nach Hause.

»Du bist ja krank, Stephen!« rief Helen, die ihm die Tür öffnete, beim Anblick seines bleichen Gesichts.

»Ich möchte schlafen«, murmelte er. Er stürzte an ihr vorbei die Treppe hinauf. »Ich muß schlafen. Wecke mich nicht – um keinen Preis.«

DRITTER TEIL

In den niedrigen Bergen von Tennessee lag der Frühling wieder in der Luft. Die karmesinroten Knospen des Judasbaumes mischten sich mit den weißen Blüten des Hartriegels vor den dunkelgrünen Tannen. Die milde Luft war windstill. Über den blaßblauen Aprilhimmel schwammen träge, ungeheure weiße Wolken und drohten, mit Regenschauern den Sonnenschein zu vertreiben. In einem Tal, in dem ein kleiner Fluß stürmisch in seinem flachen Bett dahinströmte, stand Stephen Coast und hörte einem stämmigen Bauunternehmer zu, der seine Pläne auf einem großen Brettertisch unter einem krummen westindischen Erlenbaum ausgebreitet hatte.

»An dieser Stelle«, sagte der Bauunternehmer, »werden die Häuser errichtet, und da drüben wird die Einkaufszentrale sein, und rechts und links davon ein Schulhaus und eine Kirche. Die Straßen legen wir durch die Zwergeichen auf der Kuppe.«

Noch waren die Straßen nur Streifen aus rotem Schlamm, auf denen riesige Maschinen sich mühsam vorwärts arbeiteten, mit einem Lärm, den man bis hierher hörte.

»Wofür ist das große Loch auf der rechten Seite?« fragte Stephen.

»So groß wie ein Rennplatz, nicht wahr?« meinte der Bauunternehmer. »Dort wollen sie einen Magneten unterbringen, obwohl ich mir einen so großen Magneten nicht vorstellen kann. Was wollen sie wohl damit machen?«

Stephen lächelte. »Die Erklärung würde zuviel Zeit in Anspruch nehmen.«

»Sie wollen es mir wohl nicht verraten«, erwiderte der Bauunternehmer gutmütig. »Na, jeder von uns hat seine bestimmte Aufgabe hier. Meine Pflicht ist es, zu bauen und keine Fragen zu stellen.«

Stephen lächelte wieder und hörte sich schweigend die mit rauher Stimme vorgebrachten Erklärungen des Mannes an. Er blickte in die ovale Ausschachtung, in die das große Instrument eingelassen werden sollte, um seine Arbeit zu verrichten: die magnetische Trennung von Uranisotopen. Letzte Woche war ihm eine Idee für den

Magneten gekommen, gerade als er im Labor hastig ein Sandwich zum Lunch aß. Er vermißte Jane Earl mehr, als er sich eingestehen wollte, und er hatte sich angewöhnt, Brote zu essen, die Helen für ihn machte, anstatt in ein Restaurant zu gehen. Während er sein Schinkenbrot kaute, hatte er darüber nachgedacht, wie das Problem des Kupfers zu lösen wäre. Der Krieg verschlang die Kupferbestände des Landes, und er brauchte riesige Mengen von Kupfer für die Spulen des Magneten. Es war einfach nicht zu haben. Er überlegte angestrengt, welche Metalle als Ersatz dienen könnten. Silber natürlich, aber woher konnte man genügend Silber bekommen? Und dann fielen ihm die ungeheuren Silberreserven ein, die in der Schatzkammer der Vereinigten Staaten verstaut waren. Da lagen sie nun ungenutzt. Warum konnte man sie nicht entleihen und ohne oder mit nur sehr geringem Verlust zurückgeben? Innerhalb der nächsten Stunde war er mit dieser Idee in das Büro des Generals gestürmt. Und da der General gerade in einer seiner nie enden wollenden Konferenzen saß, war er dem Assistent des Generals gegenüber damit herausgeplatzt.

»Wieviel benötigen Sie?« forschte der schneidig Uniformierte.

Stephen hatte überlegt. »Ich denke, ungefähr fünfzehntausend Tonnen.«

Der Uniformierte hatte ihn streng angeblickt. »Junger Mann, bei Silber spricht man von Unzen und nicht von Tonnen.«

Nach weiteren zwanzig Minuten hatte Stephens Überredungskunst jedoch den Sieg davongetragen. Seine Bitte wurde an das Schatzamt in Washington weitergeleitet und das Silber bewilligt unter der Bedingung, daß es zurückgegeben werde. Dasselbe Metall, versprach Stephen, und er schätzte, daß nicht mehr als ein Zehntel Prozent verlorengehen würde ...

Nun, das waren Einzelheiten, die auch dazu gehörten. In diesem Augenblick sah er Helen aus dem Wald treten und den Hügel herablaufen, die Hände voller Veilchen und Anemonen; ihre dunklen Haare wehten lockig um ihr sonnengebräuntes Gesicht.

»Hier wird es mir gefallen, Steve. Viel besser als in Chicago. Es war immer meine Sehnsucht, auf einem Hügel neben einem Fluß zu leben.«

»An dieser Stelle wird Ihr Haus stehen, gnädige Frau«, sagte der Bauunternehmer und pflanzte einen dicken, schmutzigen Daumen auf eine Stelle des Planes. Helen studierte den Plan und verglich die Lage des Hauses mit den Hügeln und dem Fluß. Dann schlenderte sie wieder von dannen.

Während der ganzen Heimfahrt nach Chicago redete sie von dem Haus. »Es ist nicht unser richtiges Haus, Steve, nicht das, das du mir eines Tages kaufen wirst. Aber es könnte eine Art ›Versuchshaus‹ sein, und ich habe die Absicht, es in ein Heim zu verwandeln.«

Er konnte mit ihr nicht über seine Arbeit sprechen oder über die gewaltigen Geheimnisse, über die er nun die Kontrolle hatte und für die er verantwortlich war. Doch sehnte er sich danach, etwas von seinem Leben mit ihr zu teilen. Er hatte bei Jane gesehen, wieviel es bedeutete, jemanden zu haben, mit dem man auch sein innerstes Leben als Wissenschaftler teilen konnte. Aber Helen war noch nicht offiziell für vertrauenswürdig erklärt worden. Es hatte sich in seinen Augen nicht gelohnt, die hierzu nötigen Schritte zu unternehmen, da er ihr zuviel hätte auseinandersetzen müssen, und dazu hatte er keine Zeit. Er hoffte in der ernsten Selbstprüfung, die ihm sein Gewissen zur Gewohnheit machte, daß er Helens Unwissenheit nicht nur als Vorwand benutzte. Irgendwie hatten sie in ihrer Ehe nicht die enge Harmonie erreicht, die ihm Helen unentbehrlich machte. Es war seine Schuld und vielleicht sein Schicksal als Wissenschaftler.

Nun sah er eine Möglichkeit, wie er sie in sein Leben hineinziehen konnte. »Ich brauche Hilfe«, begann er unvermittelt, »und ich habe mir überlegt, wie du mir helfen kannst . . . Während du das Haus in ein Heim verwandelst, könntest du vielleicht andere Frauen dazu überreden, dasselbe zu tun. Männer sind niemals glücklicher als ihre Frauen – weißt du das schon, Helen? Eine unzufriedene Frau kann die Arbeit ihres Mannes ruinieren. Das habe ich im Labor immer wieder miterlebt. Und wir können es uns nicht leisten, daß die Arbeitskraft irgendeines Mannes im Augenblick durch häuslichen Ärger herabgesetzt wird. Kannst du nicht schon hören, wie die Frauen sich beklagen über den Schlamm und die beengten Wohnverhältnisse und wie weit sie von zu Hause entfernt seien und was sie alles haben aufgeben müssen? Es würde eine große und sehr wichtige Aufgabe für dich sein.«

»Bin ich in deinen Augen unzufrieden?«

Sie schleuderte ihm die Frage geradezu entgegen, und der Wind blies ihm die Worte ins Gesicht. Da es ein schöner Tag war, hatte sie darauf bestanden, daß er das Verdeck des Wagens zurückrollte, und er hatte ihrem Wunsch nachgegeben. Bei dem Wind hätte man sich ohnehin nicht gut unterhalten können, und er mußte jetzt vor allem denken, planen und tausend Probleme lösen.

»Ich werde so viel zu tun haben, daß du sehr wohl unzufrieden sein magst«, erwiderte er. »Ich würde dir durchaus keinen Vorwurf daraus machen. Aber wenn du deine Zeit ausfüllst, um mir zu helfen, wirst du viel glücklicher sein.«

»Ja«, meinte sie, »das ist wohl möglich.«

Ihre Stimme klang kühl und ein wenig ironisch an sein Ohr. Er hatte jedoch keine Zeit, über ihre Nuancen nachzugrübeln. Es gab zu viel anderes zu tun.

Im Dezember, als sie das kleine Holzhaus – eines unter dreitausend anderen – bezogen, erkannte er, daß Helen äußerst wertvoll für ihn war. In den Monaten zwischen Frühling und Winter war die Anlage vollendet worden, und der große Magnet arbeitete bereits. Der Reaktor war ebenfalls erbaut. Es war nur ein kleines Werk, aber es beherbergte den Meiler mit einer Leistung von tausend Kilowatt.

Beim Anblick der reibungslos funktionierenden Anlage mußte Stephen immer wieder daran denken, welche Verheißungen sie für das künftige Wohl der Menschheit barg, die sich erfüllen würden, sobald dieser elende Krieg vorüber wäre! Der Gedanke daran war sein Elixier, seine Medizin, sein Betäubungsmittel, wenn er sich überlegte, was er tat – er schuf die Bombe, ja, darüber hinaus eine neue, bessere Welt. Und er würde sogar seine Zustimmung zur Anwendung der Bombe geben.

»Ich muß jetzt zum Werk fahren«, rief er Helen zu. »Kannst du allein mit den Möbeln fertig werden?«

»Fahr nur los«, kam die Antwort. Sie trat aus dem Haus, um ihm einen Gruß zuzuwinken. Als er fort war, blieb sie noch eine Weile stehen und blickte auf die Berge und die darüber hinwegziehenden Wolken. Die Häuser ringsumher füllten sich allmählich mit den Familien der Wissenschaftler, Techniker und Arbeiter. Bestürzte Frauen und verwirrte Kinder hockten zusammen, und Möbelwagen standen vor vielen frisch angestrichenen Haustüren.

Helen vernahm plötzlich ein Schluchzen. Sie drehte sich um und sah auf dem eingeebneten, halbgefrorenen Schlamm vor dem Nachbarhaus eine junge Frau, die weinend ihr Taschentuch an die Lippen preßte. Das Haus stand noch leer. Es war für einen Oberstleutnant einen Assistenten des Generals, bestimmt, aber er war mit seiner Familie noch nicht eingetroffen. Die Frau machte einen ärmlichen Eindruck; ihr dunkelblaues Kostüm war dünn und abgetragen, und ihr glattes Haar wehte in verblaßten blonden Strähnen im Winterwind.

Helen ging auf sie zu. »Kann ich Ihnen behilflich sein?«

Die Frau wandte den Kopf, und Tränen hingen in ihren spärlichen, weißblonden Augenwimpern. »Ich war hier zu Hause«, schluchzte sie. »Augenblicklich arbeite ich in einer Fabrik in Knoxville. Ich habe von dieser Sache gehört und bin herübergekommen, um zu sehen, was hier vor sich geht. Das Haus stand hier irgendwo, aber es ist verschwunden. Die Bulldozer haben es abgetragen. Es stand auf einem kleinen Hügel, und nun ist selbst der Hügel nicht mehr da. Was machen Sie denn hier?«

»Ich weiß es nicht«, entgegnete Helen.

Die Frau starrte sie an. »Das wissen Sie nicht? Warum sind Sie denn hier?«

»Mein Mann arbeitet hier.«

»Was arbeitet er denn?«

»Ich weiß es nicht«, wiederholte Helen.

»Herrje«, murmelte die Frau. »Sie wissen nicht, was er tut?«

»Nein«, antwortete Helen.

Ganz bestürzt über eine so merkwürdige Angelegenheit, vergaß die Frau zu weinen, und der Wind trocknete ihre Tränen. Dann stand sie mit einem langen, verzweifelten Seufzer auf und stapfte den schmutzigen Weg hinab. Helen ging zurück ins Haus und schloß die Tür. Was hätte sie sagen sollen? Vielleicht wenigstens: »Mein Mann ist mit einer Kriegsarbeit beschäftigt«? Aber nein, selbst das wäre zuviel gewesen. Es durfte überhaupt nichts gesagt werden. Stephen ließ kein Sterbenswörtchen über seine Arbeit verlauten. Seit jenem Dezembertage in Chicago vor über einem Jahr hatte er ihr nicht mehr verraten. Er hatte ihr allerdings sehr sanft und freundlich die Gründe dafür auseinandergesetzt. Es dürfte kein Streit, kein Mißverständnis zwischen ihnen aufkommen, sagte er. Die Nation kämpfe um ihr Dasein, und alles Persönliche müsse beiseite geschoben werden.

»Das ist alles ganz schön und gut für dich, Steve«, hatte sie geantwortet. »Aber wie steht's mit mir? Soll ich mein Leben lang warten, bis du wieder richtig mit mir reden kannst?«

Niemals würde sie die gequälten Augen vergessen, mit denen er sie angesehen hatte. »Du kannst aber mit mir reden. Bitte, rede mit mir, Helen. Sorge dafür, daß ich mit der Außenwelt in Verbindung bleibe.«

Sie hatte sich ihm daraufhin in die Arme geworfen und sich verzweifelt an ihn geklammert. »Aber mein Leben geht völlig in deinem auf. Es bleibt nichts von mir übrig, wenn wir unser Leben nicht zusammen leben.«

Er hatte sie fest an sich gepreßt, jedoch nicht nachgegeben. »Ich bin jetzt nicht mehr mein eigener Herr, Helen.«

Sie hatten nie wieder eine richtige Unterhaltung geführt, und das Schlimme an solcher Verschwiegenheit, das Unheimliche daran war, daß ihr gemeinsames Leben wie eine Kerze zu verlöschen drohte. Wie konnte die Liebe lebendig bleiben, wenn möglicherweise auf Jahre hinaus kein Gedankenaustausch stattfand? Das war jetzt die große Frage. Natürlich konnte sie wie jede andere Frau über die kleinen alltäglichen Begebenheiten, Frauenklatsch und das Geplapper der Kinder plaudern. Aber das war kein Gedankenaustausch mit Stephen. Er hörte wohl halb lächelnd zu, aber mit seinem Verstand – vielleicht auch mit seinem Herzen – war er in einer anderen Welt, von der sie ausgeschlossen war. Auch die Liebe hatte er vergessen. Wenn er nachts ungestüm zu ihr kam – diese kurze Begegnung – nein, das war keine Liebe. Erleichterung vielleicht, aber nicht die Gemeinschaft der Liebe, die sie gekannt hatten. Der Krieg zerstörte sie von innen heraus. Sie war froh, daß sie kein Kind hatte; ein vaterloses Kind – der Gedanke war unerträglich.

Während ihr diese abgerissenen Gedanken durch den Kopf gingen, war sie auf einen Haufen von Teppichen gesunken, die noch nicht ausgelegt waren, und jetzt wurde sie in die Wirklichkeit zurückgerufen durch eine junge Frau, die an der Tür stand, eine hübsche, mädchenhafte Gestalt, die ein kleines Kind auf dem Arm trug und ein anderes an der Hand hatte. Sie waren alle jung, diese Frauen, und mit jungen Männern verheiratet, die noch nicht fünfundzwanzig waren, und ihre Kinder waren Babys.

»Warum sind sie alle so jung«, hatte sie Stephen gefragt.

»Wissenschaftler leisten ihre beste Arbeit vor dreißig«, hatte er geantwortet. »Der erste schöpferische Antrieb ist der beste, der kühnste. In der Jugend macht es Spaß zu rebellieren, das Alte anzuzweifeln und das Neue zu erforschen.«

»Können Sie mir sagen, wo wir wohnen werden?« fragte die junge Frau etwas außer sich. »Mein Mann hatte keine Zeit, mich zu begleiten. Er ist der Oberstleutnant.«

Helen erhob sich sofort. »Nebenan«, sagte sie. »Ihr Haus ist nebenan. Und ich bin froh, daß Sie zu mir gekommen sind. Ich fühlte mich gerade sehr einsam und brauche jemanden, dem ich helfen kann.«

»Oh«, seufzte die mädchenhafte Frau. »Vielen Dank. Ist es hier nicht furchtbar?«

»Ja«, pflichtete ihr Helen bei, »einfach gräßlich, aber wir können es leider nicht ändern.«

Und doch war es, als die Wochen sich in Monate verwandelten, unmöglich, nicht die Atmosphäre gemeinsamer Verantwortung zu fühlen. Selbst die Frauen spürten das, so wenig sie auch von den Vorgängen wußten. Ihre Männer brannten vor Eifer und Erregung; etwas Großes wurde geschaffen; die Wissenschaftler waren die Männer der Stunde; jeder war wichtig; und der General selbst hatte der neuen Stadt, die auf fünfundsiebzigtausend Bewohner angewachsen war, einen Besuch abgestattet. Schulen wurden benötigt und gebaut; Kirchen, Läden, Garagen, ein Krankenhaus und ein kleines Theater kamen hinzu. Selbst ein Musikverein und eine Operettengesellschaft wurden gegründet. Das Leben pulsierte mit einer Heftigkeit, die der Erregung der Gemüter entsprach, der Erregung, die sich von den Männern auf die Frauen übertrug und sich in einer lärmenden Ausgelassenheit und jugendlichen Unbekümmertheit Luft machten, die manchmal bis zur Zügellosigkeit gingen. Der General hatte alle Hände voll zu tun, die von ihrer eigenen Wichtigkeit geradezu trunkenen jungen Leute in Schach zu halten. Sie waren außer Rand und Band, und die Geburtenziffer stieg ins Unermeßliche.

»Sagen Sie mal, können denn diese Wissenschaftler eigentlich nichts anderes, als Kinder in die Welt setzen?« bellte der General eines Tages, als er mit Burton Hall sprach.

Burton Hall, der gerade seine monatliche Inspektion abhielt, grinste. »Sie sind nun einmal jung, und was sollen sie hier sonst am Abend tun?«

Der General fluchte leise, aber heftig vor sich hin. »Nach allem, was mir so zu Ohren gekommen ist . . .« murmelte er.

»Erzählen Sie mir nichts«, sagte Burton Hall gereizt. »Ich will nichts davon wissen.«

Er war gereizt, weil Jane Earl sich unerwartet geweigert hatte, weiterhin seine Assistentin zu bleiben. Was die Arbeit anging, so hatte er Ersatz gefunden in einer kühlen, verheirateten jungen Frau, die ihr Fach verteufelt gut verstand, in mancher Beziehung sogar noch besser als Jane. Daher konnte er sie nicht mit gutem Gewissen entlassen, aber sie bedeutete ihm keinen Trost — sapperlot! — überhaupt keinen Trost, und er brauchte Trost. Das hatte eigentlich nichts mit physischem Verlangen zu tun. Aber es mußte die Möglichkeit bestehen. Eine Frau mußte begehrenswert sein, wenn sie einem überlasteten Mann Trost bedeuten sollte, selbst wenn er weiter nichts von ihr wollte. Jane verstand ihn, und er konnte sich auf sie verlassen, daß sie ihn in Schranken hielt. Bei ihr brauchte er nicht auf der Hut zu sein. Er war etwas in sie verliebt, und das war köstlich und entspannend und brauchte niemanden aufzuregen, bestimmt nicht Mollie. Als er nun dem Brummen des Generals zuhörte, kam ihm auf einmal der Gedanke, ob Mollie etwa ihre Hand dabei im Spiel gehabt hatte. Denn kurz nachher schrieb sie den Brief —

Die ganze Angelegenheit wurde plötzlich wieder lebendig. Jane und der Brief, natürlich. Er konnte noch deutlich hören, wie Jane mit ihrer klaren, leisen Stimme sagte:

»Ich möchte meinen Posten aufgeben, Burt.«

Und gerade als er mitten in den schwerwiegensten Problemen steckte, als er vier verschiedene Unternehmen in Gang bringen mußte in vier verschiedenen Teilen des ungeheuer großen Landes, wo die Regierung ihn nicht einmal mit dem Flugzeug reisen ließ und er in Zügen, die wie Raupen dahinschlichen, von Ort zu Ort kriechen mußte!

»Ihren Posten bei mir aufgeben?« hatte er sie an jenem Tage angefahren. Dabei war es ein besonders schöner Tag gewesen, ein klarer, kalter Wintertag, den er mit ihr verbracht hatte. Sie waren in den Bergen über dem Tale des Columbia-Flusses herumgeklettert, einer prachtvollen Gegend, und er hatte sich wie ein König gefühlt.

»Haben wir nicht eine schöne Zeit miteinander verlebt?« fragte er. »Sie wissen doch ganz gut, daß alles was ich sage, nicht so ernst gemeint ist. Ich habe Respekt vor Ihnen, Jane. Wirklich. Und um keinen Preis würde ich Mollie Kummer bereiten. Können denn ein Mann und eine Frau nicht auf ihre Art gute Freunde sein?«

Sie setzte sich auf einen Felsblock. Würde er jemals vergessen, wie sie aussah in ihrem roten Kostüm, dessen schwarzer Pelzbesatz einen so schönen Kontrast zu ihrer weißen Haut bildete, ihre Augen so schwarz wie ihr Haar, in dem der Wind spielte, der ihre Wangen gerötet hatte? Sie hatte ihm gelassen geantwortet.

»Ich möchte zu meinen wissenschaftlichen Arbeiten zurückkehren, Burt. Lange genug habe ich sie unterbrochen. Jemand anders kann meinen Platz hier ausfüllen. Wir sind über den Berg hinweg. Es ist jetzt reine Verwaltungsangelegenheit.«

Er empfand plötzlich eine so tiefe Angst, daß sein Mund wie ausgedörrt war. »Niemand kann Ihren Platz ausfüllen, Jane. Sie geben mir etwas, das mir sonst niemand geben kann — eine gewisse Energie, die meinen Verstand und meine Seele nährt. Ich will nicht einen so abgeschmackten Ausdruck wie Inspiration gebrauchen. Aber das ist es. Sie sind wie ein Wetzstein, an dem sich alle meine Gedanken und Gefühle schärfen. Durch Sie bin ich ein besserer Mensch geworden.«

Sie hatte weiter in die Winterlandschaft hinausgeblickt. »Ich danke Ihnen, Burt. Das hört sich wunderbar an. Wir werden auch weiterhin Freunde sein. Aber ich bitte Sie um diesen Gefallen. Lassen Sie mich zu meiner eigenen Arbeit zurückkehren. Meine Gedanken gehen jetzt über den Krieg hinaus. Ich denke an den Frieden.«

Er hatte mit ihr gestritten, er hatte sie angefleht, er hatte sie zunächst zornig, dann eifersüchtig beschuldigt, sich in jemand verliebt zu haben. Nichts hatte gefruchtet.

»Sie sind ein Wissenschaftler, Burt. Sie müßten eigentlich verstehen, daß ein Wissenschaftler nur glücklich ist, wenn er arbeitet, und zwar auf seinem eigenen Gebiet.«

In seiner Qual hatte er genau das Falsche gesagt. »Sie sind aber doch eine Frau!«

»In erster Linie bin ich Wissenschaftlerin«, war ihre energische Antwort gewesen. »Eine Frau kann tatsächlich etwas mehr sein als nur Frau. Ich muß Sie verlassen, Burt.«

An dem eisernen Entschluß war nicht zu rütteln gewesen.

»Wohin wollen Sie gehen?« hatte er gefragt, als sie abends das Hotel erreichten und sich trennten.

»Ich will auf der Mesa arbeiten«, erwiderte sie. »Ich habe ein paar neue Ideen über die Verwendung von Plutonium.«

So hatte er sie in einem Labor auf der Mesa zurückgelassen und war wie zerschlagen und in denkbar schlechter Laune nach Hause gefahren. Er kannte die Welt der Wissenschaftler und wußte nur allzugut, daß Jane in ihrer neuen Arbeit völlig aufgehen und ihn darüber sehr rasch vergessen würde.

Bei seiner Rückkehr fand er das Haus leer vor. Anstatt Mollie erwartete ihn ein Brief von ihr. Es war ein Liebesbrief, wie sie ihm noch keinen geschrieben hatte, ein regelrechter Liebesbrief. Er hätte es nie für möglich gehalten, daß sie einen solchen Brief zustande brächte. Aber nun hielt er den in ihrer großen, gleichmäßigen Schrift beschriebenen Bogen in der Hand.

»Liebling —«

So hatte sie ihn nicht mehr genannt, seitdem Tim geboren war und sie die Rolle einer Mutter übernommen hatte.

»Erinnerst du dich noch —«

So begann der Brief, und in diesem Sinne ging es weiter. Sie erinnerte sich an alles, sogar daran, wie er aussah, als sie ihn zuerst als jungen Studenten in der Universität gesehen hatte. Sie liebte ihn auf den ersten Blick, und bis zu dieser Stunde hatte sie ihm nie etwas davon gesagt. Sie erinnerte sich an alle Einzelheiten ihres gemeinsamen Lebens. Die Tränen stiegen ihm in die Augen, als er sich voller Erschütterung und Scham bewußt wurde, wie wenig er sie in all diesen Jahren gekannt hatte.

Immer wieder las er den Brief, während er unruhig in seinem Arbeitszimmer hin und her ging. Dies war Mollie, seine Frau! Von nun an sollte alles anders werden; nichts würde mehr langweilig oder alltäglich sein. Er kannte sie jetzt. Und wenn sie heute abend um sechs Uhr, wie es in dem Briefe hieß, nach Hause kam, würde er sie an sich ziehen und gar nicht mehr loslassen.

Er fühlte das Hämmern seines Herzens, als der Zeiger der großen Uhr sich der Stunde näherte. Er ging hinauf ins Bad. Dort wusch er sich das Gesicht, rasierte sich und überlegte, ob er ein anderes Hemd anziehen solle. Dann hörte er, wie unten die Haustür geöffnet und wieder geschlossen wurde.

»Mollie!« rief er.

»Ja?« ertönte ihre heitere, unbefangene Stimme.

Daraufhin stürmte er die Treppe hinunter und nahm sie ungestüm in die Arme. »Der Brief . . .« brachte er mühsam hervor. »Du brauchst dich nie zu sorgen. Du kannst mich nicht verlieren.«

»Das ist ja gut«, sagte sie ruhig und sachlich. »Ich habe mir auch keine richtigen Sorgen gemacht.« Damit gab sie ihm einen Kuß auf die Wange.

Aber er klammerte sich an sie und hob sie in die Höhe.

»Mollie, du bist so wundervoll. Ich habe ja nie gewußt –«

»Laß mich runter, Burt. Ich bin gar nicht anders als sonst.«

Und zu seiner Überraschung stimmte das. Ihr Leben ging weiter, als sei der Brief nie geschrieben worden. Heute war sie mit ihm hier in Tennessee, wo sie sich wahrscheinlich um die Frauen und Kinder kümmerte, ihnen Ratschläge über Polio-Impfungen und warmes Essen in der Schule gab und sich bei der Verwaltung beschwerte, weil die Müllabfuhr unregelmäßig war und die Siedlung einen zweiten Arzt und bestimmt noch mehrere Zahnärzte nötig hatte ... Wenn er den Brief nicht in der Geheimschublade seines Schreibtisches aufbewahrt hätte, würde er es nicht für möglich gehalten haben, daß sie ihn je geschrieben hatte. Aber er hatte ihn aufbewahrt.

Inmitten ihrer vielfältigen Aufgaben fand Mollie Hall eine Stunde Zeit, um mit Helen Coast zu plaudern. Die beiden Frauen waren zwar nicht eng befreundet, aber sie teilten sich gegenseitig wichtige Dinge mit, die jede von ihnen vollkommen verstand, aber um keinen Preis erklärt haben würde. Sie saßen jetzt zusammen auf der Couch in Helens Wohnzimmer; vor ihnen auf dem Tisch stand ein Tablett mit Kaffee und Kuchen. Sie hatten das Leben in der neuen Siedlung eingehend durchgehechelt, und Mollie hatte Ratschläge gegeben, die sich auf ihre Erfahrungen in ähnlichen Siedlungen auf der Mesa, in den Vorstädten von Chicago und im Staate Washington gründeten, lauter große, neue Siedlungen, wo mit höchster Eile an demselben ungeheuren Projekt gearbeitet wurde, das niemals erwähnt werden durfte. In jeder Siedlung erfuhr Mollie alles, was unter mehr als einer Viertelmillion Leuten vor sich ging. Sie kam und ging als Burts getreuer Schatten, behäbig und zufrieden, und überall, wo sie erschien, verbreitete sie eine behagliche Atmosphäre um sich herum.

Es war eine Pause in ihrer Unterhaltung eingetreten, und nun wartete Mollie auf eine gewisse Frage, von der sie nicht sicher war, ob sie gestellt würde. Doch Helen stellte sie.

»Ist Jane Earl mit Ihnen gekommen?«

»Nein«, erwiderte Mollie und goß sich die dritte Tasse Kaffee ein. »Sie hat ihren Posten aufgegeben – wußten Sie das nicht? Sie wollte sich wieder der Wissenschaft zuwenden.«

»Wo ist sie denn jetzt?«

»Auf der Mesa.«

»Und was macht Burt?«

»Er hat eine neue Assistentin, zwar sehr tüchtig, aber nicht so hübsch. Wußten Sie das nicht mit Jane?«

»Stephen erzählte mir natürlich nichts.«

»Vielleicht weiß er es nicht, weil er gar nicht danach gefragt hat.«

»Mag sein«, gab Helen zu.

Mollie stellte ihre Tasse hin und widerstand der Versuchung, noch ein Stück Kuchen zu nehmen. »Herrje, ich muß ja an meine Figur denken! Außerdem ist es Zeit, daß ich gehe, Helen.«

Sie erhoben sich beide. Plötzlich lehnte sich Mollie nach vorn und küßte Helen zum ersten Male auf die Wange.

»Da«, meinte sie. »Ich bin sonst nicht sehr fürs Küssen.«

»Danke«, sagte Helen. »Ich auch nicht.« Die beiden Frauen umarmten sich kurz. »Ich bin froh, daß Sie gekommen sind.«

Als sie die Tür hinter Mollie geschlossen hatte, blieb Helen eine Weile nachdenklich stehen. Was bedeutete es, daß Stephen von Jane nichts erwähnt hatte? Konnte es sein, daß er von der Sache wußte und nichts sagen wollte? Oder war es möglich, daß er es nicht wußte, weil er kein Interesse mehr für sie hatte? Das Schweigen zwischen ihnen war zu tief. Es ließ sich nicht überbrücken. Wenn er nicht davon sprach, konnte sie auch nicht davon anfangen — wollte es auch nicht.

Zur gleichen Stunde saß Stephen mit Burton Hall im Gespräch vertieft im Büro seines Laboratoriums. Die beiden Männer hatten sich seit Monaten nicht mehr gesehen und daher den größten Teil des heutigen Tages damit verbracht, die Bauten der Anlage zu besichtigen. Burton Hall kam noch einmal bewundernd zurück auf den Graphitreaktor, in dem sechsunddreißig verschiedene Experimente gleichzeitig durchgeführt werden konnten.

»Wenn der Krieg zu Ende ist«, sagte Stephen, »werden wir uns die Isotopen für die Erforschung des ganzen menschlichen Lebens zunutze machen. Biologie, Medizin, Ackerbau, Industrie — aber wann wird dieser schreckliche Krieg wohl vorüber sein?«

»Einen Tag, nachdem unsere Arbeit getan ist, Steve.«

»Und wann kommt dieser Tag?«

»Das steht noch nicht fest. Aber der General fällt keine Entscheidung, die das Projekt auch nur um einen Tag verzögert.«

Stephen war auf den General nicht besonders gut zu sprechen. »Verzögert er es aber nicht oft selber, ohne sich dessen bewußt zu sein? Ich habe gehört, daß wir ohne das Militär und die Industrie ein Jahr weniger gebraucht hätten.«

»Ich weiß es nicht, Steve. Jedenfalls läßt es sich nun nicht mehr ändern.«

»Wohin gehen Sie von hier aus?« fragte Stephen.

»Wieder nach Chicago«, erwiderte Burton Hall. »Muß mit den Ingenieuren von Canaday-Farrell zusammen an einer Sache arbeiten. Tüchtige Leute, aber keine Wissenschaftler. Man muß sie aufklären . . . Du meine Güte, Steve, was sage ich da? Das bezieht sich ja auf alle außer uns Wissenschaftler. Sie müssen alle aufgeklärt werden. Und wer soll sie aufklären, wenn wir es nicht tun? Sind Sie sich eigentlich dessen bewußt, was wir getan haben? Wir haben die Tore des Universums aufgestoßen und schieben nun die Leute hindurch in eine neue Welt, die ihnen Angst und Schrecken einjagt. Sie werden uns segnen oder anklagen.«

Burton Hall umklammerte seinen Kopf mit den Händen und schloß die Augen. »Haben Sie je im Buch der Offenbarungen geblättert? Ich habe es als Kind gelesen und Alpdrücken davon bekommen. Die Worte haben sich meinem Gehirn eingebrannt. ›Und ich sah wie ein gläsernes Meer mit Feuer gemengt.‹ ›Und es wurden Stimmen und Donner und Blitze; und ward ein großes Erdbeben, wie solches nicht gewesen ist, seit Menschen auf Erden gewesen sind, solch Erdbeben also groß. Und alle Inseln entflohen, und keine Berge wurden gefunden.‹ ›Und die Menschen lästerten Gott.‹«

»Hören Sie auf!« rief Stephen. »Hören Sie auf, Burt. So kann es doch nicht sein –«

Bis spät in die Nacht hinein lag Stephen wach, immer noch die Szene vor Augen: Burts verwirrten Blick, sein plötzliches beschämtes Lachen. Sie waren beide verlegen, als sie sich trennten. Und bei dem Gedanken an Burt fiel ihm auf einmal ein, daß er Jane Earl nicht gesehen hatte. Sie war nicht mit Burt hierhergekommen. Wo war sie? Und was tat sie?

Stephen Coast warf die Blätter auf den Tisch. Sie enthielten die Geheimberichte über die Behandlung der amerikanischen Kriegsgefangenen durch die Japaner und über die Zustände in den Internierten- und Konzentrationslagern. Es war das Grauenvollste, das Stephen je gelesen hatte. Er war wie betäubt. Nie hätte er so viel Unmenschliches für möglich gehalten. Zutiefst erschüttert blieb er eine Weile reglos sitzen. Dann sammelte er die Blätter zusammen und zerriß sie, der Dienstanweisung entsprechend, in kleine Fetzen und warf sie in den Papierkorb. Darauf nahm er den Hörer seines Telefons ab.

»Verbinden Sie mich mit Dr. Burton Hall, wo er auch sein mag.«

»Wissen Sie ungefähr, wo er stecken könnte, Herr Dr. Coast?«

»Chicago, New Mexiko – vielleicht auch Washington.«

Als Burton Halls Stimme antwortete, schwach und aus weiter Ferne, war er an keinem der erwähnten Orte.

»Hallo!«

»Hallo, Burt, wo sind Sie?«

»In Vermont, Steve, hier in meinem Häuschen am See. Der Arzt hat mir Ruhe verordnet – ein Wochenende, weiter nichts. Was wünschen Sie?«

»Ich möchte um meine Versetzung bitten.«

»Weshalb? Wohin?« fragte Burt.

»Auf die Mesa.«

»Nanu —«

»Haben Sie schon einmal von Bekehrung gehört, Burt? Ich bin bekehrt.«

»Bekehrt?«

»Ja, der Begriff dürfte Ihnen bekannt sein — als Sohn eines Predigers. Nur bin ich im umgekehrten Sinn bekehrt.«

Auf seine Erklärung, daß er mit allen Kräften am Bau der Bombe mitarbeiten wolle, folgte ein langes Schweigen. Dann tönte Burts volle Stimme aus dem Apparat: »In Ordnung, Steve. Sie sind versetzt.«

Als er Helen abends davon erzählte, merkte er, daß sie ihn mit einem seltsamen, forschenden Blick ansah.

»Warum, Stephen?«

»Das kann ich dir nicht sagen«, erwiderte er schroff.

»Ist das auch streng geheim — weshalb du nach New Mexico gehst?«

»Ja«, erwiderte er. »Wir reisen morgen.«

»So war es, Jane«, sagte er.

Eine Woche war vergangen, sieben ganze Tage, und erst heute hatten sie Zeit gefunden, miteinander zu reden. Jetzt, am Spätnachmittag, wanderten sie den Pfad entlang, der zu der Bergkette führte, die den alten Krater einschloß. Er kletterte die Felsstufen empor und blieb hin und wieder stehen, um sich nach ihr umzusehen. »Wie schön, jemanden zu haben, mit dem man reden kann, jemanden, der zuverlässig ist — und weiß, wovon ich rede.«

»Ihr Anblick tut mir gut, Stephen. Ich hatte ganz vergessen, wie gut.«

»Sie hatten Burt«, sagte er schroff.

»Das ist nicht dasselbe.«

Sie hatte ihn eingeholt, und nun standen sie nebeneinander. Irgendwie berührten sich ihre Hände, fanden sich eine Sekunde und lösten sich gleich wieder. Aber die Berührung war lange genug gewesen, um ihn fühlen zu lassen, wie ihm das Blut durch die Adern pulste. Er wollte sprechen und wagte es nicht, aus Angst, es könnten Worte aus ihm heraussprudeln, die er nicht äußern wollte. Er hatte sich nicht ganz in der Gewalt. Eine nervöse, zornige, gewissen- und gedankenlose Stimmung hatte sich seiner bemächtigt, die ihm Angst einflößte. Er durfte dieses Gefühl nicht — mit Liebe verwechseln. Er war in seine Frau verliebt. Nein, er liebte Helen, und das war besser, als verliebt zu sein. Aber er war sich dunkel bewußt, daß aus irgendeinem Grunde erweckte Gefühle urplötzlich zum Ausbruch kommen konnten. Während der Semesterferien hatte er sich einmal einen Stierkampf in Mexiko angesehen, und zwar in Begleitung eines Mädchens, das nur eine ganz flüchtige Bekanntschaft war. Während er gebannt dem blutigen Kampf zwischen Mensch und Tier zuschaute, hatte er plötzlich mit Entsetzen und Furcht entdeckt, daß er von Wollust gepackt wurde, und nur mit Mühe hatte er sich, als er auf dem Heimweg allein mit dem Mädchen im Wagen saß, beherrschen können. Angeekelt und beschämt hatte er später in Werken über Stierkämpfe nachgeschlagen und aus nüchternen Statistiken ersehen, daß Männer, nachdem sie einem Stierkampf beigewohnt haben, ihre Frauen oder Prostituierte aufsuchen . . . Dasselbe gilt auch für den Krieg. Denn in den Papieren, die als streng geheim bezeichnet waren und die er sorgfältig vernichtet hatte, gab es Stellen, die sich auf die Einnahme von Nanking bezogen und über Massenvergewaltigungen berichteten. Er hatte sie mit schuldigem Interesse gelesen. Zwar war hier von Japanern die Rede, aber man hätte ebensogut das Wort ›Mann‹ dafür einsetzen können, Mann und seine Rückkehr zur Bestie. Er starrte mit zusammengekniffenen Augen und strengem Mund direkt in den Sonnenuntergang. »Jane, ich möchte Ihnen noch eins sagen. Ich hatte keine Ahnung, daß Sie hier sind, als ich Burt um meine Versetzung bat.«

»Würden Sie sonst nicht gekommen sein?« fragte sie.

»Ich weiß nicht.« Zögernd fuhr er fort. »Doch. Ich wäre gekommen, weil ich an der Waffe arbeiten wollte. Ich fühle einen inneren Zwang, daran zu arbeiten, aber —«

Er zögerte von neuem und so lange, daß sie statt seiner sprach. »Sie brauchen nicht weiterzureden. Ich verstehe. Sie brauchen sich nicht vor mir zu fürchten. Und ich werde mich nicht vor Ihnen fürchten. Wir sind an erster Stelle Wissenschaftler.«

Und mit diesen ruhig gesprochenen Worten ging sie vor ihm den Berg hinunter.

Abends, als er mit Helen beim Essen saß in einem Haus, das genauso aussah wie das, in dem sie in Tennessee gewohnt hatten, sagte er zu ihr:

»Du sollst wissen, daß ich nicht die Absicht habe, mit Jane Earl allein zu sein, während ich hier bin.«

Sie blickte bestürzt auf, und ihre Wangen röteten sich. »Oh, Steve, mußt du das sagen?«

»Ich möchte nur, daß du es weißt«, beharrte er.

Sie hatte das Bedürfnis, sanft, verständnisvoll zu sein, ein wenig zu lachen, alles, bloß nicht ernst sein. Aber dies war bitterernst, und sie wurde von einer lähmenden Angst befallen. »Warum fürchtest du dich, mit ihr allein zu sein?« rief sie. »Du liebst sie wohl.«

Er sah sie mit ehrlichem Kummer in seinen dunklen Augen an

und sagte: »Ich liebe sie nicht. Ich will sie nicht lieben. Ich möchte niemanden lieben außer dir.«

Sie sprang auf, rannte durchs Zimmer, stellte sich hinter ihn, wo er ihr Gesicht nicht sehen konnte, und legte die Arme um seinen Hals und ihr Gesicht gegen sein Haar.

»Oh, Steve«, flüsterte sie. »Du brichst mir das Herz.«

»Wir können es, weil wir es müssen«, sagte der General.

Er blieb keuchend am Rande einer Klippe oberhalb des Columbia-Flusses stehen. Er hatte in letzter Zeit stark abgenommen; seine Figur war fast schmuck oder hätte so gewirkt, wenn er nicht auf der einen Seite von ihm Burton Hall, knochig und hager, und auf der anderen der schlanke, elegante Starleigh gestanden hätten.

Die Männer verweilten einen Augenblick schweigend, um wieder zu Atem zu kommen. Es war wieder einmal Frühling, der Frühling von 1945, ein schöner Tag. Die Luft war milde im Tal, aber hier oben auf dem Berge wehte ein schneegekühlter Wind. Die jungen Blätter der Espen zitterten, doch die dunklen Tannen standen regungslos.

»Nachdem unsere Ingenieure Ihre Theorien nun erfaßt haben, Burt«, versicherte ihm Starleigh, »wird es nicht schwer sein. Wir treiben die Sache mit aller erdenklicher Macht voran, wie Sie sehen.«

»Tatsächlich«, gab Burt zu. »Ich komme mir vor, als sei ich gerade bei einem Stafettenlauf abgelöst worden.«

Der General bellte: »Bilden Sie sich nicht ein, daß Sie jetzt aufhören können, und vergessen Sie nicht, daß ich die Verantwortung für die weitere Entwicklung hier übernehme. Die Anlage in Tennessee ist für das große Ereignis einfach zu nahe bei der Zivilisation – zu viele Leute ringsherum und zu zugänglich. Deshalb habe ich mich für diese Wildnis entschlossen. Zweitausend Quadratkilometer – na, ich zähle diese beiden halbtoten kleinen Städte nicht mit. Das Gebiet ist halb so groß wie Rhode Island. Wir haben allerdings auch sechzigtausend Leute hier, aber sie sind geschützt, nicht wahr? Und seien Sie nicht zu stolz, Starleigh. Die Ingenieure der amerikanischen Armee haben auch eine gewisse Anerkennung verdient.«

»Natürlich, Herr General, natürlich«, räumte Starleigh ein. Trotz der Mittagssonne und des steilen Aufstiegs sah er kühl und elegant aus.

»Ich schwitze wie ein Pferd, Starleigh, und Sie sehen wie ein hübscher Eiszapfen aus«, grunzte Burton Hall. »Vergessen Sie nicht, Sie beide, daß die Wissenschaftler auch etwas damit zu tun gehabt haben.« Mit einer weit ausholenden Geste umschloß er die veränderte Landschaft.

Der General knurrte. »Ja, lauter Mutmaßungen! Wenn ich sie fragte, wie diese oder jene ihrer verflixten Ideen sich wohl verwirklichen ließe, erklärten sie, sie wüßten es auch nicht. Wir sollten nur drauflos bauen, dann würde es sich schon zeigen. Und wenn man gar erst versucht, sie zur Eile zu treiben! Einfach unmöglich. Kein Wunder, daß mir die Haare büschelweise ausfallen!«

Burton Hall verzog das Gesicht zu einem Lachen. »Sie hatten allerdings ihre Sorgen. Sie kamen zu mir und flüsterten mir ins Ohr: ›Wir wissen nicht, was aus dem Graphit im Meiler wird, wenn er monatelang den Neutronen ausgesetzt ist.«

»Und was haben Sie ihnen geantwortet?« fragte der General.

»Ich habe gesagt, ich wüßte es auch nicht. Die dauernde Bombardierung durch die Neutronen könnte die Struktur des Graphits verändern.«

»Und was dann?« fragte der General.

»Er würde Energie aufspeichern«, bemerkte Starleigh ruhig.

»Und?« Das rote Gesicht des Generals erbleichte.

»Er würde explodieren.«

Der General stöhnte entsetzt. »Burt, hat er recht?«

»Das Risiko müssen wir auf uns nehmen — es bleibt keine andere Wahl.«

»O Gott«, murmelte der General. »Worauf haben wir uns bloß eingelassen mit diesen Wissenschaftlern! Hilfe! Ich habe mir etwas aufhalsen lassen, das über Menschenkräfte geht . . . Na, mitgefangen, mitgehangen. Sie haben recht, Burt. Wir müssen uns auf jedes Risiko einlassen. Wir müssen zusammenarbeiten, wir drei. Das sehe ich schon . . . Außerdem haben wir ja diesen Fluß hier. Der liefert uns unbegrenzte Mengen kaltes Wasser. Es wäre vielleicht ganz gut, wenn wir eine wassergekühlte Anlage anstelle einer luftgekühlten hätten. Man muß mehrere Eisen im Feuer haben.«

Burton Hall ließ den General reden. Sein anfänglicher Ärger über den dicken Offizier hatte sich in Achtung verwandelt. Obwohl er geschwätzig und eigensinnig war, hatte der Mann doch Wunder vollbracht. Er war ein guter Administrator; ein Pedant in kleinen Dingen, eitel und herrschsüchtig, aber in großen Dingen großzügig.

»Nun«, meinte der General, »wir haben hier ziemlich lange Rast gemacht. Wir müssen wieder an die Arbeit.«

Aber sie blieben noch eine Weile stehen und blickten hinab auf die Atomstadt mit den drei riesigen Kernreaktoren, jeder von ihnen so hoch wie ein fünfstöckiges Gebäude, und den ausgedehnten, komplizierten chemischen Anlagen, die sie an den Ufern des mächtig dahinrauschenden Flusses gegründet hatten.

Auf der Mesa war der Winter wie in einer von reger Tätigkeit erfüllten Ferienstimmung vergangen. Die Männer und Frauen waren auf dem Zauberberg hinter Stacheldraht isoliert und von der Umwelt durch steile, gefährliche Straßen abgeschnitten. Innerhalb der Zitadelle der Wissenschaft schufen sie sich ihre eigene Welt. Sie machten Musik und bauten ein Theater, und wenn die gefährliche Arbeit des Tages vorbei war, veranstalteten sie aus dem Stegreif Tänze und Kostümbälle. Sie spielten mit Liebe und Tod. Die Männer waren durch Sicherheitsregeln und Schweigevorschriften zwangsläufig in eine enge Gemeinschaft getrieben, und die Frauen, die außerhalb standen, klammerten sich an die einzige Möglichkeit, die ihnen blieb, um den Kontakt mit der Männerwelt aufrechtzuerhalten. Ohne Vorhaltungen, ohne Kritik sahen die Männer zu, wie ihre Frauen mit anderen Männern Spaziergänge und Skiausflüge unternahmen und lange Abende am Kamin mit ihnen verbrachten, während sie selbst, in ihre Arbeit vertieft, im Labor saßen. Sie verziehen ihren Frauen alles.

So verzieh auch Stephen Coast seiner Frau; denn er war sich seiner eigenen Schuld — wie er es nannte — in Verbindung mit Jane Earl voll bewußt. Es war Liebe, das gestand er sich nun endlich ein, obwohl er ängstlich bestrebt war, sich nicht das Geringste davon anmerken zu lassen. Er wußte allerdings nicht, daß er sich mit jedem Blick und jeder Geste verriet. Er spürte, daß Jane ihm widerstand und ihm nach Möglichkeit aus dem Wege ging. Es gehörte zu ihren Pflichten, an jedem Dienstagabend für die neu angekommenen Wissenschaftler einen Vortrag zu halten, und er versäumte es nie, unter den Zuhörern zu sitzen; es war die einzige Gelegenheit, wo er sie ungestört anschauen konnte.

Auch Helen vermochte er nicht zu täuschen. An seine Zerstreutheit war sie ja gewöhnt. Aber dies war nicht die Zerstreutheit des Wissenschaftlers. Er war sich ihrer Gegenwart zu sehr bewußt und vergaß sie nicht wie sonst. Die fröhlichen Neckereien, die früher zwischen ihnen hin und her flogen, waren jetzt unmöglich. Sie wurde humorlos, ernst und höflich. Eines Abends, ärgerlich über die Veränderung, die mit ihr vorgegangen war, legte sie ihr Buch beiseite und fragte Stephen, der an seinem Schreibtisch saß:

»Magst du mich eigentlich so, wie ich jetzt bin?«

Er sah nicht auf von seinen Gleichungen.

»Wie bist du denn jetzt?«

»Hältst du eine Frage für eine faire Antwort?« entgegnete sie. »Aber vielleicht liegt eine versteckte Antwort darin. Siehst du keine Veränderung in mir?«

Er wandte sich abrupt um und blickte sie an. »Ich sehe tatsächlich eine Änderung. Aber wir haben uns wohl beide geändert. Einmal sind wir von Menschen umgeben, und zum anderen haben wir viel zu tun, ich mit dem Projekt und du mit deinen Familien. Ich bewundere dich mehr denn je und weiß, daß ich die Zufriedenheit, mit der meine Leute arbeiten, dir zu verdanken habe.«

»Wie steht es aber mit der Liebe zwischen dir und mir?« Sie stellte die Frage mit leiser, klarer Stimme.

»Alles, was ich tue, ist für dich, und wenn das nicht Liebe ist—«

Er sah ihre flehenden Augen, tief violette Augen, von schwarzen Wimpern umrahmt. Sie ist schöner denn je, dachte er. Aber was mag es sein, das sich zwischen einen Mann und eine Frau drängen und Schönheit unwesentlich machen kann?

Laut sagte er: »Ich bin froh, wenn dies alles erst vorüber ist. Dann baue ich dir dein Haus.«

»Wann wird es vorüber sein?« fragte sie.

»Es dauert nicht mehr lange. Noch ein paar Monate —«

Er brach ab — das war verbotenes Gelände — und wandte sich wieder seinem Schreibtisch zu. Es würde tatsächlich nicht mehr lange dauern. Das Material kam allmählich herein, und bald würde genug für den ersten richtigen Versuch vorhanden sein. Wieder und wieder prüfte er seine Berechnungen, während Helen bis tief in die Nacht hinein las. Sie wechselten kein Wort. Für das weitere Vorgehen in seiner Arbeit hatte Stephen die Wahl zwischen zwei Methoden. Die erste war sehr einfach, und für diese hatte er sich entschieden. Die zweite hatte ihm ein Engländer, Percy Hard, ein hervorragender junger Wissenschaftler, vorgeschlagen. Percy Hard war überdies ein guter Zeichner und Musiker. Beim letzten Konzert hatte er Tschaikowskijs erstes Klavierkonzert gespielt, und zwar mit einer so erstaunlichen Virtuosität, daß Helen überwältigt war. Hinterher war sie, völlig hingerissen, wie Stephen sah, zu dem jungen Wissenschaftler gegangen. »Noch nie habe ich jemanden so spielen hören«, hatte sie mit Tränen in den Augen gesagt, »und ich weiß nicht, ob ich froh oder traurig sein soll, daß ich mein eigenes Spiel aufgegeben habe.«

Stephen schob diese kurze Erinnerung beiseite und konzentrierte sich auf seine Arbeit.

Er versank in tiefes Nachdenken. Dann nahm er seine Feder und schrieb ein Memorandum an seinen Vorgesetzten.

»Nach meiner Ansicht fragt es sich nicht mehr, ob, sondern wie gut das ›gadget‹ funktionieren wird. Nach oberflächlicher Schätzung werden wir innerhalb von vier Monaten die schlimmste und tödlichste Waffe vollenden, die je von Menschenhand geschaffen wurde. Sie kann eine ganze Stadt zerstören. Ich bete, daß es nie dazu kommen möge. Aber der Präsident sollte davon in Kenntnis gesetzt werden . . . Es wird ihm Zeit geben, sich die Sache zu überlegen. Er braucht sie.«

Er verschloß den Umschlag und steckte ihn in seine Aktenmappe. Helen klappte ihr Buch zu. »Ich gehe zu Bett. Kommst du auch bald?«

»In einer Stunde.«

Kurz darauf vernahm er ihre Stimme von der Tür her.

»Steve –«

»Ja?«

»Hast du etwas dagegen, wenn ich wieder anfange zu musizieren – mit Percy Hard?«

Hatte er etwas dagegen? Er überlegte kurz. »Natürlich nicht«, sagte er. »Ich möchte dich wieder spielen hören. Ich habe es vermißt – etwas hat mir jedenfalls gefehlt.«

»Danke«, erwiderte sie kurz. Er hörte, wie sie die Treppe hinaufging, sich oben im Zimmer bewegte und zuletzt die Fenster öffnete.

Es war am darauffolgenden Morgen.

Stephen war gerade dabei, mit einem jungen Elektroingenieur ein fehlerhaftes Licht am Reaktor zu untersuchen, als er Jane seinen Namen sagen hörte. Betroffen über die beunruhigende Sanftheit in ihrer Stimme, drehte er sich um. Sie stand, die Hände in den Taschen ihres Labormantels vergraben, im Türrahmen.

»Kann ich Sie sofort sprechen?« fragte sie.

»Natürlich.« Er gab dem Ingenieur eine Anweisung und ging mit ihr zusammen den Korridor hinunter.

»Ich bin auf eine ziemlich erschreckende Möglichkeit gestoßen«, erklärte sie. »Ich möchte, daß Sie meine Berechnungen nachprüfen.«

»Sie sind die Theoretikerin, Jane.«

»Ich kann mich auch einmal irren«, entgegnete sie.

Sie schien so aufgeregt, daß er schwieg. Ihre dunklen Augen waren ungewöhnlich ernst und ihr Gesicht sehr blaß. Als sie in ihrem Labor waren, machte sie die Tür zu und schloß die oberste Schublade ihres Schreibtisches auf.

»Schließen Sie Ihren Schreibtisch ab?« fragte er erstaunt.

»Ja. Ich wollte, ich könnte jedem trauen. Aber das kann ich nicht. Ich bin zum Beispiel gegen Percy Hard mißtrauisch.«

»Percy Hard?!« rief er aus.

»Er will zuviel wissen«, erklärte sie. »Gestern zum Beispiel, als ich gerade an dieser Sache arbeitete, stand er plötzlich hinter mir und sah mir über die Schulter. Oh, er versuchte, der Sache einen scherzhaften Anstrich zu geben . . . aber reden wir nicht von ihm. Ich habe hier etwas Wichtigeres.«

Sie reichte ihm ein eng mit Zahlen beschriebenes Blatt. »Was halten Sie davon?« Er nahm die Seite und studierte sie sorgfältig. Dann stieß er voller Entsetzen hervor:

»Mein Gott, Jane –«

»Was sollen wir machen?«

»Wir können keine Entscheidungen treffen – das ist ja eine monströse Möglichkeit! Hat Percy diese Zahlen wohl verstanden?«

»Das glaube ich nicht.«

»Er ist auch ein guter Theoretiker.«

»Ja, aber was hätte er davon?«

»Er könnte irgendwo berichten, daß wir auf ein Hindernis gestoßen seien.«

»Es ist nicht nur unser Hindernis – es ist ein Universalproblem, das dem Feind genau so ins Gesicht starrt wie uns. Steve –«

Sie beugte sich zu ihm hinüber und fuhr im Flüsterton fort: »Wenn die Möglichkeit wahrscheinlich ist, könnte sie allen Einhalt gebieten – verstehen Sie?«

»Ja«, flüsterte er. »Aber wer soll das entscheiden?«

»Wir müssen es Burt sagen.«

»Das müssen wir wohl«, sagte er zaudernd. Er überlegte und zögerte dann nicht länger. »Wissen Sie, wo er steckt?«

»Immer noch in Vermont.«

»Ich dachte, es sollte nur ein Wochenende sein.«

»Der Arzt hat ihm verordnet, länger zu bleiben.«

»Das wußte ich nicht. Soll ich ihn anrufen?«

»Ja, ich werde die Verbindung herstellen lassen.«

Er wartete, während sie bis zu dem kleinen, abgelegenen See in Vermont vordrang, wo Burton Hall in einer Hängematte unter einem Ahornbaum schlummerte. Das Telefon läutete in der Küche, wo Mollie gerade eine Pastete backte. Sie wischte sich die mehlbestäubten Hände an der Schürze ab und ging an den Apparat.

»Sofort, Jane – wenn es wichtig ist.«

»Sehr wichtig«, kam es zurück.

Mollie ging mit ihren energischen Schritten zur Hängematte und und blickte auf den schlafenden Burt hinunter. Wie angegriffen er aussieht, dachte sie, und zehn Jahre älter durch all diese Aufregungen, und sie lassen ihn nicht einmal hier zur Ruhe kommen.

»Burt!«

Obwohl sie es ganz leise sagte, war er mit einem Satz aus der Hängematte.

»Du sollst nicht so schnell aufspringen – es ist nur Jane –«

»Hier?«

»Am Telefon.«

»Oh.« Er sank zurück und schloß die Augen. Dann raffte er sich auf und ging langsam in die Küche.

»Hallo, Jane –«

»Burt, Steve und ich haben hier etwas, das Sie unbedingt wissen sollten.«

»Sofort?«

»Ja. Wir kommen mit dem Nachtzug.«

»Ich hole Sie vom Bahnhof ab. Hier kommt nur ein Zug am Tage an – gegen Mittag.«

»Ja, Burt.«

Im Laboratorium, Hunderte von Meilen von dem See in Vermont entfernt, legte Jane den Hörer auf die Gabel und blickte auf ihre Uhr.

»Wir haben noch vierzig Minuten.«

»Wir müssen es schaffen«, erklärte Stephen. Sie trennten sich sofort und er raste in seinem alten Auto nach Hause. Dort fand er auf dem Küchentisch einen Zettel von Helen. *»Percy und ich proben im Gemeinschaftshaus. Essen im Ofen.«*

Er drehte den Ofen aus und kritzelte eine Notiz unter ihre. *»Muß Burt aufsuchen. Rufe aus Vermont an.«* Er zögerte und fügte dann hinzu: *»Ich liebe dich.«* Es war schon lange her, seitdem er zuletzt daran gedacht hatte, es ihr zu sagen.

»Allein kann ich die Verantwortung nicht übernehmen«, entschied Burt. Er verspürte ein plötzliches Unwohlsein und brachte den Wagen neben dem See zum Stehen. Ein Stückchen weiter stand ein Junge auf dem grasigen Ufer und fischte. Es war ein klarer, windstiller Tag, ein schöner Tag zum Fischen. Die mit sanftem Grün bewachsenen Berge ragten goldumrandet in den Himmel.

»Ich möchte diese Zahlen einmal selbst sehen, Jane.«

Sie nahm sie aus ihrer Aktentasche und reichte sie ihm. »Die Möglichkeit ist natürlich sehr gering, so gering, daß ich vielleicht nicht davon sprechen sollte. Aber nein, es ging nicht anders – schon der Gedanke, daß die intensive Hitze der Explosion den Wasserstoff der Meere und sogar der Luft in Flammen setzen, daß die Erde verdunsten könnte –«

»Hören Sie auf!« rief Burton Hall. Der Schweiß rann ihm über das Gesicht. Er riß sein Taschentuch aus der Tasche und wischte ihn ab. Irgendwo in den Wäldern sang ein Vogel drei Töne, flüssig und klar, und der Junge, der am Ufer stand und fischte, begann vorsichtig seine Leine aufzurollen. Der Tag war strahlend und unerträglich schön.

»Ich kann die Verantwortung nicht übernehmen«, wiederholte Burton Hall. »Wir müssen gemeinsam darüber entscheiden, alle miteinander –«

»Der General?« fragte Stephen.

»Nein«, erwiderte Burt. »Die Wissenschaftler.«

»Aber wie?« beharrte Stephen. »Was gilt als Kriterium? Ein wie großes Risiko dürfen wir eingehen? Sie müssen den Punkt festsetzen, über den wir nicht hinausgehen dürfen.«

Burton Hall antwortete nicht gleich. Er öffnete die Wagentür und stieg aus. Langsam schlenderte er zu dem Jungen und sah zu, wie er die Leine einholte. Am Ende zappelte eine Forelle, deren Schuppen wie Silber glänzten.

»Gut, mein Junge«, sagte er. »Die wiegt sicher ein paar Pfund!«

»Ja«, sagte der Junge und strahlte vor Freude.

Burton Hall kehrte zum Wagen zurück. »Wenn das Risiko auch nur drei Zehntel zu einer Million betragen sollte, werde ich es der Welt verkünden und die ganze Geschichte zum Stillstand bringen. Vorerst arbeiten wir weiter.«

Drei Monate später reichten hundert Wissenschaftler ihren Bericht ein. Das Risiko, daß die Erde durch die Hitze zur Auflösung gebracht werden konnte, betrug weniger als drei Zehntel zu einer Million. Burton Hall las den Bericht und ließ Stephen und Jane zu sich in sein Büro auf der Mesa kommen.

»Sehen Sie sich dieses an«, sagte er. »Was bleibt uns also übrig, als fortzufahren?«

»Nichts«, erwiderte Stephen.

Burton Hall wandte sich an Jane. »Sind Sie auch der Ansicht?«

Sie zuckte die Achseln. »Der Grund, der uns dazu treibt, ist falsch. Aber da er nun einmal besteht, bleibt uns wohl nichts anderes übrig. Alles ist von Anfang an falsch. Wir sollten dies nicht tun, wenigstens nicht für diesen Zweck.«

»Wir können jetzt nicht mehr aufhören«, brummte Burt.

Sie blickte von einem zum anderen. »Warum können wir nicht aufhören? Wie haben Sie uns überhaupt in diese furchtbare Situation hineingebracht?«

Plötzlich begann sie zu schluchzen. »Oh, Sie sind beide doch gute Menschen — wie konnte es also bloß geschehen?«

Sie lief aus dem Zimmer, und keiner von ihnen ging ihr nach. Burt faltete den Bericht, legte ihn in seine Schublade und schloß sie ab. »Wir wollen wieder an die Arbeit gehen, Steve«, sagte er.

Einen Monat später ereignete sich ein Unfall. Stephen hatte in seiner Gruppe lauter Mitarbeiter, die noch jünger waren als er. Unter ihnen befand sich auch ein waghalsiger Physiker namens Dick Feldman, ein leichtsinniger Experimentator, hervorragender Techniker und kühner Theoretiker. Von hundert glänzenden Ideen, die er hatte, waren neunundneunzig nicht zu gebrauchen, die letzte aber unentbehrlich. Immer wieder hatte Stephen sich versucht gefühlt, den jungen Mann nach Hause zu schicken. Aber im letzten Augenblick hatte dieser sich stets durch einen inspirierten Geistesblitz gerettet. Feldman, klein, bleich, zynisch, mit schwarzen, humorvollen Augen unter seinem stacheligen Bürstenschnitt, schien genau zu wissen, wann das Maß der Verzweiflung voll war. Jetzt hatte er für das Messen der Kettenreaktion ein so einfaches, so wichtiges Experiment erfunden, daß er für eine Weile sicher war, weil niemand anders sich daran wagte. Jane hatte Stephen als erste gewarnt.

»Es ist Ihnen ja wohl bekannt, was Dick Feldman tut?« fragte sie eines Tages, als sie sich im Korridor begegneten.

»Allerdings«, gab er höchst unwillig zu.

»Wenn Sie ihm nicht die Methode untersagen«, erwiderte sie, »wird er sich töten und alle anderen, die zufällig in seiner Nähe sind, ebenfalls.«

»Ich werde mit ihm reden«, versprach Stephen.

Jeden Tag wollte er Dick zu sich kommen lassen und ihn daran erinnern, daß ein Wissenschaftler kein Recht habe, sein Leben und das Leben anderer durch Fahrlässigkeit und Leichtsinn aufs Spiel zu setzen. Dann vergaß er sein Versprechen über der viel ernsteren Angelegenheit mit Percy Hard, die ihm wieder zu Ohren gekommen war. Es begann als ein leises, unbestimmtes Gerücht, das ihm durch einen einfachen Techniker zugetragen wurde, den Percy gelegentlich damit beschäftigte, von ihm erfundene Werkzeuge anzufertigen.

»Ich will nicht behaupten, daß er irgend etwas unternimmt, Herr Dr. Coast«, sagte der Mann, dem es unter seinem schütteren mausfarbenen Haar recht warm wurde. »Ich sage nur, daß mir diese Werkzeuge sehr merkwürdig vorkommen. Sie sehen aus, als ob er sie dazu benutze, um etwas darin zu verschicken.«

»Passen Sie von jetzt ab gut auf und berichten Sie mir über alles, was Ihnen verdächtig erscheint.«

»Ja, Sir. Ich möchte mich aber nicht in die Nesseln setzen. Die Engländer sind alle sehr empfindlich, nicht wahr? Und mächtig stolz, besonders diese Lords. Wie ich höre, ist dies ja einer. Stimmt's?«

»Sie würden sich noch viel schlimmer in die Nesseln setzen, wenn Sie etwas Verdächtiges nicht meldeten«, erwiderte Stephen barsch. »Daß er ein Lord sein soll, habe ich auch gehört. Aber damit kann er hier keinen Blumentopf gewinnen.«

Percy Hard! Stephen lehnte die Arme auf den Tisch und stützte den Kopf mit den Händen. Helen übte täglich mehrere Stunden für ein Konzert, und er hatte es sich angewöhnt, abends in seinem Büro zu bleiben, da das kleine Haus zu lärmerfüllt war. »Schöner Lärm natürlich«, hatte er sich bei Helen entschuldigt, »aber ich muß Ruhe haben. Wir nähern uns etwas Schrecklichem, und jeder Schritt muß richtig sein. Ich lebe in einem Zustande schärfster Konzentration.«

Sie hatte ihm sofort beigepflichtet. »Selbstverständlich. Ich verstehe. Denke nicht an mich.«

Die Worte waren heiter gesprochen, wie früher. Aber sie kamen jetzt zu ihm zurück mit einer anderen Klangfarbe. Nicht an sie denken? Seit Wochen und Monaten hatte er an niemanden gedacht. Der Mechanismus für die Bombe war fertig, man wartete nur noch auf die letzten Sendungen ausreichender Materialmengen von den beiden Werken. Und Percy Hard hatte Zugang zu den Plänen. Das stimmte. Es gab nichts, was er nicht wußte. Washington hatte ihn auf die Garantie der britischen Regierung hin für vertrauenswürdig erklärt, und hier auf der Mesa hatte man ihn ohne Argwohn aufgenommen. Die Methode der chemischen Trennung des Plutoniums war noch ein Geheimnis. Der General hatte angeordnet, daß diese Methode nicht mit den britischen und kanadischen Wissenschaftlern besprochen würde, und Percy Hard, das fiel ihm jetzt ein, war sehr ärgerlich darüber gewesen.

»Es ist eine allgemeine Zeitverschwendung, Steve, wenn Sie mich recht verstehen, besonders da wir in England an einer besseren Methode arbeiten, die wir Ihnen natürlich auch nicht verraten. Es ist in Wirklichkeit ganz leicht; jedes Land könnte es fertigbringen. Das Problem beginnt mit der Produktion, wenn Sie mich recht verstehen, und wer kann es schon in der Produktion mit euch Amerikanern aufnehmen? Erstaunlich, einfach erstaunlich, was Sie in kurzer Zeit geleistet haben. Aber das ist ja wohl ihre Stärke, wie? Schließlich stammen die meisten Ihrer grundlegenden Ideen doch von Ausländern, wenigstens in der Wissenschaft.«

Stephen hatte nachdenklich zugehört. Percy Hards Art zu reden bewirkte, daß er sich recht unbedacht und naiv vorkam. Was der Engländer gesagt hatte, stimmte in gewisser Beziehung, aber im Grunde auch wieder nicht.

»Ich habe keine Zeit für philosophische Betrachtungen«, hatte er erwidert.

»Sind aber sehr erbaulich.«

»Das will ich nicht abstreiten, und ich hoffe, daß ich eines Tages auch die Muße dafür finde.«

Der große und ungemein graziöse junge Mann hatte sich daraufhin erhoben. »Na ja, es ist eben Ansichtssache, wenn Sie mich recht verstehen ... Übrigens haben Sie eine charmante Frau, und sie ist äußerst musikalisch. Ein wundervoller Genuß, unsere musikalischen Abende — zu schade, daß Sie nicht dabei sein können.«

»Sie hat Freude daran«, war Stephens Antwort gewesen, »und ich bin Ihnen dankbar. Die Frauen haben es hier nicht leicht. Bewundernswert, wie sie sich mit allem abfinden.«

»Durchaus«, hatte Percy Hard erwidert und war gegangen.

Trotz allem konnte Stephen sich nicht vorstellen, daß ein Engländer dem Feinde etwas verraten würde. Außerdem zeigte es sich schon, daß Fermi hinsichtlich der Deutschen recht gehabt hatte. Es schwirrten Gerüchte herum, daß sie erledigt seien, falls man sich auf den Geheimdienst verlassen konnte. Wenn Deutschland die Waffen streckte, blieb nur noch Japan als Feind übrig, und von dorther war nichts zu befürchten außer einer fortgesetzten, brutalen Kriegsführung. Rußland? Die Russen waren Opportunisten und daher als Bundesgenossen zuverlässig. Sie würden schon zu den Siegern halten.

Um einen Teil der Verantwortung auf andere Schultern abzuwälzen, stattete er später am Tage seinem Vorgesetzten einen kurzen Besuch ab.

»Burt, ich habe Ihnen etwas zu berichten – Bericht ist allerdings zuviel gesagt, aber –«

Der erschöpfte resolute Mann, dessen Augen verschwommen waren aus Mangel an Schlaf, lehnte sich in seinem Stuhl zurück und hörte zu, während er langsam eine Zigarette rauchte.

»Ich kann es einfach nicht glauben, Steve«, sagte er zu guter Letzt. »Wir sind dem Ende zu nahe. Außerdem sind die Briten unsere Verbündeten, und wir können es uns nicht leisten, sie vor den Kopf zu stoßen.«

Er drückte seine Zigarette auf einem flachen Stein aus, der ihm als Aschenbecher diente, und kniff seine Unterlippe mit Daumen und Zeigefinger.

»Hören Sie zu. Ich werde die Verantwortung übernehmen und ihn unauffällig beobachten lassen. Vergessen Sie die Sache.«

Er drückte auf einen Knopf. »Danke, Steve«, sagte er und brach damit das Thema unvermittelt ab. »Übrigens ist die letzte Sendung von Tennessee angekommen. Sie bestellen am besten die anderen in Ihr Büro. Ich werde, sobald ich kann, auch erscheinen. Wir müssen entscheiden, wo der große Versuch stattfinden soll. Der General drängt mich sehr.«

Er nickte, und Stephen verließ ihn. Eine halbe Stunde später, als Stephen mit den Wissenschaftlern am Konferenztisch saß und auf Burton Hall wartete, läutete das Telefon. Er nahm den Hörer ab, während er noch zu seinen Kollegen sprach –

». . . den ersten Versuch sollten wir eigentlich in den nächsten zehn Tagen machen können –«

Er brach plötzlich ab. Janes Stimme ertönte aus dem Apparat – er hatte sich schon gewundert, wo sie wohl sein mochte. Seit dem Tage am See hatte er sie sehr vermißt und eigentlich erwartet, daß sie an der Konferenz teilnehmen werde; aber als sie nicht kam, wollte er nicht fragen.

»Stephen?«

»Ja?«

»Es ist ein Unglück passiert. Ein schreckliches Unglück. Dick Feldman.«

»Ja?«

»Er ist mit der Hand ausgerutscht, als er einem der jungen Wissenschaftler sein Experiment vorführen wollte. Die beiden Urankugeln berührten sich und bildeten eine kritische Masse.«

»Mein Gott!«

»Dick hat sie mit den Händen auseinandergebracht, um die beiden Männer zu retten, die bei ihm waren. Er ist schwer verletzt. Der eine, der vorne stand, ist ebenfalls verletzt. Der dritte ist davongerannt. Dick ist im Krankenhaus. Ich bleibe bei ihm. Ich wollte es Ihnen nur sagen, damit Sie wissen, warum ich an der Besprechung nicht teilnehme – und wo ich von nun ab sein werde . . . bis zum Ende.«

»Meinen Sie etwa –?«

»Für Dick besteht keine Hoffnung. Und er hat keine Angehörigen.«

Er legte den Hörer nieder. Stephen wandte sich an die Männer.

»Feldman hat einen Unfall gehabt. Ich muß sofort ins Krankenhaus. Es handelt sich um dieses verdammte Experiment, das er immer machte. Er hielt die beiden Hälften mit einem Schraubenzieher auseinander, und der Schraubenzieher ist ihm ausgerutscht.«

Die Männer begannen alle etwas zu murmeln.

»Das habe ich kommen sehen –«

»Ich habe ihn hundertmal gewarnt –«

»Ein Draufgänger –«

»Einer unserer besten Leute, wenn er nur Vernunft hätte.«

Stephen verließ den Raum, eilte durch die Gänge und fuhr in rasendem Tempo zum Krankenhaus. Dort herrschte eine erwartungsvolle Stille. Die Aufnahmeschwester war ganz verängstigt.

»Ja, Herr Dr. Coast. Er ist hier auf Zimmer zwölf. Fräulein Dr. Earl ist bei ihm. Sie hat ihn hergebracht. Sie machen Blutproben. Noch spürt er nicht allzuviel, aber sie hegen schwere Befürchtungen.«

Er ließ sie reden, eilte mit langen Schritten den Korridor hinab und öffnete die Tür von Nummer zwölf. Jane saß neben dem Bett, auf dem Dick Feldman lag. Er sah heiter, aber blaß aus.

»Hallo, Steve«, rief er. »Kommen Sie herein. Sie flicken mich hier zurecht. Lassen mir keine ruhige Minute.«

Jane sagte kein Wort. Sie studierte einen Bericht vom Labor. Als Stephen hereinkam, blickte sie auf und nickte, ohne zu lächeln.

»Was machen sie mit Ihnen, Dick?« fragte Steve. Er zog einen Stuhl ans Bett und setzte sich hin.

»Ungefähr alles«, entgegnete Feldman mit tapferer Haltung. »Meine Hände schmerzen ziemlich. Deshalb hat man sie in Eis gepackt. Ich habe den Stoff angefaßt – hätte ich wohl nicht tun sollen.«

»Tapfer von Ihnen«, murmelte Steve.

»Instinkt, reiner Instinkt«, sagte Feldman. Furcht und Erregung verschlugen ihm die Stimme. »Ich war vielleicht zu hastig, hatte mich nämlich mit einem Mädchen verabredet. Wir wollten in einem Indianerdorf ein Picknick veranstalten. Meine Ferien beginnen morgen, und ich wollte den anderen zeigen –«

Er hielt inne und atmete schwer.

»Der Schmerz wird schlimmer«, meinte Jane.

»Ja – in den Händen«, murmelte er.

Er blickte zu ihr empor. Schweiß stand auf seiner Stirn. »Mir ist übel«, flüsterte er. »Mir ist sehr übel.«

Sie hielt ihm eine Schale hin und blickte zu Stephen. »Rufen Sie die Schwester . . . ich muß mit Ihnen reden, Steve. Mit den Gammastrahlen werden wir fertig, aber die Neutronenstrahlen –«

Dick würgte wieder und erbrach neuerdings. Stephen lief aus dem Zimmer, um die Schwester zu suchen.

»Er fühlt sich ein wenig besser«, sagte Jane am nächsten Tage. Sie kam mit Stephen aus dem Zimmer, und sie gingen zusammen den Korridor hinunter.

»Hat sich der Arzt irgendwie geäußert?« fragte er.

»Wir machen immer noch Blutuntersuchungen, geben Penicillinspritzen, Blutübertragungen.«

»Wessen Blut?« wollte Stephen wissen.

»Meins«, erwidete sie. »Ich war gerade hier und habe die gleiche Blutgruppe.«

»Sie dürfen nicht mehr geben«, mahnte er streng. »Sie sind sowieso viel zu dünn geworden.«

»Das ist nicht wahr. Und ich werde noch mehr Blut spenden, falls es nötig ist. Seine Blutgruppe ist ungewöhnlich. Nicht so leicht aufzutreiben. Aber die Zeit mag zu kurz sein.«

»Das heißt –«

»Es kann sich nur noch um ein paar Tage handeln.«

»Das bedeutet –«

»Nicht mehr zu retten, natürlich. Die ganze Vorderseite seines Körpers ist verbrannt. Der Schmerz in seinen Armen kriecht weiter nach oben.«

»Und wie steht es mit den anderen?«

»Dem Mann, der davon lief, ist nichts passiert. Der andere wird sein Haar verlieren, jedenfalls auf einer Seite des Kopfes, und er braucht sich einige Monate lang nicht zu rasieren. Aber medizinische Behandlung wird ihn retten. Vielleicht wird er steril sein – das weiß ich nicht.«

»Hat er Kinder?«

»Ja – zwei. Er und seine Frau können von Glück reden. Ich darf nicht vergessen, nach seinen Zähnen zu fragen.«

»Zähne?«

»Ja. Wenn er Füllungen hat, werden sie radioaktiv sein und ihm den Gaumen verbrennen.«

»Was läßt sich dagegen machen?«

»Ausziehen.«

»Woher wissen Sie das alles?«

»Ich habe die Wirkung von Radioaktivität bei Ratten studiert, Steve. Es ist furchtbar. Und jetzt Dick Feldman . . . Wissen Sie, was Dick bevorsteht?«

Sie waren am Hauptportal angelangt. Vor ihnen lag die Sommerlandschaft der Wüste, und sie traten in den Sonnenschein hinaus. Hoch über ihnen, jenseits der Wolken, jenseits der Atmospäre, Dunkelheit und Raum, brannte die Sonne mit ewiger Energie, der Ur-Energie, die der Mensch einzuspannen und zu benutzen versuchte. Zu welchem Zweck? Sie war immer vorhanden gewesen – war sogar ein Bestandteil der Erde unter ihren Füßen. In dem Kiesboden, auf dem sie standen, steckte genug Atomenergie, um Kohlen und Öl überflüssig zu machen. Uralt war diese Energie, nur das Wissen über sie war neu. Und nun, wo man einen Augenblick die Gewalt über sie verloren hatte, zerstörte sie den Körper eines jungen Mannes.

»Was wird mit Feldman geschehen?« fragte Stephen leise.

»Er wird zerfallen. Große Blasen werden entstehen und platzen. Die Haut wird sich abschälen, Brand wird einsetzen, die radioaktiven Partikelchen in seinem Körper werden ihn verzehren. Seine Temperatur wird ansteigen, die weißen Blutkörperchen werden sich vermehren, und selbst das Mark in seinen Knochen wird verbrennen . . . Zuletzt wird er den Verstand verlieren.«

»Und Sie wissen das alles so genau«, murmelte er.

»Ich werde Dick nicht verlassen. Bis zum Ende werde ich bei ihm bleiben. Er hat ja sonst niemanden.«

Sie reichten sich die Hand, und er legte seine andere Hand über die ihre. »Ich wollte, ich könnte mit Ihnen bei ihm bleiben, Jane. Aber es geht nicht. Die Zeit für den großen Versuch ist festgesetzt. ›Punkt Null‹ ist da. Ich muß gehen.«

»Ich weiß.«

Ihre Blicke tauchten ineinander; dann trennten sie sich.

Während der nächsten Tage verließ sie das Krankenhaus nur, um schnell etwas zu essen und ein wenig zu schlafen, damit sie weiter wach bleiben konnte. Stunde um Stunde verbrachte sie bei dem sterbenden jungen Mann. Ärzte und Schwestern sorgten für den zerfallenden Körper, Wissenschaftler und Amtspersonen kamen und gingen, aber sie lebte in seinem Geist und in seiner Seele und half ihm, dem Tod ins Auge zu sehen. Er redete unaufhörlich mit ihr, nachdem die Bravourstimmung verflogen war. Ganz plötzlich hatte er die heldenhafte Fassung verloren, als er sie fragte, wie schlimm sein Unterleib und die Geschlechtsteile verbrannt seien.

»Ziemlich schlimm, Dick«, antwortete sie.

»Mein ganzer Körper fühlt sich heiß an. Trotz der Eispackung glühe ich. Ist es draußen heiß?«

»Es ist Juli, und es muß sehr heiß in der Wüste sein. Hier auf der Mesa weht ein trockener Wind, und die Nächte sind immer kühl, wie Sie wissen.«

Sie hatte noch nie bei einem sterbenden Menschen gewacht. Ihre Eltern lebten noch, und zwar in einem kleinen Haus an der Küste von New Jersey, durch eine Welt von ihr getrennt. Sie hatte sie schon vor langer Zeit bei ihrem Fortgang aus Indien verlassen, zwei nette Leute, die ein Kind zur Welt gebracht hatten, das sie nie verstehen konnten, ihr Vater lebhaft und praktisch, auf seine Art ein Pionier, prosaisch genug, um in Indien nur einen Arbeitsplatz zu sehen, und ihre Mutter eine gute Hausfrau. Unbekannte Gene ihrer bahnbrechenden Vorfahren waren aufs Geratewohl zusammengekommen und hatten ein Mädchen mit dem Verstand eines Mannes produziert. Und wie zornig war Jane immer gewesen, wenn man ihr sagte, sie habe den Verstand eines Mannes, als ob nur männliche Kinder solche Gene erben könnten! Ihre Eltern, die erkannten, was sie besaßen, hatten sie halb aus Angst wahrscheinlich zu früh sich selbst überlassen. Aber was sollten sie schon mit einem Kinde anfangen, das sich nicht für Geburtstagsgesellschaften interessierte und als junges Mädchen nicht mit Männern ausgehen wollte, weil diese sie langweilten. Zu guter Letzt war sie gar nicht mehr zu ihnen zurückgekehrt. Sie redeten nicht einmal dieselbe Sprache, und es war zwecklos und schließlich auch unmöglich, etwas vorzutäuschen, das nicht vorhanden war.

»Erzählen Sie mir etwas von zu Hause«, bat Dick. Es war spät am Nachmittag, und die Schatten der Berge fielen schon ins Zimmer. Dies war die schwerste Zeit, wenn die Nacht heranschlich und die Stunden bis zum Morgen sich ins Unendliche ausdehnten.

»Wir lebten in Almora, in Indien«, erzählte Jane. »In einem großen Hause, einem Bungalow, das von Veranden umgeben war. Eine Mauer umschloß das Anwesen, doch über die Mauer hinweg konnten wir die schneebedeckten Berge der Himalajaketten sehen.«

»Erzählen Sie mir von Ihrer Mutter.«

»Meine Mutter? Sie war sehr ruhig, sehr liebreizend. Mein Vater redete viel. Er baute Brücken und das erste Wasserkraftwerk. ›Wenn Indien nur seine Flüße ausnützen könnte‹, pflegte er zu sagen, ›brauchten die Leute nicht zu hungern.‹ Ich glaube, meiner Mutter gefiel es nicht in Indien. Sie hatte Heimweh nach ihrem eigenen Lande.«

»Ich kann mich an meine Mutter nicht erinnern«, sagte er. Er war jetzt die ganze Zeit über ruhelos, obwohl jede Bewegung ihm Schmerzen verursachte. Er war ganz auf Eis gelegt, und eine Eispackung lag auf seinem Magen. Sein Gesicht war rot, und seine Brust brannte wie Feuer. Sein blondes Haar fiel aus. Es war der dritte Tag.

»Wo sind Sie aufgewachsen?« fragte Jane sanft. Sie saß neben ihm, ganz dicht, und wünschte, sie könnte seine Hand halten. Aber seine Hände waren unförmig geschwollen, die Haut schälte sich, und aus den geplatzten Blasen floß der Eiter. Es gab keine Stelle, wo sie ihn berühren konnte.

»Im Waisenhaus«, erwiderte er. »Es war nicht so schlimm. Es gab reichlich zu essen. Wir wurden nicht mißhandelt.«

»Und wie kamen Sie dazu, Wissenschaftler zu werden?«

»Da war ein reicher alter Knabe, der zu unserer Kirche gehörte. Er hörte von mir und stiftete das Geld für meine Ausbildung. Aber er hat nie ein Wort mit mir gewechselt. Von der Universität schickten sie mich dann hierher anstatt in die Armee. Sie sind die einzige Wissenschaftlerin, die ich je gesehen habe — ich meine eine wirkliche Wissenschaftlerin, nicht eine von diesen jungen Dingern, die es lernen, die Schalttafel eines Reaktors zu bedienen. Brauchen ein Jahr, um es richtig zu können, wie ich höre . . . Glauben Sie, daß man die Bombe gebrauchen wird?«

»Nein«, meinte sie. »Sicher nicht. Ich könnte es nicht ertragen.«

Er begann zu fantasieren. »Ja«, sagte er mit lallender Zunge, »ich glaube aber doch. Hören Sie mal, ich habe furchtbare Schmerzen in der Brust —«

Tag und Nacht blieb sie bei ihm, bis zum Ende, als er von allem Möglichen fantasierte, aber nicht ein einziges Mal ein Geheimnis verriet. Tiefer als der Schmerz, tiefer als die Furcht vor dem Tode saß das Gebot der Verschwiegenheit. Er blieb jetzt ohne Betäubungsmittel, denn es gab keine feste Stelle mehr in dem sich auflösenden, brennenden Körper, in die eine Einspritzung gemacht werden konnte. In seinen Fieberreden hörte Jane das Rufen des Kindes, die Einsamkeit des Jungen und des Mannes, der nie gekannt hatte, was es hieß, zu lieben oder geliebt zu werden. Dies eine wenigstens hatte Indien ihr gegeben: die Fähigkeit zu lieben. Ob man verstand oder nicht verstand, man konnte immer noch lieben, wenn die Neigung zum Lieben eingeflößt worden war. Aber es war niemand gewesen, der in diesem Waisenkind die Liebe weckte.

Er starb am sechsten Tage, gerade, ehe der Morgen dämmerte, und ihr unbestimmter, mitleidsvoller Schmerz war das einzige, was er je an Liebe empfangen hatte.

Stephen Coast schlug den Mantelkragen hoch, schnallte den Gürtel enger und stieg aus dem Wagen. Der Regen fegte über die Wüste, und der Wind heulte.

»Merkwürdig«, meinte der Wachtposten, »höchst merkwürdig. Ein solches Gewitter habe ich noch nie im Juli erlebt. Um diese Jahreszeit ist es hier ungewöhnlich trocken.«

»Sehr merkwürdig«, gab Stephen zu.

Er führte die Gruppe der Wissenschaftler und hohen Offiziere über den nassen Sand. Blitze zerrissen die Dunkelheit. Ein Stahlturm glänzte für eine Sekunde auf und verschwand dann wieder in der Schwärze der Nacht. Weder Mond noch Sterne waren zu sehen. Am Fuße des Turmes blieb Stephen stehen. Ein Posten in Militäruniform reichte ihm ein Mikrofon, und er sprach hinein.

»Dieses hier ist der sogenannte ›Punkt Null‹. Sie werden natürlich nicht hier bleiben. Niemand wird hier bleiben. Ich wollte es Ihnen aber zeigen. Die einzelnen Teile des ›gadget‹ wurden von dem mehr als dreihundert Kilometer entfernten Laboratorium, wie Sie wissen, zum Hauptlager, sechzehn Kilometer von hier, gebracht. In den letzten vier Tagen haben wir dort in einem alten Farmhaus die Teile zusammengesetzt. Es ist eine Verzögerung eingetreten, weil gestern ein Blitz in diesen Turm eingeschlagen und eine Ladung TNT zur Explosion gebracht hat. Kein Grund zur Aufregung. Wir haben Maßnahmen getroffen, daß so etwas nicht wieder vorkommt. Wir haben drei Beobachtungsposten, die alle acht bis zehn Kilometer von diesem Turm entfernt sind. Bei jedem dieser drei haben wir hölzerne, von Betonmauern umschlossene Bunker gebaut. Außerdem sind sie noch durch Erdwälle geschützt. Der Posten im Süden ist der Kontrollstand. Am Hauptlager wird ein altes Reservoir als Ihr Beobachtungsposten dienen. Wenn der Augenblick der Explosion kommt, gerade bevor das Wort ›Null‹ gerufen wird, müssen Sie sich zu Boden werfen und das Gesicht fest auf die Erde pressen. Ein fünfter Beobachtungsposten befindet sich auf einem Berge, dreißig Kilometer von hier, und dort werden dunkle Brillen hinreichenden Schutz gewähren. Der Test ist auf vier Uhr morgens angesetzt. Es ist jetzt Mitternacht. Das Wetter mag einen Aufschub verursachen. Begeben Sie sich aber bitte schon jetzt auf Ihren Posten.«

Ein starkes Scheinwerferlicht fiel vom Turm herab auf die in Sturm und Regen zusammengedrängten Gestalten, aber die Helligkeit der Blitze wurde durch diesen gleißenden Azetylenschein kaum geschwächt, und der Donner rollte krachend durch die Wolken. Stephen hielt inne und wandte sich an Burton Hall, der unmittelbar neben ihm stand.

»Ist sonst noch etwas zu erwähnen?«

Burton Hall zögerte. Dann trat er ans Mikrofon. »Es gibt eine Stimme, die ich heute abend hier vermisse. Es ist die Stimme eines Mannes, dem ich nie begegnet bin, den ich nur auf dem Fernsehschirm gesehen habe. Aus irgendeinem Grunde fühle ich mich veranlaßt, Ihnen zu sagen, daß ich bei der Präsidentenwahl nie meine Stimme für ihn abgegeben habe. Ich stimme anscheinend immer für den falschen Mann. Sie wissen, wen ich meine. Er starb im April. Aber ich spüre, daß er hier ist, irgendwo auf uns herabsieht.«

Er schwieg. Der Regen tropfte vom Rande seines alten Filzhutes. Seine breiten Schultern glänzten in dem nassen Regenmantel. Er schien ungeheuer groß in dem scharfen Schatten . . . Eine dramatische Erscheinung, dachte Stephen und verspürte einen leisen Stich von Eifersucht beim Gedanken an Jane. Er kam sich jung und unzulänglich und entschieden prosaisch vor und spürte eine gewisse Traurigkeit. Was würde der Erfolg bedeuten?

»Wir müssen gehen, Burt«, sagte er. »Man erwartet Sie am Kontrollstand.«

Sie kletterten wieder in die Wagen und fuhren durch den stärker werdenden Regen nach den ihnen zugewiesenen Ständen. Stephen selbst blieb mit dem Chef der Militärpolizei im Turm neben der Bombe. Aber er hatte es abgelehnt, sie zur Explosion zu bringen. Nun, wo sie fertig war – ein erschreckend kleiner Gegenstand, verglichen mit den unbekannten, schrecklichen Gewalten, die sie auslösen mochte –, war er tief depremiert. In der Dunkelheit der Nacht und seiner eigenen Seele dachte er nur an Jane, als er die enge Wendeltreppe zu der Kammer im Turm emporstieg. Der Sturm tobte immer noch, und die Wolken hingen tief. Selbst der Morgen wollte nicht anbrechen. Der Himmel war pechschwarz und wurde nur hin und wieder von den jetzt schwächer werdenden Blitzen erhellt.

Um halb vier kam Bewegung in die Wolkenmassen. Da läutete das Telefon, und Stephen nahm den Hörer ab. Er hörte die Stimme des Generals.

»Das Wetter wird besser, nicht wahr?«

»Die Wolken ziehen«, erwiderte er.

»Ich habe mit dem Wetterwart hier gesprochen«, fuhr der General mit angestrengter, barscher Stimme fort. »Er meint, das Gewitter sei fast vorüber. Die gestrige Vorhersage lautete auf schönes Wetter, und er kann sich dieses Gewitter gar nicht erklären. Ich glaube, es wird wieder schön. Wir wollen den Test auf fünf Uhr dreißig verschieben.«

»Wir sind bereit«, sagte Stephen.

»Zwanzig Minuten vorher werden Sie anfangen, die Zeitsignale zu geben.«

»In Ordnung.«

»Sie werden um fünf Uhr hier am Kontrollstand sein.«

»Ich werde dort sein«, versprach Stephen.

Um vier Uhr sah er hin und wieder Sterne zwischen den Wolken auftauchen. Das Gewitter war vorüber. Ein seltsamer Konflikt zwischen Mensch und Universum, dachte er, während er seinen Geist über die ungeheure, dunkle Landschaft schweifen ließ; und vorübergehend war der Mensch Sieger. Der General mochte eigensinnig, vielleicht auch etwas beschränkt sein, aber er war nicht leicht zu erschrecken. Ein Gewitter war für einen Mann ohne Fantasie nichts weiter als ein Gewitter und kein Protest der Götter. Die Wolken trieben nun nach Südosten zu, und an großen schwarz-violetten Stellen des Himmels funkelten ein paar Sterne. In schwermütiger Wachsamkeit stand Stephen neben dem länglichen Objekt, das in seiner metallischen Hülle die Zukunft barg. In äußere und innere Dunkelheit gehüllt, war er nun jenseits von Furcht oder Verzweiflung oder Reue, und in der Dunkelheit sah er nur Janes Gesicht.

Wenn er die Explosion überlebte, würde er zu ihr zurückkehren und ihr seine Liebe gestehen. Nach dieser Stunde der Verzweiflung würde er sich nicht mehr verstellen. Mit ihr zusammen würde er der Wahrheit ins Auge sehen.

»Fünf Uhr, Sir«, meldete der Offizier. »Der Wagen wartet.«

»Du lieber Himmel, Sie haben mich aber erschreckt«, murmelte er, drehte sich um und stieg die enge Wendeltreppe hinab. Die anderen folgten.

Der Turm stand verlassen da in der Dunkelheit vor der Dämmerung. Der Himmel war jetzt fast klar; nur das Licht auf dem Turm, vor dem die Sterne verblaßten, schien jetzt über dem schwarzen Rand der Berge ringsum, als der Wagen die Wüste durchquerte. – Burton Hall empfing sie.

»Der General ist fort«, berichtete er. »Armeebefehl . . . Stellen Sie sich vor das Mikrofon, Steve. Wir haben noch zwanzig Minuten.«

Schweigend trat Stephen ans Mikrofon. Es war zehn Minuten nach fünf. Ein blasses Licht erschien hinter den östlichen Bergen, ein Hellerwerden des Himmels, das beinahe unwirklich war. In marmorner Ruhe stand er unbeweglich hinter dem Mikrofon. Er hatte das Gefühl, als sei er tot. Aber er sprach; die Augen auf die Uhr gerichtet, sagte er die Zeit alle fünf Minuten und dann jede Minute an. Die Minuten waren endlos.

»Drei Minuten.«

»Zwei Minuten.«

Nun brach die letzte Minute an, und er begann die Sekunden abzuzählen. »Noch fünfundvierzig Sekunden.«

In dieser Sekunde berührte jemand den Hebel, der den Mechanismus in Gang setzte, ein kompliziertes Getriebe, das er immer wieder während der letzten vier Tage ausprobiert hatte. . . . War Feldman wohl schon tot? Hielt Jane noch Wache und zählte die Sekunden mit ihm? Er war bei zehn angelangt.

Jetzt ließ es sich nicht mehr aufhalten. Der Mensch hatte seine Macht aus der Hand gegeben, der Robot nahm seine Stelle ein. Stephen trat vom Mikrofon zurück. Ein Lichtstreifen schoß in den Himmel und verbreitete sich in einen grünlichen, flackernden Schein, der die Landschaft fahl aufleuchten ließ. Eine zweite Rakete, und wieder dieses fahle Licht über Wüste und Bergen. –

»Null minus drei!« In einem flüchtigen Augenblick der Dunkelheit sah er, wie der östliche Himmel sich durch den Sonnenaufgang erhellte.

»Null minus zwei –«

»Null minus eins.«

In diesem Augenblick wandte er sich ab und sah, wie der ganze Himmel von einem blendenden Licht erfüllt war. Berge, meilenweit entfernt, erschienen zunächst schwarz und traten dann in dem versengenden Licht strahlend hervor. Farbe ergoß sich über die Landschaft: Gelb, Purpur, Karmesin, Grau. Jede Gebirgsfalte sprang in kühn geschwungenen Linien vor, jedes Tal lag enthüllt, jeder Gipfel war klar umgrenzt. Plötzlich wurde die Erde von einem gewaltigen Donnern erschüttert. Stephen war wie betäubt. Wie von mächtiger Hand gefällt, schlug er zu Boden. Eine Weile lag er wie gelähmt da. Dann raffte er sich wieder auf. Am anderen Ende des Raumes lag Burton Hall auf Händen und Knien.

»Seht«, rief irgend jemand. »Seht nur – seht –«

Sie sahen. Eine Wolke, so ungeheuer wie die Wüste selber, erhob sich von der Stelle, wo der Turm gestanden hatte, eine brodelnde, schwellende, vielfarbige Wolke. Sie verschlang jede andere Wolke und stieg zum Zenit empor. In tiefstem Schweigen starrten sie alle auf die ungeheuerliche, sich langsam bewegende Masse, die sie losgelassen hatten. Sie starrten gebannt, sprachlos, bis die Farben verblaßten und die Masse grau wurde. Sie sahen zu, wie die Winde an ihr zerrten, sie in Stücke zerrissen und über den Erdball verstreuten. Dann sprach Burton Hall.

»Der Turm ist verschwunden.«

Stephen wandte sich um. Burt blickte durch das Teleskop.

»Er existiert nicht mehr.«

Stephen entriß ihm das Fernrohr und suchte die Wüste in zehn Meilen Entfernung ab. Der Turm war in Dunst aufgegangen, und die Wüste unter ihm war geschmolzen, hatte sich in ein grünes, gläsernes Meer verwandelt, das im Sonnenlicht glitzerte.

»Wir haben's geschafft«, rief Burt, und seine Stimme überschlug sich fast. »Wir haben's geschafft – wir haben es geschafft!«

Er legte den Arm um Stephens Schulter und lachte und weinte zugleich.

»Ein neuer Himmel«, schluchzte er. »Ein neuer Himmel und eine neue Erde – wie in der Offenbarung!«

»Ein neues Zeitalter«, sagte Stephen traurig. »Ist es aber ein Himmel?«

VIERTER TEIL

Das Gewitter hatte die Luft abgekühlt. Die unerträgliche trockene Hitze der letzten regenlosen Wochen war verschwunden. Ein sanfter, feuchter Wind wehte durch die offenen Fenster. Jane erwachte in ihrem Schlafzimmer in dem kleinen Haus aus getrockneten Lehmziegeln am Fuße der Mesa und dachte über den Tag nach. Sie war gestern abend spät zu Bett gegangen, da sie nicht schlafen konnte. Die Nacht des großen Ereignisses! Eigentlich hätte sie dabei sein müssen, zusammen mit Steve und Burt und den anderen Männern. Sie hatte eine große Gelegenheit verpaßt, wie Burt sagte. –

»Mädchen, Sie sind keine Wissenschaftlerin, wenn Sie sich dieses Ereignis entgehen lassen können!«

Erst vorgestern hatte er ihr das an den Kopf geworfen, während sie die wachsende Hitze des neuen Reaktors maßen.

Sie hatte zuerst eine Weile darüber nachgedacht, bevor sie antwortete. »Ich kann nicht mitkommen, Burt. Dick Feldman wird dann gerade beerdigt, und außer mir ist niemand da, der ihm das letzte Geleit gibt. Sie werden mich nicht vermissen. Auch bin ich gar nicht ganz sicher, ob ich das große Schauspiel sehen möchte.«

»Laßt die Toten die Toten begraben«, hatte er erwidert und dann, als er ihren entsetzten Blick sah, hastig hinzugefügt: »Das steht in der Bibel.« Dann hatte er weiter gedrängt. »Sie sind doch in erster Linie Wissenschaftlerin, nicht wahr? Das erzählen Sie mir wenigstens immer, wenn ich mal einen milden Annäherungsversuch mache!«

Sie hatte darauf nichts geantwortet. Wer konnte wissen, was sie war? Sie wußte es selbst nicht. Sie war ganz konfus. Wer hätte je gedacht, daß ihre jugendliche Freude an der Mathematik sie zu dieser Mesa führen würde, die am Rande eines uralten Vulkans lag? Die reinste Ironie, daß der moderne Mensch die Katastrophe jener alten Explosion nachahmte!

Von plötzlicher Ruhelosigkeit ergriffen, richtete sie sich im Bett auf. Sie hätte in diesem Augenblick eigentlich auf der Mesa sein sollen. Dort würde sie jetzt wissen, ob es ein Erfolg war. Das war natürlich ein Geheimnis, aber vor ihr gab es keine Geheimnisse – ein einsamer Zustand für eine Frau, dachte sie, die einzige ihres Geschlechts zu sein, die in die Geheimnisse der Männer eingeweiht wurde. Sie hätte stolz sein müssen und war es nicht. Die Verantwortung war fürchterlich ... Vielleicht hatte das Gewitter den Test verschoben. Vielleicht war er mißglückt ... sie wollte nicht weiterdenken.

Schnell sprang sie aus dem Bett, nahm ein Bad und bürstete ihr Haar. Wie immer, wenn sie allein war, wickelte sie einen indischen Sari aus grüner Seide geschickt um ihren schlanken, frischgewaschenen Körper. Nichts war so bequem wie ein Sari. Schon als Kind hatte sie ihn getragen, und immer, wenn sie ihn anhatte, fühlte sie sich entspannt.

Der Morgen war herrlich nach dem Gewitter. Die Wüste war wieder gewässert. Jane summte glücklich vor sich hin. Hatte das Leben einer Frau immer zwei Seiten? Hier war jedenfalls die angenehme Seite, die aus einem wenn auch winzigen Hause, einer kleinen Küche und einer Steinterrasse bestand. Sie würde auf der Terrasse frühstücken. Sie setzte den Kessel auf und war gerade dabei, Apfelsinen auszudrücken, als sie Stephens Stimme an der Tür hörte. Ungläubig stand sie da. Wie konnte es Stephen sein? Heute, zu dieser Stunde?

Sie flog an die Tür und sah ihn verstört und sturmzerzaust vor sich stehen.

»Warum sind Sie hier?« fragte er. »Warum haben Sie die Mesa verlassen?«

»Ich habe sie nicht verlassen«, erwiderte sie empört. »Wie können Sie das nur von mir denken?«

Er trat mit steifen Schritten ins Zimmer und legte seinen Mantel ab. »Sie haben doch die Mesa verlassen. Ich war gerade dort.«

»Ich habe den Schlafsaal der Frauen verlassen, weiter nichts. Ich konnte nicht dahin zurückkehren. Nach Dicks Beerdigung mußte ich allein sein. Und da entdeckte ich, daß dieses kleine Haus zu vermieten war. Das war erst von zwei Tagen – es kommt mir vor, als seien es Wochen. Das Haus gehört einem Künstler – er ist nach New York gefahren, um eine Ausstellung zu veranstalten. Da habe ich es einfach übernommen.«

»Mein Gott«, flüsterte er. »Es ist zu einfach. Sie sind in einem Haus, ganz allein. Als ob es – geplant sei!«

Er setzte sich auf einen Küchenschemel und starrte sie an.

»Was meinen Sie damit?« fragte sie. »Geplant für was?«

»Für das, was ich Ihnen zu sagen habe.«

»Haben Sie schon gefrühstückt?«

»Nein. Ich habe seit zwei Tagen nichts gegessen – konnte es einfach nicht . . . Wissen Sie nicht, was geschehen ist?«

»Nein, ich habe das Labor benachrichtigt, daß ich drei Tage nicht kommen würde.«

»Wollen Sie es nicht wissen?«

»Nur eins – war es ein Erfolg?«

»Ja, ein überwältigender.«

»Erzählen Sie mir nichts mehr – nicht jetzt. Waschen Sie sich erst einmal. Dort ist das Badezimmer.«

Er stand auf und schleppte sich durch den Raum, während sie ihn beobachtete. Irgend etwas war ihm zugestoßen – etwas anderes als Erfolg . . . Es war also ein Erfolg gewesen! Sie wünschte, es wäre nicht gelungen. Das würde ihnen mehr Zeit geben – mehr Zeit wofür? Mehr Zeit – oh, Schluß damit!

Sie füllte eine Karaffe mit Orangensaft und deckte den Tisch auf der Terrasse für zwei. Die Sonne stand schon hoch am Himmel, aber dies war die Westseite des Hauses, und die Terrasse führte zu einem kleinen Wüstengarten mit Kakteen und einem runden Teich. Die Luft war noch kühl, aber in einer Stunde schon müßte sie das Haus vor der Tageshitze verschließen. Dann würde sie wieder zu ihrer Arbeit auf der Mesa zurückkehren. Sie stellte Toast, Eier und Speck, ein Glas englische Marmelade zurecht, und plötzlich kochte der Kessel und kreischte. Ganz erschrocken setzte sie ihn hastig beiseite. Welcher Mann hatte wohl einen pfeifenden Teekessel zum Ärger der Frauen erfunden? Sie konnte sich immer noch nicht an die amerikanische Lebensweise gewöhnen. Ihre Kindheit in Indien war angenehm gemacht worden durch viele Diener, die leise sprachen und leise gingen – das erinnerte sie daran, daß sie selbst noch barfuß war, und der Künstler hatte sie doch vor giftigen Spinnen gewarnt. Sogar Taranteln sollte es hier geben.

Sie blickte umher, sah aber keine Spinnen, und die Steine waren so schön kühl. Stephen kam aus dem Bad und sah selbst in seinem verstaubten Hemd sauber aus. Sie lächelte ihm zu.

»Das ist schon besser. Setzen Sie sich. Ich habe Hunger. Jetzt wird nicht geredet, sondern gegessen.«

Mit einem Seufzer der Erleichterung nahm er Platz. Sie goß Orangensaft in hohe grüne Gläser und setzte sich ihm gegenüber.

»Darf ich fragen, was Sie da anhaben?« erkundigte er sich.

Sie lachte. »Das sei Ihnen gestattet. Es ist ein Sari. Ich trage ihn, wenn ich zu Hause bin. Dieses Haus ist ein Zuhause geworden. Das war es eigentlich sofort, als ich die Schwelle überschritt. Ich habe das Gefühl, als sei ich immer hier gewesen. Vielleicht kommt es daher, weil die Dorfhäuser in Indien auch aus Luftziegeln gebaut sind.«

»Der Sari steht Ihnen gut, ist auch wohl sehr bequem.«

»Ja.«

Die Unterhaltung ruhte eine Weile, während er heißhungrig aß. Sie goß ihm Kaffee ein, eine Tasse, zwei Tassen und schließlich noch eine dritte, machte drei Eier für ihn mit knusprig gebratenem Speck und setzte ihm dann Toast und die Orangenmarmelade vor. Endlich lehnte er sich seufzend zurück.

»Ich benehme mich schandbar.«

»Es freut mich, daß es Ihnen schmeckt.«

Er schob Teller und Tasse beiseite. »Nun rede ich.«

Sie hielt sich die Hand über die Ohren. »Nein, bitte nicht, ich werde den ganzen Morgen oben auf der Mesa davon hören. Sie werden einen Bericht abfassen. Die Zeitungen drucken eine kleine

Notiz: ›Erfolgreicher Versuch in der Wüste von Nevada.‹ Und die Welt hat sich geändert. Die Menschen wohl auch?«

»Was ich zu sagen habe, ist nur für Sie ... und es stimmt, die Welt hat sich geändert, jedenfalls für mich.«

Sie ließ die Hände sinken. Ihre Blicke trafen sich. Er tastete nach seiner Pfeife und zündete sie an. »Und bitte, unterbrechen Sie mich nicht, Jane. Wenn ich fertig bin, können Sie reden. Ich bitte Sie nur zu verstehen, daß dies nichts Plötzliches ist. Die Erleuchtung ist mir allerdings blitzartig gekommen, aber es begann schon vor langer Zeit. ›Punkt Null!‹ Ein großer Blitz am Ende, aber vier Jahre Vorbereitung. Nun, bei mir ist es dasselbe ...«

Sie war ganz still geworden und so ängstlich wie ein Reh im Walde. Er sah sie nicht an, sondern wandte sich ab und blickte zu dem runden Teich hinüber, auf dem die Strahlen der langsam über das Dach kriechenden Sonne spielten.

»Da ich ein Wissenschaftler bin«, meinte er, »muß ich wohl wissenschaftlich an die Sache herangehen. Vielleicht begann die Vorbereitung für ›Punkt Null‹ schon vor Jahren, als ich Helen begegnete und mich in sie verliebte. Ja, ich war verliebt, aber der Wissenschaftler in mir stand abseits und stellte sozusagen eine Untersuchung an. Frage: Gegeben ein Wissenschaftler, reiner Theoretiker — wieviel menschliche Kameradschaft braucht er? Sollte er eine Wissenschaftlerin heiraten? Manche von uns tun das, manche nicht. Ich suchte die Männer auf, die ich am besten kannte, und ohne meinen Fall zu erwähnen, fragte ich sie — es waren im ganzen sieben —, ob sie mit den Frauen, die sie geheiratet hatten, zufrieden seien. Sechs von ihnen hatten keine Wissenschaftlerin geheiratet. Von diesen sechsen hielten vier zu ihren Frauen. Sie seien glücklich, erklärten sie. Ihre Frauen sorgten für die Kinder und das Haus und hielten allen Kleinkram von ihnen fern. Mein Gott! —«

Er brach plötzlich ab und starrte sie an.

»Was ist los, Steve?«

»Gerade fällt mir ein, daß ich die Frauen gar nicht gefragt habe, wie sie sich dabei fühlten! Dabei bildete ich mir ein, eine gute Untersuchung angestellt zu haben!«

Sie lächelte, obwohl ihr das Herz sehr schwer war. »Macht nichts, Steve. Ich habe nicht von Ihnen erwartet, daß Sie an die Frauen denken würden. Weiter, bitte.«

»Die anderen beiden von den sechsen waren nicht ganz sicher. Einer davon sagte, er denke so manchesmal, wie wunderbar es doch sein müßte, wenn man mit einer Frau über alles reden könnte. Es gäbe so viel in seinem Leben, das er ihr nicht zu erklären vermöge, und das beeinflusse sogar sein Geschlechtsleben, wirke oft hemmend. Und dann regte sie sich auf. Ich weiß jetzt, was er meinte. Damals verstand ich es nicht.«

»Steve, wie war es denn bei dem siebenten Mann?«

»Zu dem komme ich gerade . . .«

Er klopfte die Asche aus seiner Pfeife und füllte sie langsam und nachdenklich wieder. »Der siebente Mann sagte mir, er hätte nie ein Mädchen heiraten können, das nur Frau gewesen wäre; denn er sei ja auch nicht nur Mann. Er habe Wissenschaftlerin und Frau geheiratet. Die richtige Frau natürlich, aber auch die Wissenschaftlerin.«

»Madame Curie«, warf Jane ein.

»So etwas Ähnliches«, gab Stephen zu. »Nur habe ich den Eindruck, daß sie es war, die den richtigen Mann plus Wissenschaftler geheiratet hat.«

»Natürlich«, sagte Jane mit drolliger Empörung. Er sah sie an und mußte lachen. Dieser Blick war gefährlich. Jane erhob sich, um die Kaffeekanne von neuem zu füllen.

»Ich weiß nicht recht, ob ich wünschen soll, daß Sie in Ihrer Rede fortfahren«, sagte sie unsicher, während sie ihm den Rücken kehrte.

»Ich fahre fort«, erwiderte er mit fester Stimme. »Bei jenem ›Punkt-Null‹-Blitz, in dem Himmel und Erde zu einer großen Wirklichkeit verschmolzen, sah ich nur Sie, Jane. Und ich bin sofort zu Ihnen gekommen. Ich war nicht zu Hause bei Helen. Im Büro sagte man mir, Sie seien hier. Ich stieg in den Wagen und fuhr wie der Teufel – zu Ihnen.«

Mit zitternden Händen riß er ein Streichholz an. »Alles, was ich in diesen ganzen Monaten – Jahren –, seitdem ich Sie zuerst gesehen habe, in mir unterdrückt und aufgespeichert hatte, wurde durch jene große Explosion befreit. Ich kann es nicht erklären. Vielleicht hatte die ganze Spannung etwas damit zu tun. Jedenfalls bin ich hier. Die Spannung ist vorbei. Ich weiß, was ich will. Völlige Kameradschaft. Dich.«

Sie wußte nicht, was sie darauf erwidern sollte. Es entstand ein tiefes Schweigen zwischen ihnen, ein mitteilsames Schweigen. Sie brach es schließlich, ohne ihn dabei anzusehen.

»Wir sind keine Kinder mehr.«

»Da hast du recht«, stimmte er ihr zu.

»Ich bin nicht gebunden, aber du –«

»Nicht an Burton Hall?«

»Nein . . . nicht so, wie du annimmst.«

»Ich habe den Eindruck, daß er in dich verliebt ist. Vielleicht geht es ihm genau so wie mir.«

»Wir wollen jetzt nicht von ihm reden.«

»Na schön.«

»Aber du bist gebunden, Steve . . . und ich mag Helen gern. Sie liebt dich. Ich will sie nicht verdrängen. Das habe ich nicht nötig. Ich bin Wissenschaftlerin – nicht nur Frau. Ich habe etwas, das mir gehört. Sie nicht.«

Er stand plötzlich auf und ging die Terrasse auf und ab. »Ich weiß nicht recht. Sie und Percy Hard –«

»Nicht doch. Sie ist deine Frau.«

»Als Mann habe ich ihr nicht viel geboten. Sie wünschte sich immer ein Haus und Kinder. Jetzt spricht sie nicht mehr davon. Sie hat sich wieder in ihre Musik vertieft – mit Percy Hard.«

»Bist du dessen sicher?«

»Ja ... Und – es macht mir nichts aus. Vielleicht ist jetzt alles unwichtig.«

Er blieb neben ihr stehen. »Warum denkst du nur an sie? Warum nicht an mich?«

»Oh, Steve – du bist ein Wissenschaftler. Du hast auch etwas Eigenes.«

»Ihre Musik zählt nicht in deinen Augen?«

»Nein. Sie hat sie doch aufgegeben, als sie dich heiratete, nicht wahr?«

»Ja, ich glaube.«

»Dann ist es nichts Eigenes – nicht richtig. Denn sonst hätte sie sie nicht aufgegeben. Das ist der Kummer mit den Frauen – so wenige haben etwas, auf das sie zurückfallen können.«

»Um Gottes willen, fange nicht an zu philosophieren – nicht gerade jetzt. Jane – küsse mich. Küsse mich –« Er zog sie an sich.

»Oh, Steve –«

Er war unwiderstehlich. Und es war so lange her, seit sie das Verlangen gehabt hatte, einen Mann zu küssen. Er hielt sie in den Armen, und sein Mund lag auf ihrem Mund, erst süß und warm, dann aber küßte er sie mit unbändiger Leidenschaft. Am ganzen Körper bebend, gab sie sich seinen Küssen hin – sie konnte nicht anders, es war so wunderbar, sich von derselben Begeisterung hinreißen zu lassen. –

Er löste sich endlich von ihr und preßte ihren Kopf an seine Brust, während er das Gesicht in ihren Haaren verbarg.

»Verstehst du mich nun?« fragte er.

»Ja«, flüsterte sie an seinem Herzen.

»Dann ist alles gut. Ich werde mit Helen sprechen.«

Sie wich zurück. »O nein, Steve –«

»Aber das muß ich tun, Jane. Wie soll ich mit ihr im selben Hause leben und ihr nichts davon sagen? Ich kann mich nicht verstellen.«

Händeringend flehte sie ihn an. »Bitte, sage es ihr noch nicht. Es ist zu schnell.«

»Aber, mein Liebling, bist du nicht sicher, daß du mich liebst?«

»Doch, doch. Dessen bin ich sicher. Das ist nicht der Grund.«

»Was hast du dann aber?«

»Es gibt so manches, was wichtiger ist als Liebe.«

»Nein, es gibt nichts Wichtigeres.«

»Oh, doch.«

Sie versuchte ihn anzulächeln, aber dicke Tränen hingen an ihren Wimpern. »Gib mir Zeit, Steve. Ich habe die Explosion nicht miterlebt . . . ich war nicht am ›Punkt Null‹ . . .«

Er sah sie einen Augenblick lang an. »Also gut. Ich lasse dir Zeit. Aber ich werde mich nicht ändern — nie.«

Er nahm seinen Mantel vom Stuhl und ging aus dem Hause.

»Oh«, stöhnte sie leise, als sie allein war. »Oh — oh — was soll ich tun? Was soll ich nun machen?«

Sie stand eine Weile in den Anblick des Wüstengartens versunken. Dann eilte sie in ihr Schlafzimmer, wo sie den Sari gegen ihre alltägliche Kleidung vertauschte. Sie hatte das Verlangen, so rasch wie möglich ins Labor zu kommen. Zurück, zurück zur Arbeit, zur gesegneten Arbeit, wo sie nur an kosmische Kräfte zu denken brauchte und nicht an diese glühende Flamme in ihrem eigenen Herzen.

»Na«, fragte Helen, »was ist denn mit dir los?«

Die Worte waren so kalt wie die Nacht auf der Mesa, obwohl sie scherzhaft geäußert wurden.

»Ich bin wohl etwas müde«, erwiderte Stephen. »Ich habe nicht—«

»Du hast den ganzen Nachmittag geschlafen.«

»Das ist nicht dasselbe, als wenn man nachts schläft.«

Sie kletterte aus dem Bett und zog ihr Nachthemd an. Dann setzte sie sich vor den kleinen Frisiertisch, drehte das Licht an und begann ihr Haar zu bürsten. Vom Bett aus beobachtete er ihr Gesicht im Spiegel. Er ließ sich durchaus nicht täuschen durch das scheinbare Aufgehen in ihrer Beschäftigung oder durch ihr Schweigen.

»Ich glaube, ich gehe nicht wieder zu Bett«, erklärte sie im selben liebenswürdigen Tonfall.

»Es ist aber erst zwei Uhr«, meinte er.

»Zwei Uhr oder zehn Uhr — was macht es schon aus?«

Er schlug die Bettdecken zurück und zog die Kordel seines Pyjamas fester.

»Du hast anscheinend kein Verständnis für das, was ich durchgemacht habe.«

»Sage nur ruhig, ich verstehe dich nicht.« Sie feilte langsam und sorgfältig ihre Fingernägel. Zum Klavierspielen mußten sie jetzt kurz sein. Das öffentliche Konzert war ein sehr großer Erfolg gewesen, aber das hatte sie Stephen gegenüber nicht erwähnt, weil er vergessen hatte, danach zu fragen. Percy hatte zu ihr gesagt: »Wir sollten eine Konzertreise machen, du und ich, Darling. Wir würden eine Sensation sein. Zu dumm, daß ich ein Wissenschaftler bin, wenn du weißt, was ich damit sagen will.«

»Na schön«, sagte Stephen. »Dann verstehst du mich also nicht.« Ihm war plötzlich kalt, und er zog sich seine Pyjamajacke an.

»Ich behaupte, daß niemand einen Wissenschaftler verstehen kann.« Sie trug jetzt einen rosa silbrigen Nagellack auf.

Darauf gab er keine Antwort. Statt dessen trat er an das breite, niedrige Fenster und zog die Jalousien hoch. Über dem Kamm des alten, toten Vulkans hing der Mond, schief, kalt und klar.

Sie blickte scharf zu ihm hinüber. »Oder hast du jemanden gefunden, der dich doch versteht?«

Wieder sagte er nichts darauf. Er mußte sich zusammennehmen, Jane Zeit lassen. Er durfte sie nicht verraten. Aber seine Gereiztheit ließ sich nicht so leicht unterdrücken.

»Aber vielleicht hast du jemanden gefunden, der dich verstehen kann«, sagte er nach einer Weile.

»So, jetzt wird *tu quoque* gespielt, ja?«

»Ist es denn nicht ein Fall *tu quoque*?«

»Wenn du Percy damit meinst —« — »Natürlich meine ich Percy.«

»Setz dich hin. Das wollen wir eben mal ausfechten. Ich beklage mich zuerst, und dann beklagst du dich. Ist das recht? Und ich verspreche dir, daß ich nicht aus der Haut fahren werde.«

Sie knipste alle Lichter an, und er ließ die Jalousien wieder herab. Während sie sorgfältig alle Gegenstände auf dem Toilettentisch ordnete, begann sie: »Bist du dir bewußt, daß du schon einen ganzen Monat keine Zärtlichkeit für mich gezeigt hast?«

»Ich hasse es, mit dem Kalender in der Hand kontrolliert zu werden«, murmelte er.

Sie ließ eine kleine Pause eintreten und erwiderte dann gelassen: »Ich kenne dich besser, als du denkst. Ich weiß, daß du warmblütig und nicht kalt bist. Auch ich bin warmblütig. Wir waren früher immer ein wundervolles Liebespaar, nicht wahr? Und damals warst du auch ein Wissenschaftler. Neun Stunden von zehn versessen auf kosmische Strahlen, aber die zehnte Stunde, die übrigblieb — es lohnte sich schon, auf die zu warten. Jetzt — lohnt es sich nicht mehr.«

»Dieses Projekt war etwas anderes als kosmische Strahlen. Es hat tausendmal höhere Anforderungen an uns alle gestellt. Der Druck, unter dem wir lebten, war geradezu mörderisch.«

»Das weiß ich — habe es auch schon berücksichtigt. Aber die Jahre, Steve — die Jahre, die uns verlorengegangen sind, vier Jahre — kein Haus, keine Kinder. Soll ich jemals Kinder haben?«

»Ich dachte, du wolltest keine mehr.«

Plötzlich wurde sie weich. Sie kam zu ihm herüber, sank neben ihm zu Boden und lehnte ihre Stirn an seine Knie. »Aber ich *möchte* sie wollen. Ich hasse es, in einer Welt zu leben, in der ich Angst haben muß, ein Kind zur Welt zu bringen. Oh, Steve, sprich doch mit mir!«

»Ich kann es nicht — noch nicht.«

Er stieß die Worte abgerissen hervor. Mochte sie denken, was sie wollte. Sie konnten sich ja auf das Projekt beziehen. Sie wußte nicht, wie weit es gediehen war oder wann es enden würde. Das wußte übrigens niemand. Würde man die Bombe verwenden? Das war die nächste Frage. Er selbst hatte sich noch nicht damit auseinandergesetzt. Das konnte er nicht — nicht, bevor Jane sich endgültig geäußert hatte.

»Wann aber?«

»Ich weiß es nicht.«

»Dann werde ich dir alles erzählen.«

Er antwortete nicht. Sie blickte zu ihm auf und faßte ein wenig schüchtern nach seiner Hand. »Darf ich dir alles sagen?«

Am liebsten hätte er ihr seine Hand wieder entzogen. »Wenn du es willst.«

»Steve, ich bin in Percy verliebt — aber nur ein wenig.«

Er schämte sich, daß sein Herz plötzlich vor Freude schlug. Welch schändliche Freude —

»Das habe ich mir gedacht.«

»Hast du etwas dagegen?« fragte sie, und in ihrer Stimme schwang ein sehnsüchtiger Unterton.

»Ich möchte nur, daß du glücklich bist.«

Sie streichelte seine Hand und legte ihre Wange dagegen. »Aber ich bin nur ein wenig verliebt — weil ich so einsam bin.«

Jetzt zog er seine Hand fort. »Wie ist das möglich? Entweder ist man verliebt oder man ist es nicht.«

»Es wäre mir überhaupt nicht möglich gewesen, wenn du und ich — wenn zwischen dir und mir alles so gewesen wäre, wie es früher war.«

»Nichts ist so, wie es früher war«, antwortete er schroff. Sie tat ihm allmählich leid.

»Es ist nicht nur das.« Sie stand auf, ruhelos, und setzte sich auf die Kante des Bettes. »Es ist — ich weiß nicht, wie ich dir das sagen soll.«

»Willst du mir beibringen, daß du mit Percy Hard geschlafen hast?«

Wenn ja, wie sollte er ihr sagen, daß es ihm gleichgültig war?

Sie brach in schallendes Gelächter aus, das in Schluchzen endete. »Oh, Stephen — wie kannst du nur! Als ob — o Gott, hast du das etwa gedacht? O Liebster, hast du wirklich gedacht —?«

Sie saß plötzlich auf seinen Knien und hatte die Arme um ihn geschlungen. »Oh, nimm mich in deine Arme, Stevie — nein, nein, das habe ich nicht getan.«

Er wäre sich gemein vorgekommen, wenn er nicht den Arm um sie gelegt hätte.

»Aber da ist noch etwas anderes an Percy. – Ich könnte ihn nicht lieben ... Ist dir je der Gedanke gekommen, daß er –«

»Nun sprich doch«, verlangte er.

»– nicht vertrauenswürdig ist?«

Sie blickten sich an, und er ließ sie von seinem Schoß gleiten. Dann stand er auf und ging im Zimmer hin und her. »Ja, der Gedanke ist mir auch schon gekommen.«

Gott sei Dank, dachte er, jetzt können wir über etwas anderes reden als über uns selbst.

»Er hat Annäherungsversuche bei mir gemacht«, fuhr Helen fort, »und ich will nicht behaupten, daß es mich nicht gereizt hätte – vorübergehend.«

»Er ist charmant«, gab Stephen zu.

»Es ist dir anscheinend völlig gleichgültig.«

»Ich möchte dich glücklich wissen«, wiederholte er.

Sie ging wieder zum Spiegel, setzte sich so hin, daß sie ihm den Rücken kehrte, und spielte mit einer kleinen Parfümflasche ...

»... Darling«, hatte Percy zu ihr gesagt. »Begreifst du denn nicht, war für Spaß wir haben würden? Wir sind hier in der Wüste so gut wie fertig. In vierzehn Tagen muß ich nach England zurück ... Ich möchte aber erst noch den großen Knall miterleben.«

»Soll es einen großen Knall geben?« hatte sie gefragt.

»Natürlich«, erwiderte er unbedacht. »Wozu sind wir denn sonst hier?«

»Darfst du das erwähnen?« hatte sie gefragt.

»Dir kann ich es sagen«, hatte er entgegnet.

»Stephen erzählt mir nichts –«

Percy war sofort verächtlich geworden. »Ihr Amerikaner macht soviel Trara wegen dieses Geheimhaltens. Ich kenne hier einen Burschen, der in zwei Abteilungen arbeitet, die streng geheim sind, und die Folge davon ist, daß er nicht einmal mit sich selber reden darf!«

Er stieß ein wieherndes Gelächter aus, aber sie lächelte nicht. Er blickte sie flüchtig an und fuhr fort: »Dieser Feldman hier – wußtest du, warum sie ihn völlig isolierten? Brachten ihn schleunigst ins Krankenhaus, und seine Ärzte und Schwestern mußten erst das Schweigegelöbnis ablegen, und die Wissenschaftlerin – wie hieß sie doch gleich? –«

»Jane Earl«, warf Helen ein.

»Ach ja. Na, sie war Tag und Nacht bei ihm, um zu sehen, daß er keine Geheimnisse ausplauderte.«

»Woher weißt du das?«

»Ich war oft da, um ihn etwas aufzumuntern, weißt du.«

Er fühlte ihren Blick auf sich gerichtet und begann auf einmal, leidenschaftliche Ouvertüren zu machen.

»Liebling! Sieh mich nicht so an. Es ist mir alles gleichgültig, nur du nicht –«

Sie hatte sich von ihm in seine Arme reißen lassen und reagierte auf seine Liebkosungen, ohne daß sie es wollte. Ihr Körper rebellierte gegen Verstand und Gewissen ... Stephen sollte niemals die Wochen so vorbeigehen lassen. Er müßte sie doch nun allmählich kennen.

Im letzten Augenblick hatte sie sich aber doch gesträubt. »Nein, Percy!«

»Wann, Darling?«

»Noch nicht –«

»Wann – wann?«

»Ich weiß es nicht.«

Wenn sie es selbst nicht wußte, wie konnte sie es Stephen sagen?

Stephen gähnte. »Sonst noch etwas, Helen?«

»Nein«, erwiderte sie, »noch nicht.«

»Ich glaube, ich kann jetzt schlafen«, sagte er und zog sich die Decke über die Ohren.

Auf der Rückfahrt nach der Mesa wurde Burton Hall von seltsamen und unerwarteten Gewissensbissen geplagt. Nach der erfolgreichen Explosion hatte er sich von den anderen Wissenschaftlern verabschiedet und den General und seine Anhänger beglückwünscht.

»Auf Wiedersehen auf der Mesa!« hatte er gerufen. »Die nächste Aufgabe wartet schon auf uns.«

Jeder kannte die nächste Aufgabe. Deutschland hatte, schneller als erwartet, im Mai kapituliert, und einen Monat vorher war der ›Big Boß‹, der Mann, der von so vielen zärtlich geliebt und von manchen bitterlich gehaßt worden war, noch unerwarteter gestorben. Burton Hall hatte an jenem Aprilnachmittag gerade im Zug gesessen auf der Rückreise von Washington, als sich von einer kleinen Stadt in Georgia aus die Nachricht über die ganze Nation verbreitete.

»Der Präsident ist tot!«

Man brauchte nicht zu fragen, was für ein Präsident. Es gab nur einen in der Welt. Der kleine, energische Mann, der an seine Stelle trat, war noch wenig bekannt und unerprobt. Burt war sofort wieder nach Washington zurückgefahren, hatte den kleinen Mann kennengelernt und war sehr beunruhigt. Obgleich die muntere Gutmütigkeit der aufrechten und elastischen Gestalt sich trotz der herrschenden Trauerstimmung bemerkbar machte, schien es kaum möglich, daß er den leeren Platz im Weißen Haus ausfüllen konnte.

»Ich muß mich auf Sie alle verlassen«, sagte der kleine Mann. »Ich halte mich eng an meinen Kriegsminister. Er ist, glaube ich, ein ganz guter Ratgeber.«

Ja, der Minister war ein guter Ratgeber. Burt hatte auch gehört, was er sagte:

»Meine Herren, wir sind gezwungen, eine Handlung zu empfehlen, die einen Wendepunkt in der Geschichte der Zivilisation darstellen mag. Es ist unsere große Aufgabe, den Krieg zu einem raschen und erfolgreichen Abschluß zu bringen. Unsere neue Waffe verleiht uns eine überwältigende Macht. Es ist unsere Pflicht, diese Macht mit der größten uns zu Gebote stehenden Weisheit zu gebrauchen und zu bedenken, wie die Anwendung dieser Waffe durch uns in der Geschichtsperspektive erscheinen wird.«

Und dann hatten die Generäle die Sache in die Hand genommen, und der Minister, der kein General war, hatte Burton Hall beiseite gezogen.

»Burt, wenn dies alles vorüber ist, müßt ihr Wissenschaftler dafür sorgen, daß die Atomkraft in die Hände der Zivilisten kommt.«

»Wir werden dafür sorgen«, hatte Burt versprochen.

Dieses Versprechen lag ihm nun schwer auf der Seele. Der General hatte bereits die Strategie für die Anwendung der Bombe ausgearbeitet.

In diesem Moment wendete Burt aus Gründen, die er sich selbst nicht erklären konnte, seinen Wagen nach Norden, weg von der Mesa, und fuhr über Wüsten und Ebenen nach Arizona zu einem gewissen Lager, wo Yasuo Matsugi als feindlicher Ausländer hinter Stacheldraht gefangen gehalten wurde. Zwanzig Jahre hatte er in dem Lande seiner Wahl gelebt und seine skizzenhaften, lieblichen Bilder gemalt, in seiner Technik, die eine unnachahmliche Kombination alter japanischer und moderner amerikanischer Kunst darstellte. Die Bilder hingen an den Wänden großer Museen und in den Häusern und Galerien bekannter Sammler. Doch als der Augenblick kam, der Augenblick, der weder von Künstlern noch von anderen Zivilisten, sondern von Militärleuten in einer aus Ignoranz und Furcht geborenen Panik bestimmt worden war, wurde er in ein Lager gesteckt zusammen mit verängstigten kleinen Männern und Frauen, Restaurateuren, Gemüsegärtnern und Hausangestellten, deren Söhne jetzt für die Vereinigten Staaten auf italienischem Boden für eben die Dinge kämpften, die ihren schlitzäugigen Eltern versagt waren: Leben, Freiheit und Glück.

Diese nagenden Gedanken gingen ihm wie ein Mühlrad im Kopf herum, als er über die Wüste fuhr, bis er erschöpft vor den Toren des Lagers hielt.

Der Wachtposten kam aus seinem Häuschen heraus und gähnte, ehe er sich nach dem Namen des Mannes erkundigte, der in der schmutzigen Chevrolet-Limousine saß.

»Mein Name ist Burton Hall«, bellte der Insasse, »und ich bin allein. Ich möchte einen alten Freund besuchen. Yasuo Matsugi.«

»Ihren Ausweis, bitte«, verlangte der verschlafene Posten.

Burton Hall suchte nach seiner Brieftasche und produzierte das gewünschte Dokument. Sein Name sagte diesem Jüngling nichts.

»In Ordnung. Wie lange wollen Sie bleiben?«

»Eine Stunde.«

»Okay. Er ist in Nummer siebzehn.«

Burton Hall trat ein und zählte die Baracken ab, bis er bei Nummer siebzehn anlangte. Dort erkundigte er sich nach Yasuo und wartete, bis die schmächtige, gebückte Gestalt mit ausgestreckten Händen zur Tür kam.

»Burton Hall – was für ein unerwarteter Besuch!«

»Yasuo, ich muß immer an dich denken. Wie geht es dir?«

»Komm herein – komm herein –«

Sie gingen bis zum Ende des langen Raumes, wo Yasuo, der Künstler, sich mit Hilfe einer aufgehängten alten Soldatendecke seine eigene kleine Welt geschaffen hatte. Es waren keine Bilder vorhanden, aber auf einem Regal stand eine Sammlung geschnitzter Figuren, aus denen Burt zunächst nicht recht klug wurde.

»Was ist denn dies hier, Yasuo?«

Yasuo lachte leise. »Das ist mein Werk. Die Tage hier sind lang, und ich schlafe nicht besonders gut. Daher mache ich etwas –«

Er nahm eine Figur herunter – es war ein Reiher, der auf einem flachen Stein stand. »Dies ist Salbeiwurzel. Hier in der Wüste gibt es nichts anderes als Salbei. Also nehme ich Salbei. Die Soldaten sind nett und freundlich. Sie nehmen Anteil an meiner Arbeit und beschaffen mir Salbeiwurzeln. Ich schnitze und schaffe. Das hilft mir über meine Traurigkeit hinweg.«

»Sie sind schön«, sagte Burt und schämte sich innerlich.

»Ich bin nicht der einzige, der so etwas macht«, erklärte Yasuo heiter. »Viele Leute beschäftigen sich. Das Leben hier ist sonst zu häßlich. Manche ziehen Blumensamen. Hast du draußen die hübschen Blumen gesehen? Andere pflanzen Gemüse an. Nur die ganz Faulen tun nichts. Setz dich bitte auf das Bett. Es tut mir leid, daß ich dir keinen Tee anbieten kann. Aber das läßt sich nicht ändern!«

Burt setzte sich und sah den gütigen, sanften Mann an, den er durch so viele Jahre hindurch gekannt hatte. Yasuo strahlte ihn ohne Spur von Verlegenheit an. Und warum sollte Yasuo auch verlegen sein, fragte sich Burt. Er selbst war es, der verlegen war. Er war mit der unbestimmten Idee hierhergekommen, Yasuo zu bitten, er möge sich den neuen Schlag, der nun bald fallen mußte, nicht allzu sehr zu Herzen nehmen. Es verlangte ihn danach, Yasuo zu sagen, daß sich nichts an ihrer Freundschaft geändert habe, daß er sich ihm als Mensch verbunden fühle, auch wenn er der Rasse der Feinde angehöre.

Aber er sagte nichts von alledem. Es war zu kompliziert. Er saß noch eine halbe Stunde beinahe stumm da, während Yasuo freundlich über sein Leben plauderte und hoffnungsvoll von dem Tage sprach, wo er wieder malen konnte. Daß er nicht malen konnte, war sein größter Kummer.

»Ich kann es einfach nicht«, bekannte er traurig.

»Willst du sagen, daß du keine Pinsel, keine Farben hast?«

Yasuo schüttelte den Kopf. »Nein, hier geht's nicht.« Er deutete mit einem zarten Finger auf sein Herz.

»Ich verstehe, Yasuo ... ich glaube, es geht uns allen so. Wir können nicht ausdrücken, was wir fühlen. Aber jetzt muß ich gehen. Laß mich wissen –«

Er drückte Yasuo beide Hände und ging davon.

Ob es mir oder ihm eigentlich geholfen hat, dachte er am nächsten Tage nach einer elenden, unbehaglichen Nacht in einem schmutzigen Hotel, werde ich nie wissen. Aber ich mußte hingehen, und nun bin ich dort gewesen. Vielleicht wäre es besser, ich hätte es nicht getan. Es macht meine Aufgabe nur noch schwerer. Drüben in Japan gibt es sicher viele ebensogute, unschuldige Menschen wie Yasuo.

Solch schwermütigen Gedanken hing er auf der ganzen Rückfahrt zur Mesa nach. Zwei Tage später entdeckte er, daß Jane Earl nicht mehr auf der Mesa wohnte und nur morgens zur Arbeit kam. Noch am selben Abend rief er sie in ihrem Haus an.

»Donnerwetter, was machen Sie denn da unten in der Wüste?«

»Ich lebe«, entgegnete sie, »ich genieße das Leben.«

»Hat es Ihnen hier oben nicht gepaßt?«

»Ich wollte ein Haus für mich haben.«

»Ein Haus!« wiederholte er ungläubig. »Sie sind allein?«

»Natürlich bin ich allein.«

»Dann besuche ich Sie. Jetzt sofort. Bereiten Sie vielleicht gerade das Essen vor?«

»Ja, aber nur für eine Person.«

»Machen Sie genug für zwei.«

Er riß seinen alten Filzhut vom Haken und sagte im Hinausgehen zu Rosie: »Sagen Sie Mrs. Hall, daß ich mit Jane zu Abend esse. Dort kann sie mich erreichen, wenn es sein muß.«

Rosie spitzte die Lippen und verzog den Mund. »Ja, Herr Dr. Hall.« Auf der Mesa wurde viel darüber geredet, daß Jane Earl für sich allein lebte. Sehr viel –

»Ein gutes Essen, Janie«, lobte er und wischte sich den Mund ab. »Ich hatte keine Ahnung, daß Sie so gut kochen können.«

»Kann ich auch nicht. Ich tue nur so.«

»Na, na ... Wer besucht Sie eigentlich hier, dunkeläugiges Mädchen?«

Sie stützte die Ellbogen auf den Tisch und betrachtete das Gesicht ihr gegenüber. Sie mochte diesen großen, unbekümmerten Mann schrecklich gern. Er ist so menschlich, dachte sie, und ich habe Vertrauen zu ihm. Er ist mir beinahe wie ein Vater.

»Wie alt sind Sie, Jane?« fragte Burt plötzlich.

»Ich bin siebenundzwanzig.«

»Waren Sie erst zweiundzwanzig, als Sie hier zur Nonne wurden?«

Sie lachte. »Ja. Ich war einundzwanzig, als ich zu Fermi kam.«

»Ach ja, Fermi. Er ist wieder in Chicago – hat das Interesse an uns verloren, sobald das Experiment gelang. Er ist uns allen weit voraus.«

»Ja. Er möchte, daß ich zu ihm zurückkäme.«

»Werden Sie gehen?«

»Ich weiß noch nicht. Es hängt davon ab, wie nützlich ich mich hier machen kann, nachdem die Sache erledigt ist.«

»Sie ist noch lange nicht erledigt. Es fragt sich nun, wie das Ding gebraucht werden soll.«

»Sie denken doch wohl nicht daran, es zu gebrauchen!«

»Der Krieg muß zu Ende gebracht werden, nicht wahr?«

»Aber Burt –«

»Still, Janie – lassen Sie mich reden und hören Sie mir zu. Ich kann jetzt nicht einmal mehr mit Mollie sprechen. Es würde ihr Angst und Schrecken einjagen.«

»Dann wollen wir ins andere Zimmer gehen.«

Mit tiefernstem Gesicht führte sie ihn in das kleine Wohnzimmer. Der Abend war kühl, und sie zündete die Salbeiwurzeln im Kamin an. Er streckte sich auf einem alten roten Samtsofa aus, das der Künstler aus seinem viktorianischen Heim auf Long Island mit in die Wüste gebracht hatte, und sie setzte sich in den großen, dazu passenden Lehnsessel.

»Nicht reden, Janie –« ermahnte er sie nochmals.

Sie machte es sich bequem und blickte ins Feuer, und er faltete die Hände und schloß die Augen.

»Folgendermaßen liegen die Dinge heute: Man drängt in Washington darauf, den Krieg zu beenden. Wenn's nicht anders geht, mit der Bombe. Sie abwerfen oder nicht abwerfen – das ist die Frage. Auf welche Weise werden die meisten Leben gerettet? Der einzige Feind, den wir noch haben, ist Japan. Es muß sich ergeben. Wie können wir gewinnen und dabei so wenig wie möglich zerstören? Der Zeitpunkt für die Invasion ist festgelegt – der 1. November dieses Jahres. Unsere Leute sollen auf Kyushu landen, der lieblichen Insel Kyushu. Ich war einmal dort für ein paar Tage – eine Küste, wie es keine zweite in der Welt gibt, und im Hintergrund die Berge, viel Fischervolk in friedlichen Dörfern, und die kleinen Kinder in ihren Kimonos trippeln einher wie Puppen.«

»Nicht doch, Burt – bitte nicht.« Sie barg das Gesicht in den Händen.

Seine Stimme fuhr unerbittlich fort. »Ich habe die ganze Sache mit den hohen Militärs gründlich durchberaten. Die Zahlen haben sich meinem Gehirn unauslöschlich eingeprägt. Nach vorsichtiger Schätzung müssen bei einer Invasion mindestens eine halbe Million Amerikaner und zweieinhalb Millionen Japaner das Leben lassen. Die Japaner sind stolz und fürchten sich nicht vor dem Tod. Sie leben immer am Rande des Grabes — Springfluten und Erdbeben —, und seit Generationen hat man sie gelehrt, daß es süß und ehrenvoll ist, für das Vaterland zu sterben. Ihre Geheimwaffe — die einzige, die sie besitzen — sind die Selbstmordbomber. Also werden sie sich nicht ergeben, ihre Militärs würden es auch nie zulassen. Selbst wenn wir das Inselreich blockierten und seine Flotte versenkten, würden Millionen verhungern, ehe sie sich ergäben. Wir müssen ihnen einen gewaltigen Schrecken einjagen, ihnen eine so fürchterliche, neue Zerstörung vor Augen führen, daß sie sich ducken müssen, wie man sich auch vor den Naturgewalten ducken muß . . .«

»Ich kann nicht mehr zuhören«, flüsterte sie.

Er stieß einen tiefen Seufzer aus und erhob sich langsam zu seiner ganzen hühnenhaften Größe. »Ich glaube es Ihnen. Ich kann auch kaum noch reden. Aber was soll man machen, wenn eine ganze Nation geschlossen in den Krieg zieht? Wir haben die kleinen Leute schon zu Tausenden töten müssen, weil die Männer an der Spitze so pfiffig sind. Ihre Waffen werden nicht wie unsere in großen Fabriken angefertigt, sondern von kleinen Leuten in ihren Heimen und kleinen Werkstätten. Die Männer und Frauen arbeiten in den Straßen der Stadt drauflos wie Zwerge und machen Teile, von denen sie nichts verstehen. Aber die Männer an der Spitze nehmen diese kleinen Teile und fügen sie zu großen Waffen zusammen, die unsere Männer töten und unsere Schiffe versenken. Daher mußten wir die kleinen Leute töten, die Männer und Frauen, die kleinen Kinder, die alten Leute, die in den Familien lebten. Wir müssen sie töten. Wenn wir es nicht tun, sterben unsere Jungens dafür im Dschungel und auf den Inseln.«

Sie stand plötzlich auf und legte Holz auf das Feuer nach. »Wenn wir die Bombe anwenden, ist es der Anfang vom Ende — ausgerechnet wir von allen Völkern der Erde —«

»Vielleicht, weil wir von allen Völkern der Erde —«

»Nein«, sagte sie, »nein — nein — nein!«

Er sah sie genauer an.

»Ich gehe wohl am besten«, meinte er. »Ich will auch nichts mehr sagen. Gute Nacht, mein liebes Kind.«

Er beugte sich über sie und küßte sie auf die Stirn. »Wissen Sie, wie alt ich bin? In diesem Monat werde ich fünfzig. Wie konnte ich mir nur je einbilden, daß Sie mit mir zu Bett gehen würden? Ich bin abgekämpft — ein abgekämpfter alter Kauz.«

Vor sich hinmurmelnd, ging er fort, und sie stürzte ans Telefon.

»Stephen«, rief sie. »Oh, Stephen – wo bist du? Ich muß dich sofort sprechen.«

Aus unermeßlicher Ferne vernahm sie seine Antwort. »Jane, ich kann nicht kommen. Der General wartet.«

Sie antwortete nicht. Sie konnte nicht sprechen.

»Jane, hörst du mich? Jane, bist du noch da?«

Leise legte sie den Hörer auf und starrte in die Schatten des Zimmers. »Nein«, sagte sie laut. »Nein, Stephen – ich bin nicht mehr hier.«

Burt zog sich langsam aus dem Abgrund heraus. Er befand sich auf einmal in seinem eigenen großen Bett zu Hause. Wie war er bloß hierhergekommen? Er war doch in einem Zuge gewesen und hatte geschlafen. Und nun saß Mollie da im Schaukelstuhl und strickte oder häkelte etwas.

»Wie bin ich hierhergekommen, Mollie?« krächzte er.

»Ruhig, Burt.« Sie stand auf, trat ans Bett und legte ihm ihre große, kühle Hand auf die Stirn. »Du hast mir ja einen netten Schrecken eingejagt.«

»Ich habe letzte Nacht doch nicht hier geschlafen.«

»Du liegst schon seit einer Woche in diesem Bett. Nun bleibe ruhig liegen. Ich hole dir etwas Suppe.«

»Suppe? Bring mir ein Beefsteak«, schnauzte er.

»Suppe«, erklärte sie mit fester Stimme und verschwand.

Er blinzelte zur Decke. Seine rechte Seite kam ihm wie abgestorben vor. Wo war er doch noch gewesen? Er hatte mit Jane geredet. Sie war erregt gewesen. Sie hatten von der Bombe gesprochen ... Und nun war er hier in seinem Bett. Irgend etwas war ihm zugestoßen. Er wartete darauf, daß es ihm wieder einfiele. Mollie kam mit dem Teller Suppe auf einem Tablett herein.

»Es ist mir etwas zugestoßen«, sagte er. Seine Sprache war fast deutlich. Er hörte die Worte in seiner eigenen Stimme, etwas verschwommen, aber verständlich.

»Das kann man wohl behaupten«, sagte Mollie aufmunternd.

»Traf mich wie eine Bombe«, sagte er mühsam.

»Als man dich hereintrug, glaubte ich, du seiest tot. Du warst im Zug, als es passierte.«

»Was habe ich denn in dem Zug gemacht?«

Sie schüttelte den Kopf, setzte das Tablett hin und schickte sich an, ihm die Suppe einzuflößen. »Wie soll ich das wissen? Weiß ich je, was du tust?«

Er lachte sie zärtlich an. Gott, was für eine angenehme Frau, nie neugierig, immer da. Und vor allen Dingen nicht hinterhältig. Es war ihr tatsächlich einerlei, was er tat, solange er nicht mit irgendeiner anderen Frau herumlief.

Von Liebe überwältigt, knurrte er: »Ich hasse herrschsüchtige Frauen, die einen zwingen, solches Zeug zu schlucken.«

»Dann hasse mich nur«, entgegnete sie liebenswürdig, »aber iß deine Suppe.«

Er aß sie, Löffel für Löffel. Es war nicht nur Liebe, die ihn durchdrang, sondern auch ein Gefühl der Erleichterung. Er war ja krank. Krank im Bett. Vielleicht ein Schlaganfall. Ein Schlaganfall war ernst. Er würde bestimmt einen Monat, wenn nicht gar zwei, das Bett hüten müssen. Er hatte also einen völlig ehrenhaften Grund, nicht mit auf jener Insel zu sein, wenn die Bombe abgeworfen wurde. Stephen mußte für ihn eintreten.

»Jane, nimm dir Ferien«, riet Stephen. »Deine Arbeit an dem ›gadget‹ ist beendet. Wir haben jetzt nichts mehr damit zu tun.«

An diesem Julimorgen war sie früh in ihr Labor gegangen, da sie vor Unruhe nicht schlafen konnte. Sie fragte sich allmählich, ob jene Frühstücksstunde mit Stephen je stattgefunden habe. Sie war so unbestimmt wie ein Traum, und seither waren sie noch nicht wieder allein miteinander gewesen. Ihre Schuld vielleicht, denn sie hatte ja um Zeit gebeten. Aber die Zeit war dahingegangen, fünf Tage, sechs Tage, und er hatte keinerlei Anstrengungen gemacht, sie aufzusuchen. Burts Krankheit war natürlich eine Katastrophe gewesen. Stephen mußte ihn unverzüglich vertreten. War das aber ein Grund, sechs Tage lang völlig zu schweigen? Unfähig, dies noch länger zu ertragen, war sie heute morgen in sein Büro gegangen, um sich Instruktionen zu holen, und nun machte er diesen Ferienvorschlag.

»Wohin sollte ich wohl gehen? Was sollte ich tun?« fragte sie ausdruckslos.

Er lehnte sich zurück, und sie sah, daß er erschöpft und überlastet war. Sie setzte sich hin und sah ihn über den Schreibtisch hinweg an. »Steve, wie kann ich dir helfen? Das möchte ich am liebsten tun.«

»Ich weiß es nicht – wirklich nicht. Ich muß erst einmal ausfindig machen, was eigentlich vor sich geht. Nur Burt weiß darüber Bescheid. Übermorgen besuche ich ihn – für eine halbe Stunde. Mehr gestatten die Ärzte nicht. Danach vielleicht –«

Er machte keine Anstalten, sich ihr zu nähern. In seinen Augen, als er sie anblickte, lag kein Erkennen. Für eine Sekunde war sie heftig verletzt, dann aber nahm sie sich unbarmherzig zusammen. Sie kannte doch diesen Blick besser als jede andere Frau. Natürlich dachte er nicht an sie. Er dachte nur an das, was er zu tun hatte, an seine Verantwortung. Ich sollte mich schämen, warf sie sich vor. Sie erhob sich, anmutig und reserviert.

»Lasse es mich bitte wissen, wenn ich dir helfen kann, Steve. Ich mache indessen keine Ferien, sondern werde wie immer in meinem Labor sein und mich mit Isotopen beschäftigen. Herrlich, wenn die Zeit kommt, wo wir nicht mehr für Kriegszwecke arbeiten müssen!«

»Es ist jetzt nur noch eine Angelegenheit der Produktion – es wird noch eine gemacht – wenn möglich zwei, falls die eine ein Blindgänger ist.« Er kramte in seinen Papieren. »Produktion und Koordination. Ich danke dir, Jane.«

Sie schlüpfte aus dem Zimmer, und er merkte es kaum. Eine schwache Erinnerung regte sich in ihm. Er würde darauf zurückkommen, wenn dies alles vorüber war. Jane würde es verstehen, damit konnte er rechnen. Inzwischen würde er Burt berichten müssen, daß an dieser Geschichte mit Percy Hard etwas dran war. Wie die Bank mitteilte, war eine große Summe Geldes aus dem Ausland auf Percys Konto eingezahlt worden, eine sehr große Summe. Nachforschungen hatten ergeben, daß er keinen persönlichen Reichtum besaß. Er kam zwar aus guter Familie, aber das Vermögen war in der letzten Generation bereits durchgebracht. Der Besitz in England war hoffnungslos verschuldet und das große Haus schon vor dem Kriege zugemacht worden. Jetzt wurde es als Erholungsheim für verwundete britische Soldaten benutzt.

Dies alles war Stephen erst gestern von dem rundlichen, besonnenen Bankdirektor erzählt worden, den ein mit diesem Fall beauftragter Sicherheitsoffizier des Heeres zu ihm ins Büro gebracht hatte.

»Ich werde es an die geeigneten Stellen weiterleiten«, hatte er gesagt. »Inzwischen achten Sie darauf, was er abhebt und auf welche Namen er seine Schecks ausstellt.«

»Er stellt sie immer auf sich selbst aus. Das besagt, daß er bar bezahlt, und Barzahlungen lassen sich schlecht verfolgen«, hatte der Bankier erwidert.

Stephen hatte den Zwischenfall beinahe vergessen. Ihm starrte ein anderes Problem ins Gesicht: er mußte gewisse seltsame und erschreckende Umstände koordinieren, die er bisher für unabhängig voneinander gehalten und überhaupt nicht mit der Mesa in Zusammenhang gebracht hatte. Der Luftwaffenverband zum Beispiel, der, wie er annahm, harmlos auf den Ebenen von Utah trainierte, war – das entdeckte er nun – vor etwa drei Monaten zur Insel Tinian geschickt worden, wo er bisher in völliger Untätigkeit geblieben war. Er hatte angenommen, dieser kleine Fleck in den Marianen, zehntausend Kilometer von Fan Francisco, sei nur ein vorgerückter Stützpunkt für die Flüge der B-29er. Vor zwei Tagen, als er die Geheimbefehle las, die Burt ihm übergeben hatte, entdeckte er, daß Einzelteile der Bombe mit einem Kreuzer und auch mit Flugzeugen dorthin geschickt werden sollten. Bestimmte Wissenschaftler, zu denen er nicht gehörte, sollten ebenfalls auf der Insel anwesend sein. Es waren Wissenschaftler, die er gut kannte, die auch hier auf der Mesa gearbeitet hatten, sogar noch hier waren und nicht ahnten, was ihnen bevorstand. Die Befehle lagen im verschlossenen Tresor. Noch war es nicht zu spät, sie zu widerrufen. Er hatte noch zwei Wochen vor sich.

Er nahm den Hörer von seinem Apparat und nannte die Geheimnummer, die ihn direkt mit dem Büro des Generals verband. Über drei Stimmen hinweg – eine Sekretärin und zwei Adjutanten – erreichte und hörte er die schwere Stimme der Autorität.

»Ja?«

»Hier ist Stephen Coast, Herr General.«

»Guten Morgen, Steve. Was haben Sie auf dem Herzen?«

»Spätestens morgen früh möchte ich eine Unterredung mit Ihnen haben, Herr General. Ich möchte drei andere Wissenschaftler mitbringen.«

»Ist es dringend?«

»Sehr dringend.«

»Dann sagen wir einmal zehn Uhr.«

»Darf ich darum bitten, daß sonst niemand zugegen ist?«

Der General lachte amüsiert. »Glauben Sie, daß ich es mit vieren von Ihnen aufnehmen kann? Na schön. Ich denke, ich bin Ihnen gewachsen.«

Damit legte er den Hörer nieder. Stephen horchte eine Weile in das leere Schweigen hinein, dann legte auch er mit grimmiger Miene auf. Eaves, Thompson, Jane und er selbst. Jane? Nein . . . Nicht jetzt. Nicht einmal für eine Sekunde durfte er an sie denken. Er mußte allein arbeiten.

»Was habt ihr Burschen denn mit mir vor?« Der General war in denkbar bester Verfassung. Es ging alles nach Plan, seinem Plan. Die Sache mit Burton Hall, so bedauerlich sie sein mochte, hatte vielleicht auch ihr Gutes – es war wieder ein Wissenschaftler aus dem Wege. Soweit er sehen konnte, waren die Wissenschaftler jetzt überflüssig. Ein paar brauchte man natürlich noch, um das Ding in letzter Minute zusammenzusetzen. Daß die Teile getrennt verschifft wurden, verursachte ihm genug Kopfzerbrechen. Es konnte ja ein Schiff versenkt werden und das ganze Projekt daran scheitern. Die Verzögerungen, die Dickköpfigkeit und die Pedanterie der Wissenschaftler konnten einen schon zum Wahnsinn treiben. Launisch wie Frauen waren sie, empfindlich, eitel und reizbar! Sein Leben lang wollte er nichts mehr mit Wissenschaftlern zu tun haben. Szigny lief aufgeregt umher und meuterte. Jetzt, wo die Bombe fertig war, wollte er auf einmal nicht, daß man sie gebrauchte. Und wer war derjenige gewesen, der diese Atomgeschichte in Gang gebracht hatte? Szigny natürlich! Daran hatte er ihn erinnert. Szigny hatte die Fäuste geballt.

»Es ist ein großer Unterschied, ob man sich für die Nazis rüstete, die die Bombe vielleicht auch besaßen, oder ob man sie auf die Japaner abwirft, die, wie wir sehr wohl wissen, diese Waffe nicht haben. Außerdem hat die Luftwaffe ausgerechnet, daß die B-29er auch allein mit der Sache fertig werden können. Die Brandbomben und TNT-Ladungen, die sie alle zwei bis drei Tage abwerfen, entsprechen einer A-Bombe.« Als Szigny das sagte – woher hatte er überhaupt diese Information? –, hatte der General ihn angebrüllt.

»Sprechen Sie mir nicht von der Luftwaffe. Ich gehöre zur Armee!«

Szigny war fuchsteufelswild geworden und hatte in seiner eigenen Sprache geflucht, die sowieso kein vernünftiger Mensch verstehen konnte. Und nun saßen schon wieder ein paar Wissenschaftler hier vor ihm.

»Dachte, Sie hätten gesagt, Sie würden zu viert kommen«, brummte er.

»Nach reiflicher Überlegung bin ich zu der Ansicht gelangt, daß drei auch genügen, Herr General«, erwiderte Stephen.

Er war sehr blaß, und seine Lippen waren trocken.

Der General starrte ihn an. »Sie sehen krank aus.«

»Das bin ich auch«, erklärte Stephen unumwunden. »Der Gedanke daran, daß wir beabsichtigen, die Bombe abzuwerfen, macht mich ganz krank.«

»Wofür haben wir sie denn hergestellt?« wollte der General wissen.

»Zur Verteidigung, aber nicht, um Tausende von Menschen zu töten! Ich bitte Sie, Herr General, sich klarzumachen, was es in der öffentlichen Meinung der Welt bedeutet, wenn wir die Bombe auf menschliche Wesen abwerfen. Die Völker werden uns mit Argwohn, Haß und Furcht betrachten.«

»Und die Zeit mag kommen, Herr General«, ließ sich Thompson hören, »wo wir um unserer eigenen Sicherheit willen verlangen, daß der Gebrauch der Waffe durch ein internationales Abkommen geächtet wird. Was für einen Eindruck wird es dann machen, wenn wir die ersten waren, die sie angewandt haben?«

Bob Eaves, schmächtig, nervös und seit kurzem mit einem Zukken im rechten Augenlid, zündete sich eine Zigarette an. »Wir sind jetzt, nachdem die Deutschen sich ergeben haben, in einer schwachen Position. Meinen Sie nicht auch, Herr General? Die Asiaten werden sagen, daß wir so lange gewartet haben, bis die Deutschen erledigt waren, damit wir die Bombe nicht auf Weiße zu werfen brauchten.«

Der General knurrte. »Wenn ich mich um das Gerede der Leute kümmern wollte, wäre ich wohl nicht weit gekommen. Man hat mir eine Pflicht zugewiesen, und ich tue diese Pflicht. Weiter weiß ich nichts und will auch nichts wissen.«

Nach Ablauf einer halben Stunde blickte Stephen seine Kollegen vielsagend an. Der Blick schien zu bedeuten: Hier kommen wir nicht weiter. Wie auf ein Stichwort erhoben sie sich und verließen nach einem kurzen Gruß das Zimmer. Schweigend kehrten sie zu ihrem eigenen Gebäude zurück und versammelten sich in Stephens Büro.

»Wir müssen in Washington vorstellig werden«, meinte Stephen.

»Beim Kriegsminister«, schlug Thompson vor. Seine Ohren waren rot vor Zorn.

»Zumindest können wir verlangen, daß das Ding nur auf Truppenverbände oder sonstige militärische Ziele geworfen wird.«

»Wir werden darauf bestehen, daß die Bombe überhaupt nicht gebraucht wird«, erklärte Stephen grimmig. »Und wir fahren sofort los.«

In Washington sprach ein berühmter General. »Sie alle sind Zivilisten. Ich will Sie nicht überreden. Im letzten Frühjahr war ich gegen den Gebrauch der Bombe, aber jetzt – haben sich meine Ansichten geändert. Nach den Ergebnissen der letzten Monate zu urteilen, glaube ich nicht, daß wir die Japaner durch konventionelle Luftangriffe und Seegefechte zur Kapitulation zwingen werden. Nach meiner Ansicht können wir das Leben von Amerikanern – und das Leben japanischer Bürger – nur retten, wenn wir den Krieg zu einem raschen Abschluß bringen.«

Er war alt und müde und hatte viele Menschen sterben sehen. Die Erinnerung an die Schlachtfelder zweier Kriege genügte ihm. Jetzt sah er seine Aufgabe nur noch darin, die Jungens heil und sicher wieder nach Hause zu bekommen. Er hatte erst gar nicht an der Konferenz teilnehmen wollen, wo er sich die Argumente dieser Wissenschaftler anhören mußte. Warum hatten sie die Bombe denn überhaupt gemacht, wenn sie sie für etwas so Böses hielten? Er war müde, sehr müde und fühlte sich matt.

»Wenn wir das Ding auf eine größere Stadt werfen«, fuhr der alte General fort, »werden nach meiner Schätzung nicht mehr als zwanzigtausend Menschen getötet. Die meisten werden sich in Luftschutzräume flüchten.«

Der Kriegsminister war ebenfalls alt, und er war ein Zivilist. »Wir müssen bedenken, daß Japan nicht nur ein Fleck auf der Landkarte ist. Es wohnen dort freundliche und fleißige Leute. Daß sie durch das Militär irregeführt werden, ändert nichts an der Tatsache, daß sie Menschen sind. Ich war früher einmal in Kyoto –«

Die Erinnerung daran ließ ihn stocken. Sein Mund zitterte ein wenig.

»Es ist ein lieblicher Ort. Ich kann keinen besseren Ausdruck dafür finden. Es liegt eine seltsame Zartheit in der Luft. Sie halten mich sicher für sentimental. Aber es ist wirklich sehr schön. Die Häuser so hübsch, selbst die der ganz Armen, mit kleinen Gärten und einem knorrigen Baum – und wie schön erst die vornehmen Häuser und die prächtigen Museen! Tempel, von Moosgärten umgeben – nirgendwo auf der Welt habe ich etwas Ähnliches gesehen. Ich verbiete, daß diese Stadt bombardiert wird! Sie liegt in einer Mulde inmitten von Bergen. Die Leute würden ausgelöscht – zu Asche reduziert werden. Alle Schönheit dahin –«

Sie schwiegen eine Weile. Dann begann die zitternde Stimme des alten Generals von neuem.

»Wenn wir einzig die Sicherheit unserer eigenen Nation ins Auge fassen, wäre es vielleicht besser, die Bombe nicht zu gebrauchen. Falls wir sie geheimhalten können, werden wir später in einer stärkeren militärischen Position sein. Wir mögen nämlich noch einen anderen Feind haben, der schwerer zu besiegen ist als die Japaner.«

Bob Eaves sprach mit nervösem Nachdruck. »Wir können sie nicht geheimhalten, Sir. Jede Nation befaßt sich mit Atomenergie. Früher oder später wird sich jemand die Explosion zunutze machen.«

»Aber wenn wir die Bombe haben und gebrauchen«, wandte der alte General ein, »wird es ein Ansporn für die anderen sein, sie auch zu entwickeln, nicht wahr? Und doch weiß ich, daß wir dieses Risiko auf uns nehmen müssen. Wir müssen die Bombe gebrauchen, und zwar so rasch wie möglich.«

Wie er so aufrecht dastand in der schönen Uniform, mit den goldenen Epauletten, den Dienststreifen und den fünf Sternen am Ärmel, glich seine Gestalt derjenigen eines jungen Mannes. Aber sein weißes Haupt zitterte vor Altersschwäche. Der Minister sah es voller Beunruhigung. »Lassen Sie uns die Sitzung abbrechen, meine Herren. Und Sie, Herr General, brauchen sich nicht verpflichtet zu fühlen, noch länger bei uns zu bleiben. Wir haben ja Ihre Meinung, die uns außerordentlich wertvoll ist.«

»Danke, Herr Minister«, erwiderte der alte General. Er erhob sich und verbeugte sich mit stattlicher Formalität. Vor dem Gebäude bestieg er seine wartende Limousine und fuhr rasch davon.

Eine Vierteltsunde später ließ im Eßzimmer eines Privathauses der Minister seine Suppe kalt werden. »Während des Essens, meine Herren, möchte ich gern Ihre Vorschläge hören, wie man den Gebrauch der Waffe verhindern könnte. Zu diesem Zweck habe ich einige Mitglieder meines Stabes und zwei Offiziere vom Pentagon hergebeten.« Er stellte sie vor.

»Wir könnten eine Warnung erlassen«, begann Thompson.

Sofort wurde er von einem Offizier unterbrochen. »Und einen Angriff der japanischen Luftstreitkräfte heraufbeschwören? Nein, Sir!«

Der alternde Minister sprach langsam und mit gewichtigem Zaudern, ein kleiner, dünner Mann in einem alten grauen Anzug, mit einem müden Gesicht und traurigen Augen. Er wandte sich an Stephen.

»Wie ich höre, Coast, besteht die Bombe noch aus einzelnen Teilen. Wenn die Sache nicht geheimgehalten wird, könnte der Feind angreifen, während Sie das Ding zusammensetzen, und das würde einen Fehlschlag bedeuten. Sie haben nur eine. Stimmt das?«

»Ja«, gab Stephen zu. »Bis jetzt —«

»Es könnte sogar die Japaner veranlassen, die Bombe selbst zu produzieren, und dann wären wir die ersten, die damit bombardiert würden.«

»Ja«, meinte Stephen. »Das ist möglich.«

Zwei Stunden lang debattierten sie bei Tisch und hinterher noch drei Stunden im Arbeitszimmer des Ministers. Keiner konnte eine Warnung ersinnen, die ernst genug gewesen wäre, um von sich aus zu bewirken, daß der Krieg aufhörte.

»Der Krieg muß unter allen Umständen zum Stillstand gebracht werden. Doch einfach eine neue entsetzliche Waffe hinzuzufügen, ist auch keine Lösung.«

Am Ende des Nachmittags war der Minister erschöpft. Er war in den Sielen alt geworden. Vor Jahren schon hatte er den jetzigen Krieg vorausgesehen, und er allein hatte seine Stimme gegen die Aggression in Asien erhoben, als die Japaner die Mandschurei besetzten. Hätten sie auf mich gehört, dachte er — aber kein Mensch hörte ja mehr auf den anderen.

»Es hat keinen Zweck, die Debatte fortzusetzen«, bemerkte er trocken hinter seinem Schreibtisch. »Über das Ziel sind wir uns alle einig, aber wir können keine Mittel und Wege finden, es zu erreichen. Wir müssen es Ihnen, den Wissenschaftlern, überlassen. Letzten Endes ist es vielleicht Ihr Problem. Sie haben die Bombe gemacht. Sie müssen uns lehren, wie sie zu verwenden ist.«

Bob Eaves fiel ihm mit jugendlicher Lebhaftigkeit ins Wort.

»Das kann ich nicht akzeptieren, Herr Minister. Als Wissenschaftler sind wir verpflichtet, das Wissen zu verfolgen, wohin es auch führen mag. Wir können nicht dafür verantwortlich gemacht werden, wie die übrigen Menschen das gebrauchen, was wir entdecken. Wir können Ihnen wohl sagen, was geschehen wird, wenn Sie dieses oder jenes tun, wir können Ihnen die totale Zerstörung erklären, die die Bombe hervorruft, wenn sie abgeworfen wird. Aber ob sie gebraucht werden soll oder nicht — diese Entscheidung liegt bei Ihnen.«

»Gott sei uns gnädig«, sagte der Minister. »Gehen Sie nach Hause und besprechen Sie es untereinander. Stellen Sie Ihr ausgezeichnetes Gehirn in den Dienst der Menschheit. Diesmal seien Sie unsere Ratgeber. Ich erwarte Ihren Bericht in zehn Tagen.«

»Es ist ein internationales Verbrechen«, behauptete Szigny leidenschaftlich, »Bitte, lesen Sie, was ich geschrieben habe.«

Er redete an einem Sonntagmorgen mit Jane in ihrem Hause. Er redete überall, in Chicago, in New York, in Tennesse und in Washington. Während er sprach, legte er in ihrem kleinen Wohnzimmer einige Pergamentbogen auf den Tisch. Auf diesen Bogen stand sein Appell an die Menschheit.

Jane las ihn stillschweigend. »Die Nation, die als erste die kürzlich befreiten Kräfte zum Zwecke der Zerstörung benutzt, muß die Verantwortung dafür tragen, daß sie einer Ära ungeahnter Vernichtung Tür und Tor öffnet —«

Sie las es bis zum Ende und sah die Liste der Unterschriften. Sie enthielt die Namen der berühmtesten Wissenschaftler — nein, nicht alle. Burton Halls Name war nicht dabei, auch nicht Bob Eaves' oder Thompsons oder —

»Ich sehe Stephen Coasts Namen nicht«, bemerkte sie.

Szigny stöhnte und zupfte an seinen langen Locken, die so grau wie ein Widderfell waren. »Oh, ich bin bei ihm gewesen, viele Male. Er sagt, er kann nicht unterzeichnen, bis ihm eine Alternative eingefallen ist.«

Sie erwiderte nichts darauf, und Szigny beobachtete sie ängstlich. Was würde sie tun? Eine junge Wissenschaftlerin, eine Frau, vielleicht war ihr Name nicht wichtig, aber sie wurde sehr geachtet. Aufmerksam beobachtete er ihr zartes, schönes Gesicht.

»Ich will Sie nicht drängen, zu unterzeichnen«, sagte er. »Tun Sie das, was Ihr Gewissen Ihnen vorschreibt. Und Ihr Herz. Bei einer Frau ist es wohl dasselbe.«

»Ich will unterzeichnen«, erklärte Jane energisch. Sie nahm die Feder, die er ihr anbot, und schrieb ihren Namen in kühnen schwarzen Buchstaben. Stephen würde ihn dort sehen.

»Vielen, vielen Dank.« Er beugte sich über ihre Hand und küßte sie. »Sprechen Sie, wo und wann Sie können«, drängte er.

»Das werde ich tun«, versprach sie.

Nachmittags hatte sie mit Stanton, dem Biophysiker, der von Stephen zur Mesa gebracht worden war, gesprochen und war erstaunt gewesen, als der blonde junge Mann, den sie für sanft und harmlos gehalten hatte, sie plötzlich anherrschte.

»Stan«, hatte sie zu dem stupsnasigen jungen Wissenschaftler gesagt, »haben Sie den von Szigny aufgesetzten Appell gesehen?«

Er hatte sie wütend angefahren. »Wer hat ihn nicht gesehen? Alle haben wir ihn gesehen. Mehrere von uns haben gestern abend bei mir zu Hause darüber gesprochen, aber keiner wird ihn unterzeichnen. Man denke einmal an die Amerikaner, die drüben auf den Inseln und im Dschungel kämpfen. Wenn wir einem von ihnen das Leben retten können, dann sage ich: werft die Bombe ab! Ich habe einen Bruder auf Iwo Jima. Wenn er fällt, weil wir den Krieg nicht beenden, bin ich sein Mörder. Nein, ich unterzeichne nicht.«

»Ich habe unterzeichnet«, sagte Jane ruhig.

Er warf ihr einen verächtlichen Blick zu. »Natürlich. Sie sind ja auch eine Frau.«

Sie antwortete nicht, sonder sah ihm fest in die Augen, bis er sich verlegen abwandte. Dann zog sie ihren weißen Kittel aus und machte sich auf die Suche nach Stephen.

»Komm herein«, forderte er sie auf. »Es tut mir leid, daß ich dich warten lassen mußte. Aber ich hänge, seitdem ich vor acht Tagen aus Washington zurückkehrte, anscheinend täglich vierundzwanzig Stunden am Apparat.«

Sie nahm schweigend Platz, und er sah sie an.

»Jane, du bist doch nicht etwa krank?«

»Nein.«

»Du siehst aber sehr blaß aus.«

»Ich habe ein seltsames Gefühl, als sei ich hier fremd und als seiest du ein Fremder für mich.«

Es gab ihm einen Stich ins Herz, und er zupfte niedergeschlagen an seinem rechten Ohr. »Ich weiß. Wir leben in einer merkwürdigen Zeit — warten auf so vieles —«

»Ich habe nicht gewartet«, erwiderte sie sehr ruhig. »Ich wollte dir nur sagen: Ich habe Szignys Protest unterzeichnet.«

Er sah sie stirnrunzelnd an. »So? Das tut mir leid.«

Sie lehnte sich impulsiv nach vorne. »Stephen! Es tut dir leid? Nie hätte ich von dir erwartet, daß du so etwas sagen würdest!«

»Ich meine damit — warum hast du es nicht mit mir besprochen? Ich beschäftige mich gerade mit der Sache, sammle überall Meinungen — von allen Wissenschaftlern. Ich habe ihnen fünf verschiedene Vorschläge unterbreitet, die vom Nichtgebrauch bis zum Gebrauch ohne vorherige Warnung rangieren. Siebenundachtzig Prozent haben für den Gebrauch ohne Warnung gestimmt.«

»Nein!«

»Ja!«

»Aber was werden die anderen Länder von uns denken?«

»Ich habe in Kanada, England und Frankreich Rundfragen veranstalten lassen. Die überwältigende Mehrzahl ist dafür, die Bombe sofort zu gebrauchen — dreimal so viele Stimmen für die Anwendung wie dagegen. Und der kleine Präsident in Washington sagt, er habe es mit sämtlichen Mitarbeitern besprochen, und sie seien einstimmig dafür.«

Ihre Augen brannten wie dunkle Sterne. »Dann bin ich froh, daß ich unterzeichnet habe — tausendmal froh. Hätte ich wohl für den Tod stimmen können, nachdem ich Dick Feldman sterben sah?«

»Ich wollte, es ließe sich mit einer Unterschrift abtun«, sagte er.

»Stephen.« Ihre Stimme war ein Flüstern. »Wirst du nicht protestieren?«

Er stieß einen gewaltigen Seufzer aus. »Ich beteilige mich nicht daran. Die Mehrheit entscheidet.«

Sie fühlte sich zu ihm hingezogen, sehnte sich danach, seine Hand zu berühren. Er war immer noch menschlich, er war der Mann, den sie liebte. Aber sie vermochte nicht, ihre Hand nach ihm auszustrecken. Ihre Hand war kalt, und seine würde ebenfalls kalt sein. Wo würde sie je wieder Wärme finden, menschliche Wärme, die Wärme des Verlangens und der Leidenschaft?

»Oh, Stephen«, rief sie. »Wer bist du? Ich dachte, du seiest ein Mann. Läßt du andere für dich entscheiden?«

Er sah sie mit gequälten, von tiefen Schatten umringten Augen an. »Ich habe meine Entscheidung getroffen.«

»Du hast dich entschieden, nicht zu entscheiden«, sagte sie bitter, »damit du nicht verantwortlich bist. Das ist der Punkt. Du willst nicht verantwortlich sein. Nun, ich will verantwortlich sein! Mit aller Kraft, die mir zu Gebote steht, will ich gegen das Ding ankämpfen, das wir geschaffen haben. Lieber hätte ich mir die rechte Hand abgeschnitten, als daran mitzuarbeiten, wenn ich je geglaubt hätte, daß wir es gebrauchen würden. Steve, was wird die übrige Welt von uns denken, wenn wir die Bombe abwerfen? Wir sind Amerikaner! Sie werden uns niemals verzeihen. In Indien liebten mich die Kinder auf der Straße, weil ich Amerikanerin und nicht Engländerin war. Meine Schulgefährten liebten mich, weil mein Land einst auch eine Kolonie gewesen war und wir uns die Freiheit erkämpft hatten. Mein erster Physikprofessor war ein Anglo-Inder. Wir führten lange Gespräche nach dem Unterricht. Er wünschte sich, daß die weiße Hälfte in ihm amerikanisch gewesen wäre. Steve, wenn wir die Bombe abwerfen, werden wir uns in den Augen der ganzen Welt zugrunde richten. Die Menschen werden nicht mehr an uns glauben.«

»Mein Gott, als ob ich nicht schon genug hätte, was mich aufreibt –« Er brach ab und fuhr dann fort. »Percy Hard wird nach England zurückgeschickt.«

»Nein!«

»Ja. Wir haben uns in den letzten fünf Tagen intensiv mit seinem Fall beschäftigt. Der General hat den Beweis gefunden. Percy steht mit den Russen in Verbindung.«

»O nein, Stephen! Aus welchem Grunde?«

»Ein schiefes Gewissen. Er glaubt, die einzige Sicherheit liege darin, daß jeder alle Atomgeheimnisse kenne. Er hat ihnen Informationen zukommen lassen.«

»Wie?«

»Durch ein paar Techniker, die er beeinflußt hat.«
»Bestochen?«
»Nein. Seltsamerweise hat er alles nur mit Hilfe von Argumenten zuwege gebracht, die das Gewissen dieser Leute ansprachen. Das ist viel gefährlicher! Ich weiß, was ein Gewissen anzurichten vermag. Es ist wie ein zweites Ich. Ich muß es Helen sagen . . . ich weiß nicht, wie sehr diese Sache sie berühren wird.«
»Du mußt in erster Linie an sie denken«, sagte Jane.
Qual und dann Erleichterung durchströmten ihr ganzes Wesen. Er dachte nicht an sie, und das war Qual. Doch wenn er nicht an sie dachte, so war sie ja frei. Von der Liebe befreit. Oh, sie liebte ihn, aber er hatte keine Gewalt mehr über sie.
Es war, als spüre er ihre Abwendung, denn er sprach mit plötzlicher Schärfe.
»Sobald ich kann, spreche ich mit Helen über uns beide.«
»Bitte nicht«, erwiderte sie leise. »Das wäre zu grausam. Was bliebe ihr dann noch? Ich könnte es nie ertragen.«
»Jane, du kannst mich doch nicht im Stich lassen!«
»Doch, Stephen. Ich muß es sogar. Ich will dich nicht lieben. Das weiß ich jetzt. Die Mesa war wohl daran schuld. Sie hat uns auf unnatürliche Weise zueinander getrieben. Wir haben uns an – an Kameradschaft gewöhnt und uns eingebildet, es sei Liebe. Habe ich nicht recht?«
»Jane, ich verspreche dir, daß ich zu dir zurückkomme, sobald ich es Helen gesagt habe.«
Er sah sie flehentlich an. »Glaube es mir – glaube mir doch –«
»Ich weiß, du möchtest, daß ich dir glaube, aber ich kenne dich zu gut, Stephen. Du wirst nicht zu mir zurückkommen können. Auch du hast ein Gewissen. Du hast ganz recht. Du mußt zuerst an Helen denken.«
Er stand auf. »Zunächst muß ich wohl an sie denken, aber nachher –«
Sie schüttelte den Kopf. Stephen starrte sie mit einem bitteren Lächeln an. »Ist es nicht reichlich spät, um den Rückzug anzutreten?«
Sie wich seinem Blick nicht aus. »Du hast mich in Wirklichkeit nie geliebt!«
»Ich liebe dich zum Verzweifeln«, sagte er. »Und ich bitte dich, mich jetzt allein zu lassen.«
Es war ihm ernst. Sie sah, daß es ihm ernst war. Er liebte sie und wünschte sie fort. Was blieb da noch zu sagen? Sie drehte sich um ließ ihn allein.
Sobald sie fort war, preßte er die Lippen zusammen und machte sich energisch daran, das zu tun, was so rasch wie möglich getan werden mußte. Wenn die Russen durch Percy das Geheimnis hatten,

mußte die Bombe sofort benutzt werden. Die Mehrheit der Wissenschaftler war damit einverstanden. Er war der Entscheidung enthoben. Heute morgen war der Adjutant des Generals zu ihm gekommen. Stephen hatte ihm seinen Bericht über die unter den Wissenschaftlern durchgeführte Meinungsbefragung ausgehändigt, den der Oberst mitnahm. Dann war Jane erschienen, Jane, die er doch liebte. Aber selbst die Liebe war eine verkümmerte Pflanze in seinem Herzen, zusammengeschrumpft vor dem Monstrum, das er mit erschaffen hatte. Was für eine Bedeutung hatte die Liebe, wenn die Welt zerstört wurde? Aber Jane hatte so schön ausgesehen, so blaß und traurig. Er sehnte sich danach, so aufrecht zu sein wie sie, so überzeugt von dem, was sie für richtig hielt — das oft unbrauchbare Richtige, das nicht existierende Absolute. Aber er wollte sich auf keine Seite schlagen. Mochte die Mehrheit jetzt diese fürchterliche Frage entscheiden!

Als er so allein dasaß und immer noch mit sich rang, hörte er ein Klopfen an der Tür. Vielleicht war es Jane. In diesem Augenblick wußte er, daß er sie eigentlich nicht hatte fortschicken wollen. Er wollte gar nicht allein sein. Mit großen Schritten eilte er durchs Zimmer und riß die Tür auf. Vor ihm stand der Oberst.

»Bitte, treten Sie ein«, sagte er enttäuscht.

Der Oberst kam schnell herein und schloß die Tür hinter sich. »Tut mir leid, Sie schon wieder zu stören, aber Washington möchte Ihre Ansicht hören.«

»Meine Ansicht?« wiederholte Stephen.

Er sank auf die Fensterbank und spürte, wie ihm die Sonne, die in der reinen Wüstenluft kristallklar war, auf den Rücken brannte.

»Washington möchte wissen, wie Sie darüber denken, Sie ganz allein«, wiederholte der Oberst.

»Wie ich darüber denke«, sagte Stephen hilflos. »Ich habe vier Jahre lang nachgedacht. Mein Vater war ein Quäker. Er hielt nichts vom Kriege. Es wundert mich, daß er nichts unternommen hat — ich kann mich nicht entsinnen, daß er etwas dagegen getan hat —, jedenfalls nichts Entscheidendes.«

»Fühlen Sie sich ganz wohl?« fragte der Oberst.

Stephen stand auf. Er zupfte nervös an seiner Unterlippe und starrte auf den Sonnenfleck am Boden.

»Ja, ich fühle mich ganz wohl«, sagte er zaudernd. »Ja.«

Doch er fühlte sich durchaus nicht wohl. Ein Klumpen Blei lag in seiner Magengrube, und sein Gehirn war leicht umnebelt. Jane hätte ihn nicht allein lassen sollen, wenn er sie auch darum gebeten hatte. Sie hätte wissen müssen, daß er es nicht so meinte.

Er setzte sich an den Schreibtisch, nahm seine Feder und schrieb mit zitternder Hand: *»Ich schließe mich der Mehrheit an . . .«*

Er hielt inne und und fügte dann unsicher hinzu: *»obgleich ich die*

Notwendigkeit beklage. Ich bete, daß sie nur ein einziges Mal zur Anwendung kommen möge, solange die Erde steht.« Er setzte seinen Namen darunter. Ein furchtbarer Gedanke durchzuckte sein Gehirn: Was, wenn dieses eine Mal genügte, um das Ende der Welt herbeizuführen? Er faltete den Bogen, steckte ihn in einen Umschlag und übergab ihn dem Oberst, der sofort das Zimmer verließ.

Nachdem er wieder allein war, blieb er lange unbeweglich, die Hände vor sich ausgebreitet, hinter seinem Schreibtisch sitzen. Das, was er mit entdeckt hatte, das Ding, das er geschaffen hatte, das Geheimnis der Schöpfungsenergie, die Quelle des Lebens im Universum, hatte er an den Tod abgetreten. Voller Schrecken und Zweifel an sich selbst griff er nach dem Telefon und rief Jane in ihrem Haus an. Sie würde jetzt dort sein um diese Stunde des Sonnenunterganges. Als sie ihn verließ, hatte sie sich bestimmt dorthin geflüchtet. Er horchte. Das Telefon läutete immer wieder. Keine Antwort. Sie war nicht da.

Ein Gefühl grenzenloser Verlassenheit überwältigte ihn. Wild jagten sich die Gedanken in seinem Kopf, und wieder und wieder stellte er sich die quälende Frage, wie er — wie sie alle, die an der Erschaffung der Bombe mitgearbeitet und sich nun für ihre Anwendung entschieden hatten, das, was geschehen war, wieder rückgängig machen könnten. Es mußte doch einen Ausweg geben! Plötzlich raffte er sich zusammen. Er beschloß, unverzüglich nach Washington zu fahren.

Eine Stunde später packte er hastig seinen Koffer, um in aller Eile und allen Befehlen zuwider ein Flugzeug zu erwischen, weil ein Zug ihn nicht schnell genug ans Ziel bringen würde. Helen, die ihm in der Küche ein paar Brote machte, rief zu ihm hinauf:

»Steve, Dr. Szigny ist hier. Er möchte dich unbedingt sprechen.«

»Schicke ihn zu mir herauf.«

Im nächsten Augenblick stand Szigny da, keuchend und kurzatmig wie immer; die Haare hingen ihm wirr ins Gesicht.

»Ha, ich komme ja noch gerade im richtigen Augenblick. Sie gehen also nach Washington? Hören Sie, Stephen. Ich muß Ihnen etwas sagen, das Sie unbedingt noch wissen müssen. Ich komme soeben aus Washington. Dort habe ich Bilder von japanischen Städten gesehen. Die Zerstörung ist furchtbar. Unsere B-29-Flugzeuge haben eine wahre Hölle entfacht. Japans Flotte ist fast ganz zerstört. Bei Überwasser- und Unterwasserblockade muß es sich ergeben. Das Volk wird es verlangen, und die Herrscher sind dagegen machtlos. Die Amerikaner brauchen also keine Invasion zu machen. Wir brauchen die Bombe nicht abzuwerfen. Sprechen Sie mit dem Präsidenten, Stephen. Sagen Sie ihm, es sei zu spät. Japan wird sich ergeben. Ich schwöre es. Japan liegt schon auf den Knien. O ja, es ist ein stolzes

Volk, ich weiß. Aber man könnte ihm etwas Ehre lassen. Man brauchte zum Beispiel nicht die ›bedingungslose Übergabe‹, sondern einfach die ›Übergabe‹ zu verlangen. Ein wenig nachgeben in Worten – das lohnt sich wahrhaftig, wenn dann der Krieg zu Ende gebracht werden könnte, nicht wahr?« Dicke Schweißtropfen standen ihm auf der Stirn. Er nahm sich die Sache so zu Herzen, daß man ihm nicht widerstehen konnte.

»Ich kann es versuchen, Szigny. Ich will es versuchen«, versprach Stephen.

»Der Präsident weiß das alles, Steve«, sagte der Kriegsminister. Er war tief besorgt, niedergeschlagen, traurig. Er hatte in letzter Zeit stark abgenommen, und sein Kragen war zu groß für seinen mageren Hals. Sobald der Krieg zu Ende war – das hatte er heute morgen seiner verängstigten Frau versprochen –, würde er ins Krankenhaus gehen und feststellen lassen, warum er solche Schmerzen in der rechten Seite hatte.

»Er weiß es und gibt dennoch den Befehl, die Bombe abzuwerfen!« rief Stephen entsetzt.

»Das Rad ist im Rollen.« Der alte Mann seufzte. »Es gibt kein Zurück. Wir können die Dinge nur mildern.«

»Mildern! Wie mildert man eine Riesenzerstörung?«

»Der Präsident möchte Japan durch eine Warnung zur Kapitulation auffordern. Eine Übergabe würde die Invasion überflüssig machen – und auch die Bombe.«

»Verlangt er bedingungslose Übergabe?«

»Ja. Auf etwas anderes will er sich nicht einlassen. Und er glaubt, das amerikanische Volk auch nicht. Tatsächlich –« er zauderte und fuhr dann fort, »haben die Japaner bereits Fühler ausgestreckt – aber sie weigern sich, bedingungslos zu kapitulieren.«

»Und wir bestehen darauf?«

»Ja ... Zu unserer Rechtfertigung muß ich jedoch sagen, daß die von uns vorgeschlagenen Bedingungen ehrenhaft sind. Sie werden ihre Souveränität behalten.«

»Und die Alternative, wenn sie nicht akzeptieren?«

»Gänzliche Zerstörung«, erwiderte der Minister.

Eine Weile herrschte Totenstille. »Dann müssen sie gewarnt werden, und nicht nur einmal, sondern viele Male!«

»Ja. Es wird zunächst ein heftiges Bombardement durch unsere Flugzeuge stattfinden. Dann schicken wir die Aufforderung zur Kapitulation.«

»Das Volk muß es erfahren«, erklärte Stephen. »Wir können Millionen von Flugblättern abwerfen.«

»Dafür ist die Zeit zu kurz.«

»Die Zeit muß reichen. Ich selbst will mich darum kümmern –«

Der Minister blickte zu dem großen jungen Mann auf, und in seine verblichenen Augen kam ein warmes Leuchten. »Ich werde das Geld vorstrecken — der Instanzenweg ist zu lang!«

»Ich danke Ihnen, Sir. Und wenn Sie mir nun verzeihen wollen, daß ich fortstürze —«

»Stürzen Sie nur«, sagte der Minister, »laufen Sie, eilen Sie, tun Sie, was Sie können. Wenn Sie Hilfe brauchen, wenden Sie sich an mich.«

»Danke vielmals«, wiederholte Stephen.

Die Aufforderung zur Übergabe wurde am 26. Juli durch Rundfunk und Zeitungen bekanntgegeben. Stephen wartete im Arbeitszimmer des Ministers auf die Antwort. Sie kam, kalt und formell. »Die japanische Regierung kann das schimpfliche Angebot nicht annehmen.«

»Flugblätter abwerfen«, befahl der Minister.

Am nächsten Tag fielen Tausende von Flugblättern wie Sommerschnee auf die japanischen Großstädte.

»Können sie überhaupt lesen?« fragte Stephen. Der Gedanke kam ihm jetzt erst.

»O ja, sie können lesen«, erwiderte der Minister. »Japan hat kaum noch Analphabeten.«

Die Flugblätter warnten zunächst vor dem üblichen Bombardement.

Am 28. Juli wurden sechs Großstädte bombardiert.

Tokio reagierte nicht. Tag für Tag saß Stephen in Washington seine Stunden ab.

Am 5. August, einem glühend heißen Sommertag, an dem die Wolken tief über der Stadt hingen, war noch immer keine Antwort in der amerikanischen Hauptstadt eingetroffen. Der Minister ließ besondere Warnungen drucken und wieder in Millionen von Flugblättern verteilen. Der Tag verstrich und brachte keine Nachricht. Um Mitternacht wandte sich der müde alte Mann an den mit zusammengepreßten Lippen dasitzenden jungen Wissenschaftler. Seit achtundvierzig Stunden hatte keiner von ihnen den Raum verlassen.

»Stephen«, sagte er leise. »Wir haben alles getan, was wir können. Gehen Sie in Ihr Labor zurück.«

Über der Stadt in Japan schwebte das Flugzeug wie ein Schmetterling über einer offenen Blume. Es kreiste wie ein Fischhabicht über einem silbernen Teich, des Morgens, wenn die Goldfische an die Oberfläche schwärmen, um sich im Sonnenlicht zu tummeln. Es war ein Mittsommermorgen, und das Treiben des Tages hatte gerade begonnen. Männer, die zu ihren Büros gingen, Frauen, die in Rikschas zum Markt fuhren, Kinder, die auf dem Wege zur Schule waren, hörten das Brummen über sich. Sie blickten auf und sahen ein Flugzeug am Himmel, ein einsames Flugzeug. Sie waren beruhigt. Ein einzelnes Flugzeug. Was für einen Schaden konnte das schon anrichten? Feindliche Flugzeuge kamen zu Hunderten, wenn sie einen Angriff machten. Die Menschen lächelten sich erleichtert zu und gingen ihrer Wege.

Unbemerkt fiel ein silberner Gegenstand aus dem Flugzeug und glitt zur Erde, ein kleines Ding am Himmel, ein glitzernder Punkt, ein Stück aus der Sonne. Es war tatsächlich ein Stück der Sonne, ein Feuerball mit einem Durchmesser von fünfhundert Metern und einer Temperatur im Innern von vielen Millionen Hitzegraden, zusammengepreßt in einen kleinen Metallbehälter. Und nun barst dieser Behälter. Die Luft um ihn herum wurde durch den ungeheuren Druck fortgepreßt, und diese ungestüme Gewalt erzeugte in riesigen Stößen Winde mit einer Geschwindigkeit von Hunderten von Meilen, ja sogar tausend Meilen in der Stunde. Die mächtige Energie, der gewaltige Sog setzten alles im Umkreis in Flammen: Holz, Tuch, Strohdächer, große Kunstwerke und menschliches Fleisch, Blut, Knochen und Gehirn. Und dann folgten die ungesehenen Ausstrahlungen. Von den dreihunderttausend Menschen in der Stadt wurde ein Drittel sofort getötet, und von den Überlebenden waren die meisten verbrannt, verkrüppelt und fürs Leben mit Narben gezeichnet, tiefen, auch in ihrem regenerierten Fleisch unerbittlich wiederkehrenden Narben.

Eine große Stille senkte sich auf die Erde. Am tiefsten war sie in der Stadt auf der Mesa, dieser neuen Stadt, die auf der Erschaffung der Bombe gegründet und aufgebaut und deren Werk nun vollendet war. Die Morgenzeitungen, die Rundfunkansager, die Telegrafendrähte, die Kabel unter den Ozeanen, alle hatten angekündigt, daß die Mission erfüllt sei. Eine Stadt und noch eine waren zerstört, und die große Stille verbreitete sich über die ganze Welt.

An eben diesem Morgen, in dieser Stille erhielt Jane einen Brief. Er wartete auf sie im Briefkasten ihres Büros. Sie war am Vormittag ins Labor gegangen, weil sie nicht wußte, was sie anfangen sollte. Sie hatte mit niemandem gesprochen, und niemand war zu ihr gekommen. Stephen hatte die Mesa vor zwei Tagen verlassen, ohne ihr zu sagen, wohin er ging. Sie nahm an, daß er es nicht ertragen konnte, hier zu sein, wenn die Bombe fiel. Helen war mit ihm gegangen, aber Jane empfand bei diesem Gedanken keine Eifersucht. Sie fühlte nichts. Die Stille war auch in ihr. Etwas war vorüber, ein Abschnitt ihres Lebens abgeschlossen.

Und in diesem Augenblick, zwischen Ende und Anfang, kam der Brief. Sobald sie die vertraute indische Marke sah, wußte sie, daß er von Raman in Almora kam. Seit einem Jahr hatte er nicht mehr geschrieben. Er hatte nicht einmal ihren letzten Brief beantwortet, den sie in verzweifelter Einsamkeit schrieb, nachdem er ihr seine Liebe eingestanden, sie aber mit aller Entschiedenheit gebeten hatte, nicht nach Indien oder zu ihm zurückzukehren.

»Ich habe mich von meinem englischen Blut losgesagt«, hatte er vor einem Jahr geschrieben. »Ich habe mich für Indien entschieden, und das bedeutet, daß ich ein indisches Leben führe. Wir lassen uns nicht von unseren Frauen scheiden, wir Hindus. Und Lakshmi ist unschuldig. Sie ist mir eine gute Frau. Soll ich sie fortschicken, weil ich Dich liebe? Wäre das meiner würdig?«

Es war ein grausamer Brief, obwohl er sanft geschrieben war, und sie hatte in Liebe und Zorn darauf geantwortet. Nun, nach einem Jahr, wurde beim Anblick seiner Handschrift die alte Neigung wieder lebendig, die zwischen ihnen bestanden hatte, seitdem sie ein Schulmädchen und er ihr Lehrer war. Von allen Tagen ihres Lebens war dies der Tag, an dem es sie am meisten verlangte, von ihm zu hören, und nun sprach er zu ihr.

Sie ging in ihr Labor, schloß die Tür und saß eine ganze Weile da, ohne den Brief zu öffnen. Sie sah ihn wieder vor sich: die hohe Gestalt, das traurige, schöne Gesicht, die dunklen, tief ehrlichen Augen. Dann öffnete sie den Brief. In der großen Stille begann sie zu lesen.

Mein liebes Kind!

In diesem Verhältnis standen sie jetzt zueinander. Er war ihr Lehrer-Vater und sie sein Kind.

Ich schreibe Dir, weil Du die einzige Amerikanerin bist, die ich kenne. Es mag sein, daß Deine Stimme nicht genug Gewicht hat, aber als Wissenschaftlerin stehst Du anderen Wissenschaftlern nahe und kannst vielleicht ihre Stimmen entleihen. Wie ich unterrichtet bin, bereiten amerikanische Wissenschaftler eine neue Waffe vor. Ich weiß dies von zwei russischen Studenten, die man aus mir unbekannten Gründen von Moskau zu mir geschickt hat. Bist Du auch daran beteiligt? Aber nein, wie kannst Du, mein liebes Kind, eine Waffe machen? Ich habe Dich noch in Erinnerung als sanft, intelligent und weise – und auch schön. Doch Du arbeitest unter Männern. Wenn eine neue Waffe gemacht wird, flehe ich Dich an, dafür zu sorgen, daß sie nicht gebraucht wird. Es wird eine Waffe sein, die gegen Euch selbst, gegen Dein Land gerichtet ist. Man wird sie Euch nicht verzeihen. Wenn diese Waffe gebraucht wird, schwindet alles Alte. Es wird ein neues Zeitalter beginnen – ein fürchterliches neues Zeitalter. Dann kommst Du zurück nach Indien, mein Kind. Hier bist Du sicher.

Im Nu vergaß sie alle seine Warnungen. Sie sah nur die Einladung – komme zurück nach Indien, hier bist du sicher. Die Landschaften ihrer Kindheit tauchten wieder vor ihr auf: die Täler und Ebenen von Almora, grün und fruchtbar, die schneegekrönten Berge, die sanften, liebevollen Menschen. Sie sehnte sich danach, dort zu sein, in sicherer Hut, wie Raman sagte, und in seiner Nähe, wenn auch nicht bei ihm. Ach, sie war kein Kind mehr. Ob hier oder in Indien, sie war eine Frau. Der Brief glitt ihr aus den Händen. Sie legte die Arme auf den Tisch, beugte ihren Kopf darauf und weinte.

»So – und was steht nun auf dem Programm?« erkundigte sich Helen.

Stephen hatte das Haus früh am Morgen verlassen, und sie hatten sich bis zum Abend noch nicht wiedergesehen. Im Schweigen des Tages war er in seinem Büro geblieben und hatte ernste Gespräche mit den Wissenschaftlern geführt, die hin und wieder hereinschauten und etwas bei ihm verweilten. Die Einzelheiten waren ihnen nun durch Sondernachrichten von Washington bekannt. Die Bombe hatte alle Erwartungen erfüllt. Es gab nun nichts mehr zu tun. Keiner der Wissenschaftler erwähnte die Bombe. Sie sprachen von ihren künftigen Plänen. Alle hatten es eilig, wegzukommen; sie wollten wieder zurück in ihre Hörsäle, in ihre Büros, zu ihren Posten bei der Großindustrie. In einigen Tagen, einigen Wochen würde die Mesa verlassen, die Gebäude leer und das Leben hier verschwunden sein.

»Was willst du nun machen, Steve?«

Er antwortete nicht sofort. Schließlich sagte er: »Ich bin todmüde. Zu müde, um mir zu überlegen, was ich tun soll.«

»Du bist müde, weil du dir selbst verhaßt bist. Mir geht es nämlich genauso. Ich kann mich selbst nicht ausstehen.«

»Bitte, kein Feuerwerk heute abend. Ich kann es nicht ertragen.«

»Das glaube ich gern. Besonders nicht nach dem Feuerwerk, das du da hinten losgelassen hast.«

Er antwortete nicht, sondern ging langsam die Treppe hinauf wie ein alter Mann. Sie ließ ihn bis zur halben Höhe kommen, dann brachte sie ihn erbarmungslos zum Stehen.

»Bevor du weitergehst – du hast recht gehabt mit Percy Hard.«

Mit einer raschen Bewegung wandte er sich nach ihr um.

»Ja«, fuhr sie fort. »Er hat es mir gesagt. Angeblich fährt er nach England, in Wirklichkeit aber – zu einem unbekannten Ziel.«

»Und das hat er dir verraten?«

»Er bat mich mitzukommen.«

»Großer Gott –«

»Er ist wahrscheinlich schon fort. Er weiß, daß ich es dir sage. Ich versprach ihm, es nicht zu tun, bevor er fort sei. Ich dachte erst, er wolle mich umbringen. Er hat furchtbar starke Hände – von all dem Klavierspielen. Ich glaube, ich werde das Klavier nie wieder anrühren.«

»Helen, komm bitte mit mir hinauf und erzähle mir alles –«

Sie folgte ihm ins Schlafzimmer und setzte sich aufs Bett. Und während sie mit lebhafter Stimme sprach, sah er im Geiste den ganzen Ablauf des Geschehens deutlich vor sich.

»Während du und deine Wissenschaftler in eurem Eigenleben aufgegangen seid, hat sich hier ein anderes Leben abgespielt. Man kann nicht einfach eine Menge Leute auf so einer Mesa isolieren, ohne daß etwas passiert. In gewissem Sinne war es eine großartige Ferienzeit – nicht wahr? Alle ihr Geistesbrüder – habt ihr die Zeit nicht genossen, Steve? War es nicht wunderbar, immer jemanden zur Hand zu haben, mit dem ihr eure kühnen Ideen austauschen und an diesem großen Projekt arbeiten konntet? Percy behauptete es wenigstens. Aber er hatte außerdem noch seine Musik – war nicht ausschließlich Wissenschaftler wie du. Daraus erklärt sich vielleicht seine Handlungsweise. Er haßte übrigens die Amerikaner. Er hielt sie für ungeschliffen und zog ihnen die Russen vor. Die Russen, behauptete er, respektierten ihre Intellektuellen. Ihre Wissenschaftler bekämen riesige Gehälter und alle möglichen Auszeichnungen, hätten es viel besser als die englischen. Warum sollte er daher loyal sein? So begann es –«

»Und du hast dir das angehört.«

Sie nickte. »Weil er auch einen deutschen Standpunkt vertritt. Du magst es nicht glauben, aber es ist so. Er ist der Ansicht, daß die wissenschaftlichen Ergebnisse mit allen geteilt werden sollten – selbst diese Atomgeschichte. Darin läge die einzige Sicherheit. Wenn alle die Geheimnisse kennten, würde keiner diese schreckliche Macht gebrauchen. Vielleicht ergibt das einen Sinn. Jedenfalls ist das, was ihr getan habt, völlig sinnlos.«

Er sah sie an. »Und warum bist du dir verhaßt?«

Ihre Augen schwammen plötzlich in Tränen. »Oh, ich weiß nicht, Steve. Es ist nicht wegen Percy, aber er hat mich irgendwie ganz durcheinandergebracht. Ich weiß nicht mehr, was recht ist.«

»Ich auch nicht«, gab er zu.

»Fühlst du dich schuldig?«

»Ja und nein. Wir mußten es tun, oder etwa nicht?«

»Ich weiß es nicht.«

Sie sahen sich an, und zwischen ihnen lag eine Wüste. Er konnte ihr nicht helfen, er selbst brauchte Hilfe. In solchen Augenblicken hatte eine leere Liebkosung keinen Sinn. Ein Kuß war nur eine Geste. Und doch war Helen rührend und schöner, als er sie je gesehen hatte. Die leichte Bravourstimmung, der Anschein der Unabhängigkeit, die äußere Härte, die sie in den letzten Jahren zur Schau getragen hatte, waren von ihr abgefallen. Sie stand zitternd und wehrlos vor ihm. Ihr glühendes Gesicht, die von Tränen glänzenden Augen, das zerzauste Haar enthüllten ihm eine Frau, die er auf der Mesa noch nicht gesehen hatte.

»Ich wollte, ich könnte dir helfen«, sagte er unvermittelt. »Vielleicht könnte ich dann auch mir selbst helfen. Wir müssen eben warten. Alles muß warten.«

Dann ließ er sie allein.

Eine Stunde später, als die Türglocke läutete, war sie immer noch allein.

Sie hatte sich nach und nach wieder gefaßt, wenn sie auch ihren Kummer nicht überwunden hatte. Aber Kleinigkeiten, die zu tun waren, hatten ihr etwas darüber hinweggeholfen. Ihr Wellensittich mußte gefüttert, eine Vase mit welkenden Blumen hinausgebracht werden. Percy hatte ihr diese Blumen geschickt, und nun dachte sie nur daran, sie fortzuwerfen. Wo war Percy, und wieviel hatte er ihr bedeutet? Die Erinnerung an ihn war für immer verbunden mit den Stunden gemeinsamen Musizierens. Die Musik hatte sie verzaubert.

Solange ihr Herz schlug, würde sie die letzte Stunde mit ihm nicht vergessen. Aufgewühlt hatte sie seinem Spiel gelauscht, hingerissen von den berauschenden Klängen. Sie hatte Stephen belogen. Es war doch Percy, der sie aus der Fassung gebracht hatte, seine Küsse, seine erfahrenen, suchenden Hände und ihre allzu bereitwillige Hingabe. Vielleicht steckte etwas Schlechtes in ihr, etwas, das Stephen in seiner Reinheit nicht befriedigen konnte. Percy hatte auch etwas Schlechtes in sich. Das wußten beide ... Und als er in dieses selbe Zimmer gestürzt war, hätte sie beinahe nachgegeben.

»Helen, gehe mit mir fort –« hatte er gedrängt.

»Fort? Wohin? Was ist denn geschehen?«

»Ich gehe zurück nach England –«

»Jetzt?«

»In einer Stunde. Sonderflugzeug. Du könntest mich in New York treffen, Liebling –«

Seine Hände berührten sie, streichelten ihre Wangen, ihren Hals, ihre Brüste – sie hatte ihre ganze Willenskraft aufbieten müssen, um sich von ihm loszureißen.

»Percy, haben sie – bist du –?«

»Bin ich beschuldigt? Ja, Liebling, und ich bin stolz darauf, wenn du mich recht verstehst.«

Sie hatte plötzlich Angst vor dem fanatischen Licht in seinen blassen Augen –

»Bitte nicht, Percy!«

Im selben Augenblick hatten sie das Klopfen an der Tür gehört.

»Sie holen mich, Darling! Rufe mich an –«

Er hatte ihr rasch einen Fetzen Papier in die Hand gedrückt und war im Nu verschwunden. Vom Fenster aus hatte sie ihm nachgeblickt, als er zwischen zwei Offizieren davonging, und sofort das Papier zerrissen ... Das Weh in ihrem Herzen war noch da, aber es war jetzt erträglich.

Sie blieb vor dem Spiegel stehen, der über dem Kaminsims hing, und ordnete ihr Haar. Dann öffnete sie die Tür. Vor ihr stand Jane Earl. Sie trug ein blaues Baumwollkleid und hatte ihr dunkles Haar zu einem Knoten zurückgekämmt.

»Ach, Sie sind es«, sagte Helen bestürzt. »Stephen ist gerade ausgegangen.«

»Ich bin nicht Stephens wegen gekommen. Ich wollte Sie besuchen.«

»Dann kommen Sie bitte herein.«

Sie standen sich in dem engen Zimmer gegenüber.

»Ich weiß nicht, wie ich anfangen soll«, sagte Jane. »Vielleicht weiß ich nicht einmal, warum ich gekommen bin. Ich möchte mit einer Frau zusammen sein, mit einer Frau reden, und da dachte ich an Sie. Ich kenne sehr wenige Frauen. Meine Arbeit hat mich isoliert.«

»Ich beneide Sie«, meinte Helen.

Sie versuchten, ehrlich miteinander zu reden, die Schranken zu durchbrechen, die sie als Frauen trennten.

»Glauben Sie wirklich, daß ich zu beneiden bin?« fragte Jane.

Sehnsucht und Zweifel an sich selbst klangen aus dieser Frage, und Helen war gerührt. »Es muß wundervoll sein, mit Männern zusammen zu arbeiten, besonders mit Wissenschaftlern. Oh, das klingt banal. Ich weiß nicht, wie ich mich ausdrücken soll. Es ist schon so lange her, seitdem ich etwas Vernünftiges geredet habe. Während Stephen Tag und Nacht an diesem Projekt arbeitete, habe ich mich amüsiert. Bitte, unterbrechen Sie mich nicht. Ich weiß, ich habe in Familien ausgeholfen, war Babysitter für Mütter, die Einkäufe machen wollten, und habe Projekt-Witwen getröstet. Aber Sie wissen, was ich meine. Sie standen mit den Männern mitten drin in der Sache. Sie haben um ihre Geheimnisse gewußt. Ja, ich beneide Sie wirklich. Ich bin eifersüchtig auf Sie – nicht gerade wegen Stephen, obgleich das schlimm genug war – aber eifersüchtig auf das Leben, das Sie führen.«

Mit schmerzlichem Interesse hörte sich Jane diesen Ausbruch an. »Ich habe nie zuvor eine Frau richtig reden hören. Ich weiß, was Sie meinen, selbst wenn ich nie Ihr Leben gelebt habe. Auch ich habe Sie beneidet. Ich wollte heiraten, Kinder haben –«

Helen unterbrach sie. »Das wollte ich auch noch sagen – ich hatte mir Kinder gewünscht, aber dann bekam ich es plötzlich mit der Angst. Was für eine Welt ist das, die die Männer hinter unserem Rücken schaffen? Habe ich das Recht, Kinder in diese Welt zu bringen, wenn ich nicht weiß, was ihnen bevorsteht? Warum kann ich Stephen nicht fragen? Wir reden nicht über diese Dinge. Aber Sie wissen Bescheid. Würden Sie Kinder haben wollen? Ja?«

»Ich träume davon, welche zu haben. Aber es ist nicht mehr als ein Traum. Ich habe noch nie einen Mann so tief geliebt, daß ich seinetwegen meine Arbeit hätte aufgeben wollen.«

»Könnten Sie einen Mann überhaupt so sehr lieben?«

»Ich weiß nicht«, erwiderte Jane nachdenklich. »Madame Curie hat mir immer als Ideal vorgeschwebt. Sie war eine große Wissenschaftlerin, und sie heiratete einen Wissenschaftler. Sie hatten ihre gemeinsame Arbeit, ihr gemeinsames Leben. Zusammen bildeten sie ein Ganzes. Sie teilten das Laboratorium und die Kinder miteinander. Aber das kommt wohl nicht oft vor.«

Helen überkam es plötzlich wie eine Erleuchtung. Sie biß sich auf die Unterlippe und begegnete Janes forschendem Blick. Dann zwang sie sich dazu, es auszusprechen. »Vielleicht hätten – könnten Sie und Stephen ein solches Paar sein. Ich weiß aber nicht, ob ich tapfer genug bin.«

»Ich bin bestimmt nicht tapfer genug«, erklärte Jane. »Und glauben Sie mir bitte, daß ich nicht hierhergekommen bin, um das von Ihnen zu hören.«

Ihre Sanftheit flößte Helen Mut ein. »Wenn ich dächte, daß Stephen mit – mit Ihnen glücklicher wäre, würde ich mich damit abfinden. Vielleicht nicht sofort, aber nach einer gewissen Zeit könnte ich –«

»Er bedeutet für Sie alles im Leben, nicht wahr?«

»Ich glaube schon«, erwiderte Helen. »Ich weiß es nicht so recht.«

»Mir bedeutet er nicht mein ganzes Leben«, sagte Jane ruhig. »Ich kann mir ein Leben als Wissenschaftlerin aufbauen, und ich werde nicht heiraten, bis ich einen Mann finde oder ein Mann mich findet, mit dem ich dieses Leben teilen und darin meine Erfüllung finden kann. Das bedeutet aber nicht, daß ich das Opfer, das Sie vorschlagen, annehmen könnte.«

»Wenn es aber kein Opfer wäre –?«

Ihre Blicke trafen sich. Jane schüttelte den Kopf. »Ich gehe nach Indien«, sagte sie.

Burton Hall war wieder auf den Beinen, allerdings mit Hilfe eines Stockes, aber er konnte wenigstens gehen. Er war unruhig. Mollie war in einer Stimmung, die er nicht verstand. Er hatte ihr nichts von der Bombe erzählt, weil er wirklich nicht wußte, wann und wo sie abgeworfen würde. Er hatte es auch nicht wissen wollen. Es war nicht seine Angelegenheit. Er war ein kranker Mann. Der Arzt hatte ihn vor Aufregungen gewarnt. So hatte er von den Geschehnissen erst gestern durch die Zeitungen erfahren. Hiroshima, Nagasaki. Kriegsende.

Und heute, am Tag darauf, blickte er über den Frühstückstisch zu Mollie hinüber. Die Zeitung berichtete jetzt über die ganze Geschichte. Er hatte sie gelesen und Mollie ebenfalls. Zum erstenmal in ihrem gemeinsamen Leben sah er, daß sie die erste Seite las, anstatt, wie sonst, gleich die Frauenseite aufzuschlagen. Sie sprach kein

Wort. Sie preßte die Lippen hart aufeinander, und ihr rundes, rosiges Gesicht wurde plötzlich blaß.

»Na, der Krieg ist jedenfalls vorüber«, sagte er mit gespielter Heiterkeit.

Keine Antwort. Sie goß sich Kaffee ein, strich Butter auf ihren Toast und würdigte ihn keines Blickes. Dabei war sie sonst immer zum Reden aufgelegt, besonders an einem so schönen, sonnigen Morgen. Er aß schweigend und blickte hin und wieder verstohlen zu ihr hinüber, über die Vase mit Rosen hinweg, die mitten auf dem Tische stand. Schließlich ertrug er das Schweigen nicht länger.

»Bist du krank? fragte er scharf. »Oder hast du deine Zunge verschluckt?«

»Ich bin krank«, erwiderte sie.

»Hast aber anscheinend einen ganz gesegneten Appetit dabei.«

»Ich bin krank«, wiederholte sie. »Ich bin so krank, daß ich am liebsten dieses Haus verließe und nie wieder zurückkäme.« Ihre Stimme überschlug sich plötzlich, und sie wischte sich die Augen.

Er stieß seinen Stuhl zurück und warf seine Serviette auf den Boden. »Nun aber heraus mit der Sprache«, sagte er grimmig. »Jetzt mache bitte deinem Herzen Luft.«

Aber sie wollte ganz und gar nicht heraus mit der Sprache. Ihre Augen schwammen in Tränen, und ihr Gesicht glühte. Mühsam unterdrückte sie ein aufsteigendes Schluchzen.

»Du denkst wohl, ich hätte es getan«, knurrte er.

Nun kam's. »Du hättest nichts damit zu tun haben sollen! Es war eine gemeine, niederträchtige Handlung – es ist mir ganz gleich, ob wir Krieg hatten oder nicht. Ihr hättet das nicht tun dürfen. Was wird nun geschehen? Niemand wird mehr Vertrauen zu uns haben. Ich habe auch kein Vertrauen mehr zu dir. Mir zu verheimlichen, was du die ganze Zeit über auf der Mesa und da unten in Tennessee gemacht hast –«

Er schrie vor Empörung: »Verheimlichen? Ich habe dir alles erzählt.«

»Ich wußte nicht, wovon du redest.«

»Kann ich dafür, daß du so dumm bist?«

»Ich habe mich auf dich verlassen, Burt –«

»Hör mal, viele amerikanische Jungens wären noch gefallen. Denke nur an Tim – und Peter. Möchtest du, daß sie im Dschungel niedergeknallt oder in japanischen Gefangenenlagern ausgehungert und mißhandelt würden –?«

»Ihr habt hunderttausend Menschen auf einen Schlag getötet. So steht es in der Zeitung.«

»Dann willst du also, daß deine eigenen Söhne –?«

»Ich will nichts dergleichen. Und ich wollte, ich hätte überhaupt keine Kinder. Es ist nicht anständig, Kinder in einer solchen Welt zu haben. Wenn ich gewußt hätte —«

Sie schrien sich gegenseitig an, und er hörte diese unglaublichen Worte von ihr, der Mutter seiner Söhne. Mollie, die so ganz Mutter war, wollte, ihre eigenen Kinder wären nie geboren. Blitzartig durchfuhr ihn der Gedanke, daß Millionen von Frauen dasselbe sagten, junge Frauen, Frauen mit Babys, unverheiratete Mädchen.

»Mollie, weißt du überhaupt, was du da sagst?«

Schluchzend nickte sie.

»Mollie, nun mache dir doch mal klar, daß der Krieg vorüber ist! Tim wird gesund nach Hause kommen. Peter braucht nicht in den Krieg zu ziehen. Vielleicht wird es nie wieder Krieg geben. Vielleicht ist es für immer zu Ende, dieses Morden, dieses Leid, diese Verschwendung.«

Doch Mollie wollte nicht Vernunft annehmen, wollte nicht aufhören zu weinen. Zornig stapfte er mit seinem Stock zu ihr hinüber, und zornig strich er ihr über das Haar und drückte ihr sein frisches Taschentuch in die Hand. Sie nahm es, aber anstatt sich die Tränen damit abzuwischen, vergrub sie ihr Gesicht darin und schluchzte laut auf.

Er stapfte wieder zu seinem Stuhl zurück und starrte sie an. Sie war untröstlich. Zum erstenmal in seinem Leben vermochte er nicht, sie zu beruhigen. Und da sie gar nicht aufhören wollte, verließ er schließlich das Zimmer und zog sich in sein Arbeitszimmer zurück. Aber für sich allein konnte er auch nicht sein. Es verging keine Stunde, da suchte er sie bereits wieder und rief durchs Haus —

»Mollie, zum Kuckuck, wo bist du?«

Aus weiter Ferne kam eine schwache Stimme.

»Ich räume den Dachboden auf!«

Er polterte keuchend die Treppe hinauf und fand sie dort in Staub und Spinngeweben. Sofort begann er wieder.

»Mollie, muß ich alle Argumente noch einmal vorbringen?«

Sie sah mit klaren Kinderaugen zu ihm auf. »Ich brauche nicht mit deinen Ansichten übereinzustimmen, Burt, und tue es auch nicht. Ihr habt die Bombe benutzt, alle miteinander, weil ihr sie gemacht hattet und nicht ertragen konntet, daß sie nicht ausprobiert wurde. Und dann habt ihr euch eingeredet, daß ihr gerechtfertigt seid; aber dadurch seid ihr noch lange nicht gerechtfertigt . . . ich möchte gerne wissen, wie Jane darüber denkt. Ich möchte wohl mit ihr sprechen.«

»Das kannst du nicht. Sie hat ihren Posten aufgegeben. Sie geht nach Indien.«

Sie war betroffen. »Indien! Das bedeutet, daß sie es auch nicht ertragen kann, was ihr getan habt.«

»Sie ist närrisch«, brummte Burt. »Was will sie nur in Indien anfangen? Sich in irgendeinem Dorf begraben? Sie ist eine Wissenschaftlerin, ein Genie, aber sie kann es nicht ertragen, weil sie eine Frau ist.«

»Du auch nicht, Burt. Denke nur ja nicht, daß du mich einwickeln kannst. Du bist dir selbst zuwider.«

»Nein, durchaus nicht«, prahlte er. »Ich – ich – ich –«

»Du bist dir selbst zuwider«, beharrte sie. »Und du weißt nicht, was du jetzt mit dir anfangen sollst. Du denkst dir irgendein gutes Werk aus. Du wirst nicht nach Indien gehen, aber du wirst – du wirst –«

Stundenlang debattierten sie da oben auf dem Boden. Keines von beiden dachte an das Mittagessen ... keines ging ans Telefon, wenn es läutete. Die Aufregung hätte genügt, um bei ihm einen neuen Anfall heraufzubeschwören. Mehrere Male erinnerte er sie daran, aber es machte keinen Eindruck auf sie. Wie immer, traf sie ihn mit unfehlbaren Instinkt direkt ins Herz. Schließlich sank er auf einen zerbrochenen Stuhl, schlug die Hände vors Gesicht und stöhnte laut.

»Ich bin krank. Wirklich krank. Trotzdem sage ich immer noch: wir mußten es tun. Aber ich möchte aus dem ganzen Schlamassel heraus ... Was hätte ich tun können? Ich gebe zu, ich hätte mich nie in die Lage bringen lassen sollen. Der Ruhm der Wissenschaft zwang mich, eine unübertreffliche Mordwaffe zu erfinden – und das ist eine Sünde wider den Heiligen Geist. Die unverzeihliche Sünde –«

Sie legte sich energisch ins Mittel. »Burt, fang bloß nicht an zu winseln wie dein Vater. Es hat keinen Sinn, sich hinterher zu kasteien. Du mußt dir überlegen, was du jetzt anfangen willst. Was hast du vor?«

Er hob den Kopf. »Mollie«, sagte er geknickt, »ich habe mich immer gefragt, ob du wohl dumm seist. Jetzt weiß ich, daß du es nicht bist.«

»Selbstverständlich bin ich dumm«, erklärte sie.

Ihre Tränen trockneten, und ihre Stimme klang wieder so energisch und heiter wie sonst. Das besagte, daß sie ihn untergekriegt hatte und daß sie es wußte. Sie strich sich ein paar Haarsträhnen aus dem Gesicht und fuhr fort: »Du bist zu alt, um auf die Berge zu klettern und im Dschungel zu schwitzen, damit du noch etwas mehr über kosmische Strahlen erfährst. Und ich werde zu alt, um dich dabei zu begleiten. Du solltest dir einen guten Posten als Universitätsprofessor suchen. Laß die jungen Leute die schwere Arbeit machen.«

»Da hast du recht«, sagte er in ehrlicher Bewunderung. »Das werde ich tun.« Er stand auf und streckte seine Arme nach ihr aus. »Du kennst mich besser, als ich mich selbst kenne.«

»Das ist nicht verwunderlich«, sagte sie und kam in seine Arme.

»Worüber habe ich denn sonst in all diesen Jahren nachzudenken gehabt?«

Sie umarmten sich. Er klopfte ihr liebevoll und begütigend auf den Rücken, und dann gingen sie zusammen nach unten. Die Ruhe in seinem Hause war wiederhergestellt. Sie würde jetzt ihr mitgenommenes Gesicht pudern, dann in die Küche gehen und sich trösten, indem sie eine Apfelpastete backte. Und er wollte in Ruhe Pläne für sein weiteres Leben schmieden.

Er kehrte wieder in sein Arbeitszimmer und zu seinen friedlichen Betrachtungen zurück. Eine gute Auseinandersetzung mit Mollie war immer wohltuend. Nun konnte er an seine nächste Aufgabe denken ... was mit den Wissenschaftlern geschehen sollte.

Sie verließen die Mesa wie die Ratten das sprichwörtliche sinkende Schiff. Ein Schiff war gar keine schlechte Metapher für den Platz inmitten des Wüstenmeeres. Vor allen Dingen dachte er an sein Versprechen, die im Atomkern verborgene schöpferische Kraft nicht in den Händen der Generale zu lassen. Sie mußte in den Händen von Zivilisten liegen, Männern und Frauen, die die Absicht hatten, Leben zu bringen und nicht den Tod. Er würde seine Wissenschaftler zusammentrommeln. Dann würden sie Washington überfallen und einen solchen Klamauk machen, daß die Nation aufhorchen mußte. Und wenn der Tumult einmal vorüber war, würde er sich an eine kleine, ihm bekannte Universität zurückziehen.

Raman war dabei, sein Laboratorium und sein Haus mit Wasser vom heiligen Ganges zu besprengen. Es war noch sehr früh und der Morgen kühl und sonnig. In Ramans braunem, hübschem Gesicht spiegelte sich die Ruhe seiner Seele. Das Haus war still. Seine Kinder waren alle fort, und seine schmächtige kleine Frau erhob sich erst spät am Nachmittag. Er war stolz auf seine Kinder, auf seinen Sohn, der als Privatsekretär des Vizekönigs in New Delhi lebte, und auf seine Tochter, die einen hohen Verwaltungsposten in einer der Provinzen innehatte. Dabei war Sita verheiratet und hatte Kinder. Aber hier in Indien gab es zum Glück noch genug Ajas, denen die Kinder anvertraut werden konnten, während die modernen jungen Frauen ihrer eigenen Tätigkeit nachgingen. Seine liebe Jane hatte nicht geheiratet.

»Geliebtes Kind«, hatte er gestern zu ihr gesagt, als sie in der Abendkühle auf der Veranda saßen, »warum heiratest du nicht?«

»Ich würde meine Arbeit aufgeben müssen, wenn ich Kinder hätte«, erwiderte sie.

»Du könntest ja einen reichen Mann heiraten«, schlug er vor.

»Ich würde nur einen Wissenschaftler heiraten, und der würde nie reich sein.« Dann hatte sie ihn mit ihren dunklen Augen angesehen und hinzugefügt: »Der wahre Grund ist aber, daß ich gar nicht heiraten möchte.«

Ihr Hindi war tadellos. Sie hatte nichts vergessen. Und mit ihrem glatten, dunklen Haar und ihrer brünetten Haut hätte sie seine Tochter sein können. Aber er dachte niemals an sie als eine Tochter. Sie war seine Schülerin, seine Pflegebefohlene, die ihm am Herzen lag. Er war ungeheuer stolz auf ihre blendende Intelligenz.

Raman hatte nicht gut geschlafen. Zutiefst in seinem Innern lebte immer noch die Wahrheit, daß er nie eine Frau so geliebt hatte wie Jane. Er hatte zwar gelernt, mit der Wahrheit zu leben, aber sein Fleisch regte sich immer noch. Er hätte sie vor langem heiraten können. Aber er wollte ihre junge Liebe nicht ausnutzen; er hatte ihr nicht nachgegeben, nicht einmal an dem letzten Abend, als sie die Schule verließ, wo er ihr Lehrer gewesen war. Nie würde er vergessen, wie sie an seiner Brust geschluchzt, wie warm sie in seinen Armen gelegen hatte. Aber er war standhaft geblieben. Schon vor langem hatte er seinen Platz gewählt, und der war Indien.

»Aber ich will doch hier leben«, hatte sie geschluchzt. »Ich liebe Indien auch.«

»Ich erlaube dir nicht, hier zu leben«, hatte er erwidert. »Du gehörst in dein eigenes Land. Du mußt mich verlassen.«

Irgendwie hatte er die Kraft für diese Worte gefunden. Da er bereits die unvergleichlichen Fähigkeiten ihres Geistes erkannt hatte, durfte er ihr Opfer nicht annehmen, selbst nicht um der Liebe willen. Er hatte seinen Entschluß nie bereut.

Raman war nach dem Frühstück in sein Laboratorium gegangen und saß nun auf einem hohen Schemel vor dem Tisch. Durchs Fenster blickte er auf die schneegekrönten Berge jenseits der grünen Täler von Almora. Vor ihm stand ein unendlich zartes Instrument, mit dem er die Schockwellen einer auf einem Stahlmesser aufgespießten Karotte maß. Er wurde unterbrochen.

»Ach, was für einen Zweck hat es, zu wissen, daß die Karotte auch leidet, Babu?«

Es war Jane, die sich über seine Schulter beugte! Er drehte sich um und lächelte. Sie war barfuß, daher hatte er sie nicht kommen hören. Nun stand sie hier in einem blaßgelben Sari mit silbernen Armreifen an den Gelenken.

»Du siehst ausgeruht aus«, sagte er.

»Ich bin auch ausgeruht«, erwiderte sie.

»Um auf deine Frage zurückzukommen«, fuhr er fort, »man kann wahrhaftig sagen, daß es nur die Gesamtheit des Leidens in der Welt vergrößert, wenn man weiß, daß diese goldene Rübe auch Schmerz empfindet, wenn sie aufgespießt wird. Mir liefert es den wichtigen Beweis, daß alles Leben eins ist. Pflanze oder Mensch, wir leiden. Schmerz ist unser gemeinsamer Besitz ... Hast du schon gefrühstückt? Ich hatte den Dienern gesagt, sie möchten es dir auf dein Zimmer bringen.«

»Ich habe gegessen.«

Er berührte einen Knopf an seinem Apparat und schaltete den Strom ab.

»Du brauchst meinetwegen nicht mit der Arbeit aufzuhören, Babu.«

»Arbeiten kann ich noch mein ganzes Leben lang. Warum soll ich an den paar Tagen, die du noch hier bist, arbeiten?«

»Nur ein paar Tage, Babu?«

»Nicht länger«, entschied er. »Hier kannst du nicht arbeiten. Du mußt zu den Wissenschaftszentren zurückkehren, zu deinem eigenen Land.«

Sie seufzte. »Oh, Babu, ich bin kaum einen Monat hier, und schon schickst du mich wieder fort. Könnte ich nicht ein oder zwei Jahre hierbleiben?«

»Nein.«

Er führte sie durch einen Korridor in einen kühlen, mit Marmorplatten ausgelegten Raum, der nur mit hellen, seidenen Sitzkissen ausgestattet war. Sie setzten sich hin.

»Laß mich bei dir bleiben«, murmelte sie.

»Das darf ich dir nicht gestatten«, sagte er heiter. »Was zwischen uns ist, das haben wir auch, wenn du woanders bist. Du kannst nicht in deine Kindheit zurückkehren.«

Ein Geruch von Staub und Wasser stieg aus den Blumenbeeten jenseits der Veranda. Der Gärtner begoß die Blumen und das Gras. Von irgendwoher ertönte das helle Lachen eines Kindes, und eine Frau rief ein paar Worte. Frieden lag in der Luft, ein lieblicher Friede, der die Seele erfrischte.

»Dies hier ist nicht die Wirklichkeit«, fuhr er fort. »Es ist nicht das Zentrum der Welt. Eines Tages vielleicht, aber nicht in diesem Zeitalter. Das Zentrum liegt in deinem Lande, nicht in meinem.«

»Warum willst du dein englisches Erbteil nicht anerkennen? Du bist doch auch von meinem Blut!«

»Deshalb schicke ich dich ja fort. Ich kann dich nicht zu nahe bei mir haben. Ich bin noch zu jung, um gefeit zu sein. Wenn ich alt und blind bin, kannst du zurückkommen und in meinem Hause leben.«

Sie lachte und seufzte ein wenig. »Babu – wenn du nur wüßtest – auf der anderen Seite des Ozeans lebt ein Mann, der mir genau dasselbe gesagt hat –«

»Erzähle mir von ihm.«

Sie erzählte ihm von Stephen und verbarg nichts. Er hing an ihren Worten und Blicken. »Liebst du diesen Mann?«

»Ich glaube wohl.«

»Aber er ist verheiratet?«

»Ja.«

»Dann kannst du dich glücklich schätzen.«

»Glücklich, Babu? Ich bin elend. Erst dich und dann ihn zu lieben!«

»Du bist sehr glücklich. Diese Liebe erhält dich lebendig. Du liebst, aber das Leben verbietet dir, dich dieser Liebe hinzugeben.«

Schweigen gebietend, hob er eine lange, schmale Hand. »Du gehörst zu denen, die durch die Liebe vernichtet würden, wie ich auch. Glaubst du, ich könnte es wagen, dich so zu lieben, wie ich es gern möchte? Du würdest mich zerstören. Wir gehören zu denen, die allein leben müssen.«

Dies war jetzt sein Hauptgesprächsstoff. Worüber sie auch reden mochten, immer wieder kam er darauf zurück, und sie wußte, daß er mit seinem unnachahmlichen und gewohnten Geschick sie aufklärend belehrte, ihren Willen stärkte und sie zwang, zu ihrer eigenen Arbeit zurückzukehren.

»Es wäre traurig«, begann er an einem anderen Tage, »sehr traurig, mein Kind, wenn du die ungeheure Freude verlörest, die zunehmendes Wissen verschafft. Bliebest du hier bei mir, würdest du wohl etwas lernen. Ich bin Biophysiker und mache meine eigenen kleinen Experimente. Aber auch ich brauche Verbindung mit den größeren Wissenszentren. Ich möchte zum Beispiel gern mit Strahlungen experimentieren, und wenn du an deinen eigenen Platz zurückkehrst, kannst du mir dabei helfen.«

Sie wußte, was er tat. Er wollte in ihr den Ehrgeiz erwecken, eine große Wissenschaftlerin zu werden, und benutzte dabei ihre Liebe als Ansporn.

»Da haben wir nun«, begann er an noch einem anderen Tag, während sie gerade eine Straße hinuntergingen, »das lebende menschliche Gewebe. Ich selbst arbeite nicht mit Fleisch, Knochen und Blut des Menschen, aber ich sehe, wie es hier rings um uns ist, wie es verfault.«

Rechts und links saßen Bettler am Straßenrand, die ihre Geschwüre und verknoteten Gelenke zeigten. Ein Leprakranker stand an einer Wand und sonnte sich. Raman blieb vor dem Mann stehen und wies mit dem Stock auf die schrecklichen Schwären an dessen Schenkel.

»Könntest du diesem Burschen helfen, wenn du hier bliebst? Nein, hier wirst du nichts erreichen. Du mußt die neue Energie, zu deren Entdeckung du beigetragen hast, nutzen. Es kann sein, daß solches Fleisch wieder geheilt wird. Du hast kein Recht, diese Möglichkeit von der Hand zu weisen.«

Als etwa zwanzig Tage vergangen waren, gab sie plötzlich nach. »Ich weiß, was du tust, Babu. Du hauchst mir, wie ein Gott, den lebenden Odem ein. Du sagst mir etwas. Ich höre deine Worte, aber was bedeuten sie?«

Es war Abend, und sie saßen in weißen Korbstühlen im Garten. Ramans kindliche Frau hatte sich in ihre Räume verzogen und sie allein gelassen. Sie war eine reizende Freundin, die in ihrer bescheidenen Art wußte, daß zwischen diesen beiden etwas war, das sie nicht verstehen konnte. Raman war Lehrer, Jane Schülerin. Es war ein gutes, heiliges Band, das nicht zerrissen werden durfte. Jenseits der Gartenmauer stiegen ein paar Töne in die Luft, die sich dauernd wiederholten, als ständen sie im Banne einer Melodie.

Raman hob den Kopf und blickte in den Himmel. Jane sah sein Profil, klar und schön in dem dämmerigen Licht. Sie liebte ihn, aber sie war nicht mehr in ihn verliebt. Auf seine eigene zarte, bestimmte Art hatte er solche Liebe unmöglich gemacht, nicht, indem er sie zurückwies, sondern indem er sie erkannte und ohne Leidenschaft anerkannte. Meine Geliebte, nannte er sie, aber ohne Verlangen.

»Eine Sünde läßt sich auf mancherlei Weise sühnen«, sagte er ernst. »Du fühlst, daß du eine Sünde begangen hast, eine große, gemeinschaftliche Sünde. Aber du für deine Person kannst sie wiedergutmachen, indem du zu deiner Arbeit zurückkehrst. Du wirst mich morgen verlassen.«

»Ich muß dir gehorchen«, erwiderte sie. »Aber wir dürfen uns doch schreiben, Babu?«

»Bis zum Tode«, versprach er.

Yasuo Matsugi war wieder frei. Er packte seine wenigen Habseligkeiten zusammen und wanderte aus dem Tor, das nun in dem Stacheldrahtzaun weit offen stand. Er lehnte jegliche Hilfe von den Wiederansiedlungszentren ab und machte sich, mit Schachteln und Taschen beladen, zu Fuß auf den Weg zu dem blechüberdachten Bahnhof. Er wollte nach Chicago fahren, wo er sich eine kleine Wohnung mieten und wieder malen würde. Und er würde seinen Freund Burton Hall aufsuchen.

So kam es, daß Burton Hall eines Morgens im Oktober Yasuo auf seiner Türschwelle vor sich stehen sah.

»Mein Gott, Yasuo – komm herein!« rief er freudig.

Er zog den schlanken Japaner ins Haus und schlug die Tür zu. »Du bleibst hier«, entschied er sogleich. »Du schläfst in unserem Gastzimmer, bis du etwas Passendes gefunden hast. Und wir werden stundenlang reden – ich möchte dir alles erklären. Ich bin noch ganz erschlagen von einem Kampf, den ich in Washington ausgefochten habe, aber ich habe gewonnen. Der Präsident will eine Atomkommission gründen, die aus Zivilleuten besteht. Die hohen Tiere im Pentagon werden natürlich auch ein Wörtchen mitzureden haben, aber sie werden nicht allein entscheiden. – Mollie, Yasuo ist hier! Mach bitte Reis zum Mittagessen! Setz dich hin, alter Freund. Ich will nur schnell sehen, wo Mollie steckt.«

Yasuo setzte sich auf die Kante eines Stuhles und wartete, während Burt mit schweren Schritten in die Küche eilte. Er war sofort wieder da.

»Mollie ist nicht hier. Sie muß wohl einkaufen gegangen sein. Komm unterdessen mit in mein Arbeitszimmer.«

Er humpelte Yasuo voran, und sie nahmen in dem schäbigen, alten Zimmer Platz. Burts Augen füllten sich mit Tränen. Das geschah ihm in letzter Zeit häufig. »Herrje, ich bin froh, daß es vorbei ist. Wir sind doch immer noch Freunde, nicht wahr, Yasuo?«

»Ich bin zuerst zu dir gekommen«, erwiderte Yasuo schlicht.

»Willst du sofort wieder malen?«

Yasuo zögerte. »Ich weiß nicht, was ich zuerst tun soll. Für kurze Zeit möchte ich eigentlich nach Japan zurückkehren, nicht für die Dauer. Ich möchte sehen, wie Japan jetzt ist. Ich muß es wissen. Sonst kann ich nicht malen.«

»Ich wollte, du führest nicht hin.«

»Warum nicht?« fragte Yasuo überrascht.

»Ich weiß nicht. Doch, ich weiß es. Ich möchte nicht, daß dir das Herz bricht.«

»Vielleicht fahren wir am besten zusammen hin«, schlug Yasuo vor.

»Ich? Weshalb?«

»Damit du es dir ansiehst«, sagte Yasuo ruhig. »Dann weißt du es. Wir wissen dann beide Bescheid, ich als Künstler und du als Wissenschaftler.«

Burt stand auf und humpelte im Zimmer auf und ab. »Der Gedanke ist mir noch gar nicht gekommen. Vielleicht hast du recht. Möchte mal wissen, was Steve davon hält. Womöglich will er mitkommen.«

Impulsiv wie immer, nahm er den Hörer ab und rief sein Büro an. »Ich möchte mit Steve Coast sprechen. Nein, ich weiß nicht, wo er gerade ist — wahrscheinlich noch auf der Mesa ... Rufen Sie mich wieder an.«

Kurze Zeit darauf kam der Anruf. »Hallo, Steve, Yasuo und ich fahren nach Japan. Sofort. Wollen Sie mit?«

Er horchte und legte dann den Hörer nieder. »Er hat abgelehnt. Will nichts mehr damit zu tun haben. Er hat einen Posten bei Canaday-Farrell angenommen ... Okay, Yasuo, dann du und ich allein. Wir fliegen natürlich. Warte nur, wenn Mollie erst davon hört —«

Zu seinem Erstaunen mußte er erfahren, daß Mollie, als sie eine halbe Stunde später mit ihren Einkäufen zurückkehrte, sehr mit seinem Vorhaben einverstanden war.

»Ich finde, du solltest unbedingt hinfahren, Burt. Du mußt dir einmal ansehen, was ihr alle angerichtet habt. Ihr dürft nicht einfach vor dem Resultat wegrennen.«

»Meine Güte«, flüsterte er, »ich hatte mich schon auf einen Kampf mit dir gefaßt gemacht, und nun –«

Ohne ihn zu beachten, fuhr sie fort: »Und ich bin froh, daß Yasuo bei dir ist. Yasuo, Sie müssen dafür sorgen, daß er einen Sweater unter seinem Rock trägt. Es friert ihn jetzt immer so leicht, und wenn er mit seinen eigenen Gedanken beschäftigt ist, vergißt er darüber alles andere.«

»Ich werde darauf achten«, versprach Yasuo.

»Und jetzt«, erklärte sie, »verschwindet ihr beiden Männer aus meiner Küche. Ich will einen Kuchen für Yasuo backen.«

Die große Maschine zog eine breite Schleife über Tokio und landete bald danach auf dem Flugplatz. Es war unmöglich gewesen, die Ankunft von Burton Hall und Yasuo Matsugi geheimzuhalten. Als Wissenschaftler und Künstler bildeten sie eine große Attraktion, und als sie über das Flugfeld schritten, folgte ihnen ein Schwarm von Reportern. Ein amerikanischer Offizier holte sie ab und flüsterte ihnen bei der Begrüßung zu:

»Geben Sie hier kein Interview. Ich habe im Hotel eine Pressekonferenz anberaumt. Sie lechzen nach Blut. Ich hoffe, Sie haben alle Ihre Argumente bei der Hand.«

Eine Stunde später saßen sie in einem prächtig ausgestatteten Konferenzzimmer des Imperial-Hotels. Der Raum war angefüllt mit eifrigen, bebrillten jungen Japanern. Ein paar Blaßgesichter waren auch dabei: ein Engländer, Berichterstatter mehrerer Londoner Zeitungen, ein Italiener, ein Franzose – aber kein Amerikaner. Burt hatte es sich in einem großen, runden Sessel bequem gemacht, während Yasuo mit gefalteten Händen aufrecht am Tisch saß.

Der amerikanische Offizier machte sie miteinander bekannt, und Burt lächelte freundlich.

Die Gesichter, die ihn anstarrten, erwiderten sein Lächeln nicht. Es waren ernste, beobachtende, forschende Gesichter. Ein junger Mann mit gezücktem Bleistift redete ihn an.

»Herr Dr. Hall, warum hat Amerika die Bombe gemacht?«

Hilf, Himmel, stöhnte Burt innerlich. Wie kann ich das aushalten? Warum bin ich überhaupt hierhergekommen?

Nach außen hin war er kampflustig. »Ich will Ihre Frage mit einer anderen Frage beantworten. Warum haben Sie Pearl Harbour bombardiert?«

»Das hat das Militär gemacht, nicht wir«, lautete die prompte Antwort. »Aber Sie sind Wissenschaftler. Ein Wissenschaftler ist ein edler Mensch, wie ein Philosoph.«

Wie sollte man diesem jungen Intellektuellen erklären, daß die Philosophie in Kriegszeiten keine Nation rettet?

»Sie sind ein Journalist, nicht wahr? Warum haben Sie das Militär nicht daran gehindert?«

Über das freudlose junge Gesicht glitt ein verwirrter Ausdruck. »Ach, zum Teufel damit«, sagte Burt, »was hat es für einen Sinn, wenn ein Esel den anderen Langohr schimpft? Der Krieg ist aus. Und wir wollen wieder Freunde sein.«

»Das ist für immer unmöglich«, erklärte der junge Mann.

Burt sprang aus seinem Sessel auf und brüllte: »Unmöglich? Das liegt doch nur an Ihnen —« Nun war das Wortgefecht im Gange. Es dauerte vier Stunden.

»Ist es wirklich unmöglich, Yasuo?« fragte Burt.

»Du vergißt am besten, was dieser einfältige junge Mann gesagt hat«, erwiderte Yasuo.

Sie standen auf dem Abhang eines Berges über Nagasaki und blickten auf die Ruinen von Yasuo Matsugis früherer Heimatstadt hinab. Yasuo hatte bei diesem Anblick ein wenig geweint, und die Tränen hatten silbrige Streifen auf seinen braunen Wangen hinterlassen. Burt hatte auch etwas geweint, aber er konnte immer noch nicht glauben, daß es eine Alternative gegeben hätte. Jedenfalls war es jetzt zu spät. Neue Häuser würden gebaut, neue Kinder geboren werden, und das Geschehene ließ sich nicht wieder ungeschehen machen. Die beiden Männer standen auf einem Felsvorsprung des tannenbewachsenen Hanges. Beide waren erschöpft. Sie waren in Hiroshima gewesen und wußten alles, was es zu wissen gab. Sie hatten die Leute gesehen, von denen sie in den Zeitungen gelesen und im Rundfunk und Fernsehen gehört hatten, und nun wollten sie wieder nach Hause zurückkehren.

»Glaubst du, daß eines Tages alles vergessen sein wird, Yasuo?«

»Vergessen, niemals«, entgegnete Yasuo. »Wie kann man so etwas vergessen? Es wird in der Erinnerung leben. Aber wir denken nicht so oft daran. Wir müssen arbeiten. Ich werde malen, du wirst lehren. Es hat keinen Zweck, hier in Japan zu bleiben. Wir können nicht mehr aufbauen. Wir sind zu alt. Wir können nur noch unsere eigene Arbeit leisten.«

»Du hast recht«, gab Burt zu.

Sie waren zu schnell gereist und hatten zu viele Eindrücke in sich aufgenommen. Burt hatte weitere Interviews und alle Einladungen abgelehnt. Er wollte sehen, verstehen und wieder nach Hause fahren. Noch weniger als vorher konnte er sich erklären, wie alles eigentlich zustande gekommen war. Während die große Bruderschaft der Wissenschaftler mit dem General und Starleigh an dem Projekt arbeiteten, war es ihnen als heilige Pflicht und Schuldigkeit erschienen.

Aber er verstand nicht, warum es Pflicht und Schuldigkeit geworden war.

»Ich bin ziemlich müde«, gestand er.

»Ich auch«, gab Yasuo zu.

Sie stiegen wieder den Berg hinab. Burt folgte Yasuo auf dem schmalen, gepflasterten Pfad, der sich zwischen den Felsvorsprüngen dahinschlängelte. Unten im Tal an der Küste stiegen sie in das kleine Militärflugzeug, das sie nach Tokio und zu der großen Constellation-Maschine zurückbrachte, in der sie wieder nach Amerika flogen. Sie schliefen viel über dem Pazifischen Ozean, und keiner von ihnen hatte Appetit auf das gute Essen oder – Burt schnitt eine Grimasse, als er daran dachte – auf die hübschen Mädchen, die es servierten. Das Feuer in ihm war am Erlöschen. Er hätte darüber vielleicht froh sein sollen, aber er war es nicht. Von jetzt ab würde er ein alter Mann sein. Ursprünglich wollte er bei dem großen Observatorium haltmachen, um noch einmal Zwiesprache mit den Sternen zu halten. Doch er verwarf den Plan. Die Sterne konnten warten. Er würde früh genug ihre Herrlichkeit schauen, das heißt wenn an den Vorstellungen seines Vaters etwas Wahres war. Ein neuer Himmel und eine neue Erde? Er würde es glauben, wenn er es sah.

Jetzt wollte er nach Hause, wollte Mollie sehen. Und er träumte von einem behaglichen Hörsaal, von jungen Gesichtern, die wißbegierig zu ihm aufschauten, und von der Morgensonne, die in die Fenster strömte.

Stephen hob den steifen Körper aus der Hundehütte und legte ihn sanft auf den Boden des Kellers. Scrap war tot. Irgendwann in der Nacht hatte das alte Hundeherz aufgehört zu schlagen, und Stephen hatte ihn am Morgen neben dem immer noch warmen Hundenapf gefunden.

Er trat an die Treppe.

»Helen, Scrap ist in der Nacht im Schlaf gestorben.«

»Oh, Steve!«

Sie eilte die hölzernen Stufen hinab. »Du armer Scrap –« Sie beugte sich über ihn und streichelte das steife, weiße Fell. »Gestern schien er noch ganz munter –«

»Er war alt. Seine Zeit war wohl gekommen. Er hat Glück gehabt – durfte sein Leben zu Ende leben.«

»Bitte, Steve –«

»Nein, du kannst beruhigt sein, ich rede nicht mehr davon, Helen, und denke auch nicht mehr daran ... Übrigens, die Pläne für das Haus sind vom Architekten gekommen.«

»Das hast du mir ja noch gar nicht gesagt!«

»Ich wollte es dir gerade sagen. – Sollen wir ihn begraben?«

»Ja – unter der Pappel, wo er so gern schlief.«

Er nahm einen Spaten, und Helen fand eine Holzkiste, in die er Scrap sanft bettete. Dann gingen sie in den Garten zur Pappel.

»Du brauchst nicht dabeizubleiben«, sagte er und fing an zu graben.

»Ich möchte es aber«, erklärte sie.

Sie waren ein wenig traurig, aber nicht sehr traurig. Niemals würden sie wieder so traurig sein wie vor einem Jahr, als zwei Städte, die sie nie gesehen hatten, in Schutt und Asche verwandelt wurden. Noch würden sie je wieder so unbekümmert fröhlich sein, wie sie vorher gewesen waren. Es ging ihnen jetzt recht gut. Stephen verdiente mehr Geld als je zuvor und hatte größere Forschungsfreiheit, als er bei einem großen industriellen Unternehmen für möglich gehalten hätte. Seine Arbeitgeber respektierten ihn und zeigten große Achtung vor seinen außergewöhnlichen Leistungen auf der Mesa.

Gelegentlich hörte er von Jane. Sie beschäftigte sich mit Fotosynthese. Sehr weise, schrieb er ihr, denn Biologie war die Wissenschaft der Zukunft. Die Verbesserungen der Lebensbedingungen, die Erschaffung neuen Lebens war das nächste Gebiet. In der Physik war man so weit vorgedrungen, wie es eben ging, vorläufig wenigstens. Die Raumschiffahrtsleute, das Militär und alle übrigen mußten erst einmal Schritt halten mit der Theorie.

Als er das letztemal in Washington war, hatten die jungen Offiziere eine ganz neue Sprache geredet und Ausdrücke gebraucht, die er sich erst erklären lassen mußte.

»Ja«, hatte ihr Vorgesetzter voller Stolz geäußert, »sie prägen sich ihre eigene Sprache, diese Burschen. Mag der liebe Himmel wissen, was für Ausdrücke sie von ihren Raumfahrten mitbringen. Oh, es besteht kein Zweifel mehr. Raumschiffahrt ist das nächste auf der Tagesordnung. Vielleicht wird sie uns so ausfüllen, daß wir keine Zeit mehr haben, an Kriege zu denken. Eines muß man der großen Explosion ja lassen, die ihr da in der Wüste veranstaltet habt: sie hat uns tausend Jahre vorwärtsgebracht.«

»Ich weiß nicht, ob das zu begrüßen ist«, hatte Stephen gemeint.

»Das kann man nie wissen«, war die zuversichtlich klingende Antwort gewesen. »Man muß die Dinge nehmen, wie sie kommen.«

Stephen war nach Chicago zurückgefahren und hatte sich dort mit Burt über das, was er gesehen hatte, unterhalten. Burt, der gerade aus Japan zurückgekommen war, hatte nicht viel über die Erlebnisse dieser Reise sprechen wollen.

»Das Reden hat keinen Zweck«, hatte er geäußert. »Wir gehören schon zum alten Eisen, Steve. Wir haben alle miteinander vier Jahre an dem Projekt gearbeitet. Und mit Erfolg. Wir machten die Bombe, und sie endete den Krieg. Aber sie ist nur ein ›gadget‹, wie wir sie zu nennen pflegten. Und wir gehören jetzt der Vergangenheit an. Die jungen Leute denken nicht mehr an uns.